日語考試
備戰速成系列

日本語能力試驗精讀本

3 天學完 N2．88 個合格關鍵技巧

香港恒生大學亞洲語言文化中心、
陳洲　編著

萬里機構

目錄

第一部分

漢字語音知識

出題範圍	出題頻率
甲類：言語知識（文字・語彙）	
問題 1 漢字音讀訓讀	✓
問題 2 平假片假標記	✓
問題 3 前後文脈判斷	✓
問題 4 同義異語演繹	
問題 5 單詞正確運用	✓
乙類：言語知識（文法）・讀解	
問題 1 文法形式應用	✓
問題 2 正確句子排列	✓
問題 3 文章前後呼應	✓
問題 4 書信電郵短文	
問題 5 中篇文章理解	
問題 6 長篇文章理解	
問題 7 圖片情報搜索	
丙類：聽解	
問題 1 即時情景對答	
問題 2 整體內容理解	
問題 3 圖畫文字綜合	
問題 4 長文分析聆聽	

JPLT

N2

1 漢字知識①：熟字訓

「熟字訓」的「訓」表示它是日語訓讀的一種，乃根深蒂固的體系。但它不像一般訓讀以每個「漢字」為單位，而是以每個「單詞」為單位的訓讀。大部分熟字訓的讀音不能分拆成個別漢字，必須把整個讀音與整個詞彙對應。例如「紅」的訓讀是「くれない」、而「葉」是「は」，「紅葉」的音讀是「こうよう」，但作為訓讀，卻並非把兩個固有的訓讀加起來變成「くれないは」而是「もみじ」，這就是熟字訓。以下參考隸屬日本文部科學省下的文化廳（日語：文化庁）所刊登的「常用漢字表」（https://www.bunka.go.jp/kokugo_nihongo/sisaku/joho/joho/kijun/naikaku/pdf/joyokanjihyo_20101130.pdf），向大家介紹一些常見的熟字訓。需要留意的是，未必每個單詞都兼具熟字訓和音讀，而某些單詞儘管同時擁有兩者，但有時意思一樣，有時卻大有不同，千變萬化。

1. 時間系列

單詞	熟字訓（意思）	音讀（意思）
昨日	きのう（昨天）	さくじつ（昨天）
今日	きょう（今天）	こんにち（今時今日 / 現代）
明日	あした / あす（明天）	みょうにち（明天）
一日	ついにち（一號）	いちにち（一天）
二日	ふつか（二號）	ににち（不常用）
今年	ことし（今年）	こんねん（不常用）
一寸	ちょっと（有點）	いっすん（長度單位）
七夕	たなばた（節日名稱）	しちせき（不常用）

2. 人稱系列

單詞	熟字訓（意思）	音讀（意思）
大人	おとな（大人）	たいじん（有度量的人）
叔父／伯父	おじ（叔父／伯父）	しゅくふ／はくふ（不常用）
叔母／伯母	おば（叔母／伯母）	しゅくぼ／はくぼ（不常用）
從兄弟／從姉妹	いとこ（表兄弟姐妹）	じゅうけいてい／じゅうしまい（不常用）

3. 自然／動植物昆蟲系列

單詞	熟字訓（意思）	音讀（意思）
梅雨	つゆ（梅雨）	ばいう（一般用於表示「梅雨前綫」一詞）
雪崩	なだれ（雪崩）	
吹雪	ふぶき（下大雪）	
紅葉	もみじ（紅葉）	こうよう（紅葉）
山葵	わさび（山葵）	
紫陽花	あじさい（繡球花）	しようか（不常用）
家鴨	あひる（家鴨）	
山羊	やぎ（山羊）	
百足	むかで（蜈蚣）	ひゃくそく（一百對）

JPLT

N2

單詞	熟字訓（意思）	音讀（意思）
海老	えび（蝦）	
烏賊	いか（魷魚）	
小豆	あずき（紅豆）	
灰汁	あく（湯裏的浮沫）	
果物	くだもの（水果）	
足袋	たび（日式短布襪）	
浴衣	ゆかた（日式夏季和服）	

5. 其他

單詞	熟字訓（意思）	音讀（意思）
老舗	しにせ（老店）	ろうほ（不常用）
白髪	しらが（白髮）	はくはつ（白髮）
流石	さすが（不愧）	
八百屋	やおや（蔬菜店）	
二十歳	はたち（二十歳）	にじゅっさい（二十歳）
十八番	おはこ（拿手好戲）	じゅうはちばん（十八號 / 拿手好戲）
田舎	いなか（鄉下）	
土産	みやげ（當地土産）	どさん（不常用）

題1　京都では少なくとも100年ぐらいの歴史がないと＿＿＿＿＿＿とは認められないらしいです。

1　むかで　　　　　　　　　　2　いなか

3　やおや　　　　　　　　　　4　しにせ

題2　今夜は祭りがあるので、浴衣に＿＿＿＿＿＿を合わせる格好で出かけるつもりです。

1　さい　　　　　　　　　　　2　つど

3　ごと　　　　　　　　　　　4　たび

題3　美しい歌声が評判のようですが、差支えがなければ、十八番を聞かせてもらえませんか？

1　じゅうはちばん　　　　　　2　おはこ

3　はたち　　　　　　　　　　4　やおや

題4　お父さん：おい、おまえ、急ぐなよ、鍋はあくを取らないとおいしくないよ。

子供：はい、わかった。

1　白汁　　　　　　　　　　　2　焼汁

3　灰汁　　　　　　　　　　　4　噫汁

2 漢字知識②：義訓<ruby>義訓<rt>ぎくん</rt></ruby>

在現代日本歌曲的歌詞中經常出現，一方面為了配合節奏需求，另一方面又想保留漢字既有的形象，於是打破框架，以意思類近／聯想範圍之內的 B 讀法，代替原有漢字的 A 讀法，極具原創色彩。如「世界」一詞乃「せ・か・い」3 拍，但假設旋律需要 4 拍，那麼就可以把「世界」唸作「ワールド」──因為「ワ・ー・ル・ド」是一個 4 拍單詞；又例如「暗黑」一詞為「あ・ん・こ・く」4 拍，若旋律只需 2 拍的話，也可以改唸「や・み」，如此類推。可以這樣說，最初義訓可能只是一小部分人的原創意念，但當這種意念得到廣泛的支持和應用，就會進一步發展成熟字訓，成為官方唸法，流傳千古。以下整理一些歌謠中經常出現的「当て字」唸法，以供大家參考。套用王秋陽老師所整理的一些歌謠中經常出現的「当て字」（即筆者所謂的「義訓」）唸法，供大家參考（https://www.facebook.com/chiuyangteacher/posts/1141383019261938/）：

運命：うんめい→さだめ

理由：りゆう→わけ

故郷：ふるさと→くに

女：おんな→ひと

人生：じんせい→みち

親友：しんゆう→あいつ

真剣：しんけん→マジ

希望：きぼう→ひかり

瞬間：しゅんかん→とき

春夏秋冬：しゅんかしゅうとう→とき

真実：しんじつ→ほんとう
地球：ちきゅう→ほし
心臓：しんぞう→ハート
歳月：さいげつ→つきひ
過去：かこ→むかし

題 1　以下哪一個讀法可作為「暖」字的潛在義訓？

1　はる　　　　　　　　　2　なつ

3　あき　　　　　　　　　4　ふゆ

題 2　以下哪一個讀法可作為「背景」一詞的潛在義訓？

1　レフト　　　　　　　　2　ライト

3　フロント　　　　　　　4　バック

題 3　以下哪一個最有可能是潛在義訓「くらし」的所屬單詞？

1　商売　　　　　　　　　2　生活

3　恋愛　　　　　　　　　4　学習

題 4　以下哪一個最有可能是潛在義訓「はなれて」的所屬單詞？

1　協調れて　　　　　　　2　回転れて

3　疲労れて　　　　　　　4　距離れて

漢字知識③：慣用読み
<ruby>慣用読<rt>かんようよ</rt></ruby>み

指的就是慣性讀法。本來是屬於一種誤讀，但隨着廣泛的流傳和應用，以至後來被承認為正規讀法以外另一個可行的讀法。最有名的例子當屬「重複」一字。正規的讀法是「ちょうふく」，但由於「体重」唸「たいじゅう」，「重視」唸「じゅうし」，比起「ちょう」，普羅百姓對「じゅう」更感親切，所以「じゅうふく」這種讀法漸漸流行，以至後來成為了公認的「慣用読み」。

題1 「出生」一詞的正規讀法是「しゅっしょう」，慣性讀法是？

1 しゅっさん
2 しゅっちょう
3 しゅっせい
4 しゅっせ

題2 「輸出」一詞的正規讀法是「しゅしゅつ」，慣性讀法是？

1 ゆにゅう
2 しゅじゅつ
3 ゆしゅつ
4 しゅじゅう

題3 今時今日，某些慣性讀法已經逐漸凌駕正規讀法，成為主流，例如是？

1 「消耗」不讀「しょうもう」而讀「しょうこう」。
2 「捏造」不讀「でつぞう」而讀「ねつぞう」。
3 「依存」不讀「いぞん」而讀「いそん」。
4 「情緒」不讀「じょうちょ」而讀「じょうしょ」。

題4 哪一個單詞的正規讀法是「かんのう」，而慣性讀法是「たんのう」？

1 官能
2 感応
3 堪能
4 観音

漢字知識④：国訓（こっくん）

「國訓」是「日本國的訓讀」的簡稱，即某些漢字，本家中文是 A 這個意思，但到了日本，卻被賦予了 B 這個意思並沿用至今，這就是國訓。例子眾多，諸如「鮎」這個字在中文是「花鯰」的意思，但到了日本就變成了「香魚」；「貰」在中文是「借出 / 赦免」的意思，到了日本則變成了「收到」等。

題1 「太」的國訓是？

1 ふとる 2 とても

3 さらに 4 やはり

題2 「沖」的國訓是？

1 うみ 2 すな

3 おき 4 かわ

題3 「嵐」的國訓是「あらし」，他有着哪個本家中文裏不存在的意思？

1 暴風雨 2 京都

3 著名歌手組合 4 霧靄

題4 中國人和日本人叫這個人的時候，不同身份的人會走出來。

1 夫 2 姨

3 孫 4 娘

漢字知識⑤：国字

「國字」是「日本國的漢字」的意思，可理解為日本原創的漢字。如「凪」、「働く」、「畑」、「込む」、「峠」、「裃」、「喰う」、「楯」、「鯱」、「鯑」等，尤以水產類的名詞為主（側面見日本乃水產大國）。除了一部分的字如「働」外，一般而言，「國字」比較傾向沒有音讀，以強調其源自日本的特色。反之，某些字則只有音讀，如「菊」、「貨」、「儒」、「禅」、「福」、「気」、「症」、「腺」、「肛」、「胃」、「脈」、「臓」、「腑」等，多為源自本家中國的學術、宗教及中醫等範疇，以強調其舶來（特別是中國）的性質。

題1　今年の夏の猛暑もようやくとうげを越した。

1　鞐　　　　　2　峠　　　　　3　時計　　　　4　裃

題2　あの店ときたら、味はともかく、接客態度が悪くてしゃくに障るわ。

1　釈　　　　　2　択　　　　　3　癪　　　　　4　覿

題3　御宅の申ちゃんはまだ3歳児のわりに、ちゃんと躾がされていますね。

1　いさみ　　　　　　　　　　2　きずな

3　いわし　　　　　　　　　　4　しつけ

題4　このドラマは有名な役者ばかり出演していますが、ストーリの流れはというと、どうも辻褄が合わないような気がする。

1　つとめる　　　　　　　　　2　つまようじ

3　つややか　　　　　　　　　4　つじつま

漢字知識⑥：俗字

又名「異體字」，指的是正規字體以外通用的字體。如「卒」→「卆」；「崎」→「﨑」「嵜」「嵜」；「富」→「冨」；「淵」→「渕」「渊」；「高」→「髙」；「翠」→「翆」等。

題1 「喜寿」（異體字為「㐂寿」）是祝賀人家幾歲的日語？

1 21 歲 　　　　　　　2 70 歲

3 77 歲 　　　　　　　4 80 歲

題2 「傘寿」（異體字為「仐寿」）是祝賀人家幾歲的日語？

1 18 歲 　　　　　　　2 80 歲

3 88 歲 　　　　　　　4 90 歲

題3 以下哪一個是祝賀人家 90 歲的日語？

1 還曆 　　　　　　　2 米寿

3 卒寿 　　　　　　　4 白寿

題4 「さいとう」這個姓，正體字加俗字，一共有多少個組合？

1 63 個 　　　　　　　2 74 個

3 85 個 　　　　　　　4 96 個

漢字知識⑦：略字

把複雜的漢字簡化，就是「略字」，可分為兩類。一為簡化出一個全新的漢字，如「應」→「応」；「涉」→「渋」；「驛」→「駅」；「譯」→「訳」；「第」→「㐧」；「龍」→「竜」；「實」→「実」。另外一個是把一個本來與 A 字無關係的 B 字作為 A 字的略字如「歲」→「才」、「禦」(防禦)→「御」(防御)；「聯」(關聯)→「連」(関連)；「藝」(藝術)→「芸」(芸術) 等。此外，「一ヶ月」的「ヶ」來自「箇」或「個」，其寫法取自「箇」頭頂的「竹」字部，會因應不同情況分別讀成「か」、「が」或「こ」，也可以寫成「ヵ」。還有「正々堂々」、「屢〻」、「学問のすゝめ」中的「々」、「〻」、「ゝ」其實就是將前面字再寫一次的意思，正式名字為「踊り字」，但亦可視為略字體的一種。但如果重複的漢字是兩組獨立的漢字如「会社社長」一般不會寫成「会社々長」。

題 1 | 自由ヶ丘に住んでいる友人に代々木に案内してもらった。

　　　1　け　　　　　　2　か　　　　　　3　こ　　　　　4　が

題 2 | 代々木公園に行ったら、バイト先のささきという同僚とばったり会った。

　　　1　佐々木　　　　2　早ヶ木　　　3　早木ヶ　　　4　佐木々

題 3 | 以下哪一個是不同類的？

　　　1　呪　　　　　　2　訳　　　　　3　択　　　　　4　沢

題 4 | 以下哪一個不是「々」字的正確用法？

　　　1　明々白々　　　2　民主々義　　3　赤裸々　　　4　我々

漢字知識⑧：当て字

即是「假借字」，有別於 2 漢字知識②：義訓的「以意思類近 / 聯想範圍之内的讀法代替原有漢字的讀法」，是一個先有平 / 片假名，再套上漢字的過程。一般來說，可分為兩類，1 是主要把片假名配上漢字，這裏再可分為三類：

I. 沿用中國「本家假借」的如為「ギリシャ」配上「希臘」、為「メキシコ」配上「墨西哥」這類；

II. 自己創作的「音譯假借」如為「ドイツ」配上「独逸」（中文為「德意志」）、為「ベルギー」配上「白耳義」（中文為「比利時」）；

III. 自己創作的「意譯假借」如為「タバコ」配上「煙草」、為「カタログ」配上「型録」（「型録」中「型」的訓讀是「カタ」而「録」的音讀是「ロク」，而「型録」又能讓人聯想到 catalog，非常有意思）。

另一種是無視假名的意思而任意找一些漢字配上去，形成一種似有似無卻疑幻疑真的獨特形態，一說到此，則不得不提大文豪夏目漱石，因他的作品當中可以看到許多有趣的假借字如為「たくさん」配上「沢山」；為「とにかく」配上「兎に角」等。現代著名例子的則有為「めちゃくちゃ」配上「滅茶苦茶」；為「よろしく」配上「夜露死苦」。天馬行空，想像無邊界。

題1 「非道い」是哪一個假名的假借字？

1　くどい	2　みにくい
3　にくい	4　ひどい

題2 日本人喜歡用哪種魚表示「おめでたい」？

1 鯛　　　　　　　　　　　2 鰻

3 鰆　　　　　　　　　　　4 鮪

題3 「愛羅武勇」表示？

1 I love you　　　　　　　2 I hate you

3 You are brave　　　　　4 You like Chinese Kung Fu

題4 「正露丸」（「征露丸」）中的「露」，指的是哪個國家？

1 リビア　　　　　　　　　2 ロシア

3 ラオス　　　　　　　　　4 ルーマニア

漢字知識⑨：万葉仮名

若說到「假借字」的話，則不得不提最早的假借字，即是「萬葉假名」，簡單來說，即是「直接用漢字表示既有日語的音讀／訓讀。如為「いろは＝色は」三個假名配上「以呂波」三個音讀漢字，或為「かも」（古文的疑問助詞）兩個假名配上「鴨」這個訓讀漢字。著名的和歌「かすがやま　かすみたなびき　こころぐく　てれるつくよに　ひとりかもねむ」（《万葉集》第 4 卷 735 番歌）的萬葉假名是「春日山　霞多奈引　情具久　照月夜尓　独鴨念」。當中「ひとりかもねむ」的萬葉假名是「独鴨念」，指的是「【この朧に照れる月明りの夜に、】私 独りで寝るのでしょうか＝【在這朦朧月照夜，】該不會要獨守空房吧？」不明白所以然的人，還以為是「一隻鴨在想甚麼」，不是很搞笑嗎？題外話，以「以」表示「い」、「呂」表示「ろ」、「波」表示「は」，其實「萬葉假名」就是日語假名成立的第一步。

| 題1 | **萬葉假名「止良衣毛无」指的是哪一個卡通人物？** |

1　多啦 A 夢　　　　　　2　蠟筆小新

3　孫悟空　　　　　　　4　櫻桃小丸子

| 題2 | **萬葉假名「於波与宇」指的是哪一句日常會話？** |

1　おやすみ　　　　　　2　おねがい

3　おかえり　　　　　　4　おはよう

題3 某店的店名，從左到右讀的話是萬葉假名的「楚者」，究竟這家是甚麼店？

1 配置「かぎ」的鑰匙店

2 售賣新鮮「ゆず」（柚子）的水果店

3 吃「そば」的蕎麥麵店

4 訂造「ふで」（毛筆）的文具店

題4 和歌「猟路の小野に十六そこば」（在狩獵的途中見到「十六」這種動物）中的「十六」指的是哪種動物？

1 狐狸

2 老虎

3 野豬

4 山羊

漢字知識⑩：振り仮名、送り仮名

「振り仮名＝振假名」指的是表示日文漢字讀音而在其上方或右方附註的假名表音符號，其別名為ルビー（源自英語 ruby，英國對 5.5 號字體的傳統稱呼）。「送り仮名＝送假名」是在辭書型的大前提下，跟着漢字的假名，一般用作表示由此開始產生各種活用變化（groupII 動詞雖從る開始活用變化，但送假名包含「O る」如「生きる」「食べる」）。如「書く」「考える」「上手い」的振假名分別是「か」「かんが」「うま」，而送假名分別是「く」「える」「い」——從送假名開始「書く」可變成「書かない」；「考える」可化作「考えている」；「上手い」亦有機會衍生「上手くなかった」等各類活用變化。但在以上大原則外有若干例外，如：

例外 I. 「しい」（楽しい）結束的形容詞，其送假名不是從「い」而從「し」開始；

例外 II. 「か」（細か）、「やか」（穏やか）、「らか」（明らか）結束的な形容詞，其送假名均從上述音節開始；

例外 III. 名詞不加送假名，如動詞的「話す」有送假名而名詞的「話」不需要；

例外 IV. 有時為了凸顯自他動詞的不同，會特意選取同一行作送假名，如相對自動詞的「及ぶ」，他動詞是「及ばす」（「ば」「ぶ」是同一行）而不是「及す」，雖活用變化始於「す」而不是「ば」。

縱然有以上數項大原則，但仍有很多例外，有興趣可參照日本文化廳「送り仮名の付け方」一法令：

https://www.bunka.go.jp/kokugo_nihongo/sisaku/joho/joho/kijun/naikaku/okurikana/index.html

以下哪個是正確的送假名？

1 暖^あたたかくない 2 暖^{あた}たかくない

3 暖^{あたた}かくない 4 暖^{あたたか}くない

題 2 **以下哪個是正確的送假名？**

1 珍^{めずら}しい 2 珍^めずらしい

3 珍^{めず}らしい 4 珍^{めずらし}い

題 3 **以下哪個是正確的「名詞」送假名？**

1 物語 2 物語り

3 物^もの語 4 物^もの語^{がた}り

題 4 **以下哪個是正確的送假名？**

1 動^{うごか}す：動^{うご}く 2 動^{うご}かす：動^うごく

3 動^{うご}かす：動^{うご}く 4 動^{うご}ごかす：動^うごく

漢字知識⑪：和製漢語

即日本自創的漢語單詞。在長年累月受到漢語薰陶的過程中，日本人也多次自己創造一些自家製的漢語，此刻分為兩個階段。一是明治之前，如把「日ノ本」這個本來是訓讀的國名換成音讀「日本」；同樣把原來是訓讀，表示蘿蔔的「大根」換成音讀「大根」，或是把生氣的慣用語「腹が立つ」轉換成「立腹」等；另外一次和製漢語大量出現的時間是明治時期，以西周和福澤諭吉為首的著名學者創造了諸如「文化」、「民族」、「思想」、「法律」、「経済」、「資本」、「階級」、「宗教」、「哲学」、「理性」、「感性」、「意識」、「主観」、「客観」、「科学」、「物理」、「時間」、「空間」、「理論」、「文学」、「電話」、「美術」、「喜劇」、「悲劇」、「社会主義」、「共産主義」等眾多不朽的漢語。此外諸多接頭結尾詞如「〜性」、「〜的」（可作為な形容詞使用，請參照本書 36▶ 重要な形容詞②）、「〜力」や「超〜」等也在此時如雨後春筍般出現，到今時今日仍然生生不息的孕育着新的單詞。

題1 以下哪個是和製漢語？

I. 返事（へんじ）

II. 見物（けんぶつ）

III. 出張（しゅっちょう）

1　I.、II.	2　II.、III.
3　I.、III.	4　I.、II.、III.

題2　以下哪個不是和製漢語？

1　電気（でんき）　　　　　　2　電話（でんわ）

3　電視（でんし）　　　　　　4　電報（でんぽう）

題3　「食べ放題（たべほうだい）に関（かん）してはあいつは達人（たつじん）でしょうけれど、性格的（せいかくてき）にいうと、超（ちょう）中二病（ちゅうにびょう）だと思（おも）うよ。」以上句子中，有幾個和製漢語？

1　3個　　　　　　　　　　　2　4個

3　5個　　　　　　　　　　　4　6個

題4　「野球（やきゅう）」是 baseball、「蹴球（しゅうきゅう）」是 soccer 的和製漢語，那麼「卓球（たっきゅう）」和「庭球（ていきゅう）」分別是哪些英語的和製漢語？

1　卓球＝ snooker、庭球＝ golf

2　卓球＝ table tennis、庭球＝ tennis

3　卓球＝ snooker、庭球＝ tennis

4　卓球＝ table tennis、庭球＝ golf

第二部分

語彙拔萃

出題範圍	出題頻率
甲類：言語知識（文字・語彙）	
問題 1 漢字音讀訓讀	✓
問題 2 平假片假標記	✓
問題 3 前後文脈判斷	✓
問題 4 同義異語演繹	✓
問題 5 單詞正確運用	✓
乙類：言語知識（文法）・讀解	
問題 1 文法形式應用	✓
問題 2 正確句子排列	
問題 3 文章前後呼應	
問題 4 書信電郵短文	
問題 5 中篇文章理解	
問題 6 長篇文章理解	
問題 7 圖片情報搜索	
丙類：聽解	
問題 1 即時情景對答	
問題 2 整體內容理解	
問題 3 圖畫文字綜合	
問題 4 長文分析聆聽	

JPLT

N2

重要名詞①（あ行）

合図（信号 / 眼神）、足跡（足跡）、足元（腳步 / 腳下）、綽名（綽號）、宛名（收件人的名稱）、甘えん坊（撒嬌的孩子）、天の川（銀河）、雨模様（要下雨的様子）、雨漏り（漏雨）、雨宿り（避雨）、勢い（氣勢）、悪戯（惡作劇）、遺伝（遺傳）、市場（菜市場）⇔市場（金融證券市場）、居場所（所在 / 下落）、医療（醫療）、嗽（漱口）、打ち合わせ（會議）、内輪（内部）、鬱病（憂鬱症）、怨み＝恨み（怨恨）、噂（傳聞）、運賃（車費）、縁起（兆頭，縁起がいい＝吉利，縁起が悪い＝不吉利）、演技（演技）、遠足（遠足）、欧米（歐美）、おかず（餸菜）、汚染（污染）、恩恵（恩惠）、温室（溫室）、恩人（恩人）

題1 雨が降った後の山道は大変滑りやすくなっておりますので、くれぐれも足元にご注意ください。

1 あしもと 2 そくげん

3 あしげん 4 そくもと

題2 妻：うちの子はもう5歳なのに、行動はまだまだ＿＿＿＿＿＿のようだね

夫：まあ、＿＿＿＿＿＿だから、しょうがないよね。

1 あかんぼう / あまえんぼう 2 さくらんぼ / たんぼ

3 わすれんぼう / たんぽぽ 4 マーボー / くいしんぼう

題3 小学校の時に豚肉が好きだったので、友人に「猪八戒」という＿＿＿＿＿＿を付けられたものだ。

1 あだな 2 あてな

3 さらだ 4 はてな

寝る前に、必ずうがいをするようにしています。

1 歯を磨くこと

2 風呂に入ること

3 トイレに行くこと

4 口を漱ぐこと

題5 **合図**

1 合図と俺は、少年時代から色んなことを共有してきた竹馬の友です。

2 合図を見ながら、商品における設計上の欠陥を指摘させていただきました。

3 俺が鼻糞を取るポーズをしたら、それが合図だと思って行動してください。

4 分かったか？俺が話をしたら、「その通りですね」と合図を打つんだよ。

題6 **縁起**

1 確かにあの二人は顔は瓜二つ *** ですが、何の縁起関係もないそうですよ。

2 高卒したらすぐに建築現場の仕事に携わった父親は、大学とは縁起がなかった。

3 あのご夫妻はイギリスの大学で偶然に知り合ったなんて本当に縁起があるね。

4 明日飛行機に乗るのだから、「落ちる」とか縁起でもない話はするな。

*** 瓜二つ：顔がよく似ていること。

重要名詞②（か行）

外見（外表）、外交（外交）、快晴（晴朗）、角度（角度／立場）、学力（學識）、
箇所（部分，3箇所＝3個部分）、活気（朝氣）、括弧（括弧）、過程（過程）、
過半数（超過半數）、勘（直覺）、患者（病人）、鑑賞（欣賞，映画鑑賞＝欣
賞電影）、勘定（結賬）、記憶（記憶）、着替え（換衣服）、気配り（對人的關
懐）⇔気配（動靜）、生地（衣料質地）、儀式（儀式）、基準（基準）、奇数（基
數）⇄偶数（偶數）、基礎（基礎）、寄付（捐獻）

題1 ＿＿＿＿＿を済ませないで店を立ち去ろうとするなんて、「食い逃げ」じゃな
いですか？

1 過程　　　　　　　　　　　　2 おかず

3 寄付　　　　　　　　　　　　4 勘定

題2 この地域は、若者が多く住んでいるが故に＿＿＿＿＿に溢れるところとして
有名です。

1 恩恵　　　　　　　　　　　　2 活気

3 雨漏り　　　　　　　　　　　4 快晴

題3 部下の木村は気配りができない人で残念だ。

1 呼吸ができない　　　　　　　2 他人の面倒が見られない

3 上手く喋れない　　　　　　　4 資料を分類できない

題4 なかなか勘が良いですね。

1 第一印象　　　　　　　　　　2 第二言語

3 第三者　　　　　　　　　　　4 第六感

気配

1 あまり勝負とか失敗などを気配にし過ぎないようにしたほうがいい。

2 気配転換のために、有休を取って旅に出た。

3 この部屋には誰もいないのに誰かがいる気配がする。

4 気配が付いたら、もう 40 歳のおじさんになっていた。

規模（規模）、行儀（舉止）、共通点（共同點）、行列（排隊）、金属（金屬）、くしゃみ（打噴嚏）、苦情（抱怨／投訴）、癖（習慣，口癖＝口頭禪）、組合（工會）、車椅子（輪椅）、経緯（事件始末）、景気（景氣）、欠陥（缺陷）、見解（見解）、原産地（原産地）、現状（現況）、現段階（現階段）、見当（推測）、憲法（憲法）、光景（景象）、口実（藉口）、構造（構造）、交通機関（交通工具）、強盗（搶劫）、候補（候選人）、心当たり（頭緒／綫索）、言葉遣い（用詞）

題1 宜しければ、お二人の離婚に至るまでの＿＿＿＿を聞かせてもらえませんか。

1 景気 　　　 2 行儀 　　　 3 経緯 　　　 4 現状

題2 ＿＿＿＿ができるほど超美味しい店らしいけど、5時間待っていろと言われると実に興覚めだ。

1 行列 　　　 2 光景 　　　 3 規模 　　　 4 口実

題3 彼はいかなることに対しても深刻に考えすぎる<u>くせ</u>がある。

1 趣味 　　　 2 習慣 　　　 3 能力 　　　 4 弱点

題4 事件について、<u>心当たり</u>のある方、ぜひご一報ください。

1 ヒント 　　　 2 チップ 　　　 3 センサー 　　　 4 スライス

題5 **苦情**

1 この国はコロナによる財政的<u>苦情</u>に直面している。

2 あの人は、戦争と原発事故という二度の大きな<u>苦情</u>に見舞われた。

3 最近会社をクビになった木村さんの顔には<u>苦情</u>の色が濃かった。

4 カスタマーサービスとは、お客様を対象とした<u>苦情</u>相談の窓口である。

重要名詞④（さ行）

財産（財産）、裁判（裁判）、材料（材料）、境（邊界，縣境＝縣與縣之間的邊界）、逆様（倒轉／相反）、盛り（全盛期，働き盛り＝事業的高峰期）、差し支え（妨礙）、雑談（閑聊）、騒ぎ（騷動）、司会（大會司儀）、敷地（建築／住宅用地）、刺激（刺激）、姿勢（姿勢／態度）、事態（事態／局勢）、下書き（草稿）、支度（準備）、下町（平民居住區）、湿気（濕氣）、実績（實際功績）、視点（觀點）、芝居（戲劇）、芝生（草地）、吃逆（打嗝）、収穫（收穫）、重傷（沒有生命危險的重傷）⇔重体（病危、垂危的狀態）

題1　ミルクを飲み終わった赤ちゃんは、＿＿＿＿しやすいのって知っていますか？

1　しゃっくり　　　　　　　　2　せきどめ

3　めまい　　　　　　　　　　4　みみなり

題2　塾の先生：ほら、ｂが上と下、しかも右と左が逆様じゃ＿＿＿＿になってるんじゃない？

学生：ごめんなさい、これから気を付けます。

1　B　　　　　　　　　　　　2　q

3　p　　　　　　　　　　　　4　d

題3　小説の下書きは完成したものの、まだまだ修正する必要がある。

1　クライマックス

2　クライアント

3　ドラフト

4　トラウマ

題4 支度(したく)

1 地震後(じしんご)、政府(せいふ)はヘリコプターで島民(とうみん)に食料品(しょくりょうひん)を支度(したく)していました。

2 この政権(せいけん)は支度率(したくりつ)が日(ひ)に日(ひ)に低下(ていか)しているので、政権交替(せいけんこうたい)はもはや時間(じかん)の問題(もんだい)だ。

3 弊社(へいしゃ)に対(たい)する長年(ながねん)のご愛顧(あいこ)ご支度(したく)、ありがとうございました。

4 早(はや)く支度(したく)しないと、電車(でんしゃ)の時間(じかん)に間(ま)に合(あ)わないぞ。

題5 差(さ)し支(つか)え

1 食事(しょくじ)は後(あと)で決(き)めたいので、差(さ)し支(つか)えず、ビールを二(ふた)つ下(くだ)さい。

2 差(さ)し支(つか)えがなければ、詳(くわ)しい話(はなし)を聞(き)かせてください。

3 もし君(きみ)の差支(さしつか)えがなかったら、今回(こんかい)のプロジェクトは成功(せいこう)しなかったであろう。

4 私(わたし)の企画(きかく)は強(つよ)い差支(さしつか)えに遭(あ)ったので、しばらくは保留(ほりゅう)という形(かたち)になっている。

重要名詞⑤（さ行）

主義（主義，保守主義＝保守主義）、熟語（成語／慣用語）、首脳（元首／首脳）、寿命（壽命）、主役（主角）⇄脇役（配角）、循環（循環，悪循環＝惡性循環）、準優勝（亞軍）、障害（身體的障礙／殘疾）、商業（商業）、常識（常識）、商社（貿易公司）、上旬→中旬→下旬（上旬→中旬→下旬）、症状（症狀／病情）、焦点（焦點）、消費期限（食物的最後食用期限，過期進食有機會壞肚子）⇔賞味期限（表示食物最好吃的期限，過期不代表壞掉）、賞品（獎品）、職人（傳統工匠）、植物（植物）⇔食物（食物）、食欲（食慾）、諸国（各國）

題1 この論文は、落語が如何に人を笑わせるかという所に<u>しょうてん</u>が置かれて作成されている。

1 笑点 しょうてん
2 昇天 しょうてん
3 焦点 しょうてん
4 章典 しょうてん

題2 主役は無論のことですが、如何なる作品でも＿＿＿＿＿＿＿なしでは成り立たないでしょう。

1 脇役 わきやく
2 腋臭 わきが
3 脇下 わきした
4 訳あり わけ

題3 昨日の授業で「犬も歩けば棒に当たる」という<u>熟語</u>を先生に教わりました。

1 フレーズ
2 フレンド
3 ブランド
4 プライス

題4 **あくじゅんかん**とは、例えば、失敗した自分が先輩に怒られて、自信が無くなって、

1　それでも勇気を持って先輩に教わりたいという姿勢を示すこと。

2　仕舞には失敗を恐れずにどんなことにもチャレンジできるようになること。

3　また失敗するのを恐れてなかなかチャレンジ精神が持てないこと。

4　結局誰でも苦手な分野があることに気付いて先輩を無視することに決めること。

題5 **主義**

1　バスケットボールってチームワークを重んずるスポーツなので、個人主義は避けるべし！

2　自分の主義に対して、彼はあくまでも曲げようとしなった。

3　A社から「作業の役割分担をしませんか」という主義のEメールが届きました。

4　日本では、大学を卒業した者といと、企業に就職するのが主義となっています。

書斎（書房）、素人（業餘人士）⇄玄人（專家）、芯（中心部分 / 心理質素）、
真空（真空）、末っ子（最小的兒女）⇄長男（長子）/ 長女（長女）、隙間（空
隙）、頭痛（頭痛）、住まい（居所）、寸法（尺寸）、税関（海關）、世紀（世紀）、
制限（限制）、星座（星座）、正座（日式跪坐）、政党（政黨）、性能（產品機
能）、成分（成分）、世間（社會）、台詞（對白）、全額（全費）、戦後（大戦後）、
前者（前者）⇄後者（後者）、先祖（祖先）、前提（大前提）、騒音（噪音）、
葬式（喪禮）、総理大臣（總理大臣）

題1 これはとても<u>素人</u>のものとは思えず、むしろ<u>玄人</u>に匹敵するほどの作品で
はあるまいか？

1 しろじん / くろじん 　　　 2 そじん / げんじん

3 しろうと / くろうど 　　　 4 そびと / げんびと

題2 雄太君と幸子ちゃんは結婚を＿＿＿＿＿として交際を始めたということだ。

1 常識 　　 2 前菜 　　 3 葬式 　　 4 前提

題3 食べ放題とはいえ、時間や食べ残しなどについての＿＿＿＿＿がない訳では
ないよ。

1 制限 　　 2 成分 　　 3 事態 　　 4 視点

題4 僕は隣の家の犬が自由に僕の家に出入りできるように、わざわざ垣根に
<u>隙間</u>を空けてやった。

1 スプレー 　　　 2 スペース

3 スパン 　　　 4 スポンジ

1 <ruby>芯<rt>しん</rt></ruby>の<ruby>強<rt>つよ</rt></ruby>い<ruby>人<rt>ひと</rt></ruby>と、<ruby>自我<rt>じが</rt></ruby>の<ruby>強<rt>つよ</rt></ruby>い<ruby>人<rt>ひと</rt></ruby>とは<ruby>訳<rt>わけ</rt></ruby>が<ruby>違<rt>ちが</rt></ruby>う。

2 <ruby>芯<rt>しん</rt></ruby>の<ruby>友情<rt>ゆうじょう</rt></ruby>というのは、お<ruby>互<rt>たが</rt></ruby>いに<ruby>支<rt>ささ</rt></ruby>え<ruby>合<rt>あ</rt></ruby>うものである。

3 <ruby>今回<rt>こんかい</rt></ruby>の<ruby>過<rt>あやま</rt></ruby>ちを<ruby>芯<rt>しん</rt></ruby>に<ruby>受<rt>う</rt></ruby>け<ruby>止<rt>と</rt></ruby>めて、<ruby>今後<rt>こんご</rt></ruby>の<ruby>改善<rt>かいぜん</rt></ruby>に<ruby>努<rt>つと</rt></ruby>めてまいります。

4 <ruby>相次<rt>あいつ</rt></ruby>いだご<ruby>不幸<rt>ふこう</rt></ruby>に<ruby>見舞<rt>みま</rt></ruby>われたこと、<ruby>芯<rt>しん</rt></ruby>お<ruby>察<rt>さっ</rt></ruby>しします。

重要名詞⑦（た行～な行）

対策（對策）、大陸（大陸，アフリカ大陸＝非洲大陸）、溜息（嘆息，溜息をつく＝發出嘆息）、便り（書信）、段取り（程序／計劃）、団地（住宅區）、近頃（近日）、知事（日本行政單位最高首長，県知事＝縣級最高首長）、注（注釋）、兆（單位的「兆」）、頂点（最高峰）、通路（通道）、突き当り（盡頭）、月日（歲月）、繋がり（關聯）、定員（規定人數）、定価（定價）、定休日（規定放假日子）、徹夜（通宵）、手間（工夫，手間がかかる＝花工夫）、手前（自己面前）、出前（送外賣）、展開（事情的發展）、伝言（留言）、道徳（道德）、盗難（盗竊）、当番（當值）、等分（分開幾份，三等分＝分開三份）、東洋（東洋）⇄西洋（西洋）、日課（每天的習慣）、日程（每天的計劃）、女房（對妻子的通俗講法）⇄旦那（對丈夫的通俗講法）

題1　思うには、40歳を過ぎたら、月日が経つのは一層早くなるかと。

1　げつにち

2　げっぴ

3　つきひ

4　つきにち

題2　幼い子供に美味しい魚を安心して食べてもらうように、骨取りは大変＿＿＿＿のかかる作業ですが、それを怠らない親が多々いる。

1　日課

2　出前

3　手間

4　手前

題3　この道路の突き当りにかつて私の家があった。

1　最初のところ

2　最後のところ

3　向かいのほう

4　曲がったところ

題4 明日の段取りに関して、何かご不明な点はございませんでしょうか。

1 アポイントメント   2 アカウント

3 アミューズメント   4 アレンジメント

題5 溜息

1 私のお願いを聞き終えるか聞き終えないかのうちに、社長はなんの溜息もなく承諾して下さった。

2 溜息をつくと幸せが逃げるって一度耳にしたことはありませんか。

3 教室中で湧き上がる歓声の中、俺一人だけが溜息でした。

4 罪を犯した弟の顔を見ると、あの時は何故止めなかっただろうと長溜息してしまった。

梅雨（梅雨，梅雨前線＝梅雨季節，日本南岸附近經常出現的停滯前線，會帶來不穩定天氣）、博士（博士）、吐き気（作嘔，吐き気がする＝想作嘔）、破産（破產）、花婿（新郎）⇄花嫁（新娘）、範囲（範圍）、反抗期（反叛期）、万歳（日本人經常作祝賀語的「萬歲」）、半島（半島）、日当たり（向陽，日当たりがいい＝陽光充沛）、日帰り（當天回家）、引き分け（打成平手）、悲劇（悲劇）、日差し（日曬，日差しが強い＝日曬猛烈）、一言（一句話）、人込み（人群）、独り言（自言自語）、日の入り（日入）⇄日の出（日出）、表情（表情）、武器（武器）、複数（幾個）、舞台（舞台）、双子（雙胞胎）、負担（負擔）、部品（零件）、文献（文獻）、文脈（前文後理）、分野（領域／範疇）、方言（方言）、冒険（冒險）、方針（方針）、包装（包裝）、防犯（防止犯罪）、誇り（自豪）、本部（本部）

題1 ひこととはいえ、聞く側のそれからの人生に大きな影響を与えることってあり得ますよね。

1 一言 　　　　　　　　　　 2 人事

3 酷事 　　　　　　　　　　 4 独言

題2 近代ドイツの心理学という＿＿＿＿＿にかけては、おそらく彼に敵える人はいないだろう。

1 分野 　　　　　　　　　　 2 当番

3 舞台 　　　　　　　　　　 4 範囲

題3 日本人には、＿＿＿＿＿という言葉を発しつつ、何度も両腕を上方に向けて伸ばす習慣がある。

1 万歳 　　　　　　　　　　 2 犯行

3 破産 　　　　　　　　　　 4 防犯

題4 これ以上の妥協は、個人からでも民族からでも、誇りが許されない。

1 スライド　　　　　　　　　　2 フライト

3 フライド　　　　　　　　　　4 プライド

題5 **方針**

1 今回のピンチを乗り越えるために、いい方針があったらぜひご教示ください。

2 どのような事業の方針性を決めたら世の中に生き残れるのでしょうか？

3 わが社の情報を無断に転載したA社に対して、社長は追及しないという寛大な方針だ。

4 田中博士と言えば、これまで遺伝子工学の方針で数々の業績をあげた学者である。

重要名詞⑨（は行～わ行）

迷子（走失的孩子）、摩擦（國與國之間的摩擦）、見舞い（探望／慰問，暑中見舞い＝夏天慰問；寒中見舞い＝冬季慰問）、未満（未滿）、魅力（魅力）、迷信（迷信）、目上（長輩）⇄目下（後輩）、目印（記號）、目安（基準）、役割（任務／角色）、火傷（燒傷／燙傷）、矢印（箭頭標志）、唯一（唯一）、夕立（黃昏下的驟雨）、行方（行蹤／去向）、夜明け（天明）、予期せぬこと（無法預料的事）、翌日（翌日）、酔っ払い（醉鬼）、世の中（世間上）、余裕（盈餘，余裕がある＝充裕／綽綽有餘）、臨時（臨時）、和製英語（日本人自創的日式英語）、話題（話題／成為熱門話題的）、悪口（壞話）

題1 日本では、運転の初心者や高齢者を表示するために、若葉や紅葉などの植物をモチーフにした_____が使用されています。

1 迷信　　　　　　　　　　　2 役割

3 矢印　　　　　　　　　　　4 目印

題2 人にもよりますが、家賃の_____としては、給料の3割以内の金額とするのが一般的です。

1 目安　　　　　　　　　　　2 目上

3 定価　　　　　　　　　　　4 寸法

題3 こちらはまいごセンターでございますゆえ、

1 ご両親を見失った子供を預かっています。

2 良い子供が育つように様々な教育を施しています。

3 踊りが上手な舞子さんになれるように育成しています。

4 有名な囲碁の選手になるように日々訓練しています。

題4 **ゆくえ不明者は 20 人にも及んでいます。**

1 どんな家族構成かが分からない。

2 どこへ行ったか分からない。

3 いつ被害を受けたかが分からない

4 年齢がいくつかが分からない

題5 **余裕**

1 発車までまだ 30 分余裕している。

2 決して大金を持っている訳ではないが、余裕な生活を送っている。

3 相手がアマチュアなんで勝つのは余裕だぜ。

4 席はまだまだ余裕に残っているので、好きなところに座ろう。

アーティスト（藝術家）、アクセント（口音）、アプローチ（進行的方法）、エチケット（禮儀）、エプロン（圍裙）、カテゴリー（範疇）、キャンパス（校園）、キャンペーン（活動）、コレクション（收藏）、○○コン（控，ロリコン＝蘿莉控；マザコン＝媽寶）、シリーズ（系列）、チップ（小費）、デモ（示威）⇔ストライキ（罷工）、テンポ（速度/拍子）⇔リズム（音樂韻律）、ノーベル賞（諾貝爾獎）、パイプ（中間人）、バランス（平衡）、ビタミン（維他命）、ビニール（塑膠）、ブーム（潮流）、プライバシー（個人私隱）、プライベート（私人）、ブルー（憂鬱）、ベテラン（老手）、マイペース（以自己的節奏/方式處事，我行我素）、ワンマン（個人，ワンマン経営＝個人主義經營/不聽部下意見，獨斷獨行）

題1 日本人_____賞 受賞者を出身大学別に分類すると、主に東大か京大かのどちらかになるでしょう。

1 ビタミン
2 キャンパス
3 アプローチ
4 ノーベル

題2 最近_____の速い曲が若い世代の中では_____となっています。

1 パイプ / ブルー
2 テンポ / ブーム
3 アクセント / グリン
4 マザコン / ベテラン

題3 当店では、お客様からの_____は、一円でもお受けすることができかねます。

1 バランス
2 ポテトチップス
3 チップ
4 チリソース

題4 うちの会社は中小企業なもので、社長はワンマン経営を行っている。

1 一年に一か月だけ仕事するし、年末に一か月分のボーナスをくれる。

2 朝は CEO の役割を果たしつつ、夜となると清掃のおばさんの仕事をする。

3 社員の意見に耳を貸さず勝手に自分の息子を課長に任命する。

4 「アンパンマン」や「ワンピース」など有名なキャラクターのグッズを生産する。

題5 マイペース

1 私は主流の映画よりも、どちらかと言えばマイペースのものを好む。

2 この日本酒はお米の旨みを引き出したマイペースな味わいがあって、飲み易いです。

3 マイペースとは、弱点でありながら、他人の意見に流されない一面も持ち合わせています。

4 普段着で会社の面接に行くと、マイペースイメージを与えかねないよ。

重要Ⅰ類動詞①（あ行〜さ行）

甘んじる（甘心情願）、味わう（品嚐）、焦る（焦慮）、争う（爭奪）、至る（直至）、威張る（囂張）、奪う（奪取）、裏切る（背叛）、羨む（美慕）、補う（補償）、教わる（受教）、輝く（閃耀）、稼ぐ（掙錢）、偏る（偏頗）、揶揄う（取笑）、乾かす（弄乾）、気が合う（氣味相投）、気がある（有意）、気が済む（滿意）、気が散る（分心／不能集中）、気を使う（無微不至）、腐る（腐爛）、暮らす（生活）、削る（削減）、蹴る（踢）、異なる（不同）、好む（喜愛）、遡る（追溯）、逆らう（抗拒）、沈む（下沉）、湿る（潮濕）、しゃがむ（蹲下）、擦れ違う（擦身而過）、背負う（背負）、【自】揃う（準備齊全）⇔【他】揃える（使……齊全）

*** 自他動詞的基本定律，可參照《3 天學完 N4・88 個合格關鍵技巧》 **20** 至 **21** 自（不及物）他（及物）動詞表①②，以下同。

題1 課長になったからって＿＿＿＿＿んじゃない！大体、親の力なしでは成れっこないくせに……

1 威張る
2 揶揄う
3 争う
4 羨む

題2 勉強中に音楽を聴くのが好きだが、＿＿＿＿＿しまうこともあるので、よくないなとつくづく思った。

1 気が有って
2 裏切って
3 偏って
4 気が散って

題3 今まで度々人件費を＿＿＿＿＿きた社長に＿＿＿＿＿証として、今朝辞表を提出してきた。

1 奪って / しゃがむ

2 稼いで / 蹴る

3 沈んで / 補う

4 削って / 逆らう

題4 思い切って泣くのは良いけれど、気が済んだら、事件の経緯を教えてくれ！

1 満足したら

2 不満だったら

3 悩みがあったら

4 死ぬまでには必ず

題5 擦れ違う

1 蚊に刺されたか知らないけどずっと背中が痒いから、少し擦れ違ってくれない？

2 生きている間に、一度擦れ違えば、二度と会えない人っていくらでもいるよね。

3 あの二人は最初は口喧嘩だったけど、どんな経緯で擦れ違うまでに至ってしまったのか？

4 道端で知らない人を友人の武君と擦れ違って、「武君」と大きい声で呼んでしまった。

重要Ⅰ類動詞②（た行〜わ行）

【御飯】を炊く（煮【飯】）、戦う（戰鬥）、躊躇う（猶豫）、【自】伝わる（某事自然流傳）⇔【他】伝える（傳達某事）、詰まる（某物堵住）、【自】整う（整齊勻稱）⇔【他】整える（整理某物）、憎む（憎恨）、狙う（以……為目標）、【自】挟まる（某物夾在中間）⇔【他】挟む（夾着某物）、省く（省略）、膨らます（令某物膨脹）⇔膨らむ（某物膨脹）、振る舞う（行動）、干す（曬乾）、実る（有成果）、燃える（某物自然燃燒）⇔燃やす（燃燒某物）、戻す（放回原處）⇔戻る（回歸原處）、物語る（說明）、養う（養育家人）、雇う（雇用）、弱まる（某物自然弱化）⇔弱める（令某物變弱）

題1　あの選手は今回のオリンピックで銀メダルではなく金メダルしか＿＿＿＿＿と宣言した。

1　躊躇わない　　　　　　　　2　狙わない

3　実らない　　　　　　　　　4　戦わない

題2　話しが長くなるので、さほど重要でない部分は＿＿＿＿＿いただきます。

1　弱めさせて　　　　　　　　2　省かせて

3　語らせて　　　　　　　　　4　膨らませて

題3　日本の正月には「高齢者が餅を喉に＿＿＿＿＿」事故は必ずと言っても良いぐらい起きる。

1　燃えさせる　　　　　　　　2　戻させる

3　詰まらせる　　　　　　　　4　挟まれる

題4 曲の歌詞を聞いていくうちに、作詞家が意図的に隠そうとしていた本当の気持ちが伝わってきた。

1 感じ取られて　　　　　　　2 明らかになって

3 信頼されて　　　　　　　　4 泣けるようになって

題5 **振る舞う**

1 コロナが原因でいまだに振る舞わされている店が多い。

2 遅くなっても振る舞わないが、今日中は必ずメールをください。

3 この地域は今年に入ってからすでに3度も台風に振る舞われてしまった。

4 あの芸能人は観客の前では紳士的だが、実はいつも偉そうに振る舞っている。

下りる（從上方到下方／批下來，幕が下りる＝閉幕）、飽きる（厭倦）、錆びる（生鏽）、飛び降りる（從高處跳下）、尽きる（用盡／完結）、率いる（帶領）、滅びる（滅亡）、見飽きる（看厭）、満ちる（充滿）、用いる（使用）

*** 基本上重要的 IIa 動詞已列在《3 天學完 N4·88 個合格關鍵技巧》 22 ▷

20 個 IIa 動詞（上一段動詞）的記憶方法，N3 程度的話足以應付；此章以及未來的 N1 書裏，集中梳理 N2 和 N1 程度的 IIa 動詞。

題1 スタディツアーという形で 2020 年の 1 月に弊学の教師が生徒たちを率いて宮崎に赴いた。

1 いだいて 　　　　　　　　2 もちいて

3 ひきいて 　　　　　　　　4 そついて

題2 いくら生地がよくてお洒落な服であっても、必ず＿＿＿＿＿日がやってくるでしょう。

1 みあきる 　　　　　　　　2 つきる

3 みちる 　　　　　　　　　4 ほろびる

題3 昭和時代に遡ると、今では誰も住んでいないこの町も活気＿＿＿＿＿満ちていたよ。

1 が 　　　　　　　　　　　2 に

3 で 　　　　　　　　　　　4 を

題 4　すみませんが、本部からの許可が下りるのには、何日くらいかかります
か？

1　にあふれだす　　　　　　　　2　からしりぞく

3　がほしがる　　　　　　　　　4　をくださる

題 5　**さびる**

1　彼は実家の猫が側にいないと<u>さびる</u>ということで、毎日母親に録画を送
ってもらっている。

2　お前が<u>さび</u>みたいな笑い方をしているのだから、せっかくのいい写真も
台無しだよ。

3　刃物も人間の頭も、長い間使わないと、いつか<u>さび</u>てしまうよ。

4　国民からの支援が得られない政権は、もはや<u>さびる</u>と同然だ。

重要 IIb 類動詞（下一段動詞）①

呆れる（吃驚 / 愕然）、暴れる（胡鬧）、溢れる（液體溢出 / 充滿）、慌てる（慌張）、薄める（弄淡味道或顔色）、訴える（控訴）、埋める（填 / 掩埋）、抑える（壓制 / 壓抑）、収める（收拾 / 取得成功）/ 納める（納税）/ 治める（統治 / 平定）、衰える（衰退）、溺れる（遇溺）、抱える（抱）、兼ねる（兼帯 / 兼任）、【他】傷付ける（傷害某人某物）⇔【自】傷付く（某人某物受到傷害）、【他】崩れる（崩塌）⇔【自】崩す（拆掉 / 破壊現有形態）、【他】砕ける（破碎）⇔【自】砕く（弄碎）、【他】くっ付ける（把某物黏上）⇔【自】くっ付く（某物和他物黏在一起）

題1　このままじゃ済まされないから、絶対に訴えてやる。

1　うったえて　　　　　　　　2　かかえて

3　ささえて　　　　　　　　　4　おとろえて

題2　妻は家計の赤字を＿＿＿＿＿ために、今まで貯めてきたへそくり *** を少しずつ使うようしている。

1　崩す　　　　　　　　　　　2　埋める

3　抑える　　　　　　　　　　4　納める

*** へそくり：他人に知られないように日頃から少しずつ貯めたお金。

題3　池に落ちて＿＿＿＿＿かけていたリスが、人間によって救助された映像を見て涙がでそうになった。

1　おのれ　　　　　　　　　　2　あきれ

3　おぼれ　　　　　　　　　　4　あわれ

題4 **家の居間は、ダイニングと私の仕事場を兼ねて機能しています。**

1 居間は居間としてしか機能しない。

2 居間は居間とダイニングとして機能する。

3 ダイニングも仕事場も居間にある。

4 居間は仕事場でもあるが、ダイニングとしては扱われていない。

題5 **溢れる**

1 海藻類はミネラルを多く溢れているため、沢山食べると体にいいそうです。

2 あまりにストレスが溢れると、病気になることも考えられるよ。

3 元気に溢れていて目がキラキラしている子供を見ると、だるい体も元気になる。

4 夜になると、星がキラキラと溢れるのは、田舎ならではの景色ですね。

痺れる（麻痺）、占める（佔着）、ずれる（位置偏離）、責める（責備）、備える（具備）、堪える（忍耐）、蓄える（儲備）、例える（舉例）、繋げる（連繋）、潰れる（壓壞／壓扁／破產）、遂げる（得償所願）、慰める（安慰）、怠ける（懶惰）、抜ける（脱落）、生える（長出）、外れる（掉下）、老ける（年紀老邁）、巫山戯る（放肆）、震える（震動）、隔てる（隔開）、任せる（委任）、混ぜる（混入）、【自】乱れる（某人某物處於混亂狀態）⇔【他】乱す（擾亂）、恵まれる（受惠於）、設ける（設置）、【他】儲ける（賺錢）⇔【他】儲かる（有利可圖）、凭れる（背靠着）、茹でる（煮／焯）

題1 長い時間正座すると、足が＿＿＿＿＿＿＿てしまうよね。

1 抜けて
2 茹でて
3 痺れて
4 ずれて

題2 チームメイト頼ってばかりいないで自分一人で仕事をやり＿＿＿＿＿＿＿なさい！

1 耐え
2 占め
3 備え
4 遂げ

題3 「人間の心を何に＿＿＿＿＿＿＿ようかというと、鷹のようなこの心だ」と表現した詩人がいる。

1 慰め
2 蓄え
3 任せ
4 例え

J P L T

51

N2

題4 | たとえ表情が厳しい人でも、たまには誰かと巫山戯た話をする必要がある。

1 巫女さんは神道においては欠かせない存在であるなどバカ真面目な

2 この前山に登った友人の名前が「山田伊須木」だったなど人を笑わせる
   ような

3 素晴らしい映画を見たなど聞く側と共感できる

4 何処かで美味しい食べ物を頂いたなど幸せ感がたっぷりの

題5 | 凭れる

1 コレクションの中に、扉に凭れて遠くを眺めている江戸時代の美人の
   浮世絵がある。

2 この子は今までずっと甘やかされてきたので、何時まで経っても自立せ
   ずに親に凭れようとしている。

3 子供に卵を買いに行くついでにタバコも買ってくるように凭れた。

4 彼女は日頃から偉そうな態度をとり、自分ほど成績の良くないクラスメ
   イトを凭れている。

7 複合動詞

日語中有些動詞屬於動詞1和動詞2的 結合形式，稱為「複合動詞」，一般是動詞1的連用形（ます型刪除ます）＋動詞2，比如「立ち止まる」（停步）、「立て替える」（墊支）等。N2程度較重要的複合動詞如下：

> 追い求める（追求）、追い払う（趕走）、思い込む＝信じ込む（認定／深信不疑）、思い遣る（體諒）、貸し出す（借出）、組み立てる（組裝）〜過ごす（過度，寝過ごす＝睡過頭；乗り過ごす＝坐過站）、立て替える（墊資／代付）、取り扱う（處理）、取り組む（把心思放在某事上）、取り込む（把東西放進室内／忙亂）、取り締まる（維持秩序／取締犯罪）、はみ出る（某物露出／超出範圍）、見下ろす（俯視／瞧不起）、見習う（以某人為榜樣）／見倣う（模仿）、分け合う（分甘同味）

題1 簡単に手に入る情報が本当かどうかを確かめもせず、そのまま＿＿＿＿＿、ますます真実から遠ざかってしまうだろう。

1 信じ込んでしまえば　　　　2 取り込んでしまえば

3 取り扱ってしまえば　　　　4 はみ出てしまえば

題2 子供にはなるべく小さい時から、人への＿＿＿＿＿の大切さを教えるべきです。

1 思いやり　　　　　　　　　2 貸し出し

3 取り締まり　　　　　　　　4 取り組み

題3 結婚式の際に、二人は「今後、苦しみも喜びも共に＿＿＿＿＿」と神様に誓った。

1 見習います　　　　　　　　2 追い求めます

3 分け合います　　　　　　　4 やり過ごします

見下ろす

1 空を見下ろせば、鷹が自由自在に飛んでいるのではありませんか！

2 失敗したら真摯に認め、成功しても他人を見下ろすものではない。

3 昨日徹夜で映画を見下ろしたせいか、今日授業中にずっとうとうとして
いた。

4 見下ろしてみれば、あの時は本当に愚かなことをしたなあと後悔して
いる。

立て替える

1 神様よ、どうか私に困難に立て替える勇気をくださいますように……

2 彼女があのショックから再び立て替えるのに、しばらくかかった。

3 昨日買ったガンプラを早速子供と一緒に立て替えてみた。

4 500円足りていないですが、しばらく立て替えてくれない？

8

重要 III 類動詞①（あ行〜か行）

育児する（育兒）、維持する（維持）、一致する（與……一致）、一定する（保持固定）、親孝行する（孝順）、演奏する（演奏）、開催する（舉行）、解釈する（解釋）、開通する（大橋開通／通車）、回転する（轉動）、解放する（解放／解脱）、開放する（公開）、覚悟する（有心理準備）、活躍する（活躍）、活用する（善用）、感激する（感激）、勘違いする（誤會）、看病する（照顧病人）、関連する（和……有關）

題1 あの妖艶な女性は、どうもこれまで複数の男性の急死事件と<u>かんれん</u>しているようだ。

1 観蓮   2 看錬

3 姦恋   4 関連

題2 二週間にわたり_____公開とさせていただきますので、どなたでもご入場いただけます。

1 感激   2 回転

3 一般   4 開催

題3 家内が出産したため、一週間ほど_____休暇を取らせていただきたいです。

1 活用   2 孝行

3 看病   4 育児

題4 女の人が男の人と一緒に食事に行ったら必ず恋愛関係になるなんて<u>勘違い</u>

もほどほどにして！

1 誤解

2 推定

3 結論

4 会計

題5 覚悟

1 本当に寝ている人は起こせるが、寝たふりをしている人は<u>覚悟</u>させることができない。

2 世の中は絶対的な平等というものはないんだと四十になってやっと<u>覚悟</u>し始めた。

3 公で「社長のバカヤロー」と叫んで会社の極秘を漏らした以上、いつクビにされてもいいように<u>覚悟</u>しておけ！

4 人に<u>覚悟</u>されると大変だからくれぐれも油断をするな。

9

重要 III 類動詞② （か行）

休講する（停課）、強化する（強化）、供給する（供應）、強調する（強調）、
工夫する（想辦法／費心思）、区別する（分開）、契約する（簽合同）、激減する（大減）⇄激増する（大增）、攻撃する（攻擊）、交際する（男女交往）、
合流する（會合）、克服する（克服）、ご無沙汰する（久違）、混雑する（擁擠）、
混乱する（混亂）

題1 本当に長い間ごぶさたしておりますが、お変わりございませんか。

1 夜露死苦 2 御無沙汰

3 我武者羅 4 愛羅武勇

題2 君はもう善悪の＿＿＿＿＿＿＿のつかない年ではないのに、なぜ非行に走ろうとしているんですか？

1 区別 2 強調

3 差別 4 解釈

題3 多くの路線を有する東京の恐ろしい＿＿＿＿＿＿＿の混雑、考えるだけでも目眩がする。

1 ビジネスアワー 2 ハッピーアワー

3 ゴールデンアワー 4 ラッシュアワー

題4 先発部隊は後程あの渓谷で本部隊と合流することになっている。

1 たすけあう 2 あつまる

3 せめあう 4 かたづける

工夫

1　カロリーオーバーにならないように食材そのものだけでなく、産地まで工夫します。

2　へえ、少林寺で三年間も工夫を習っていたんだ。だから簡単に強盗を退治できた訳だね。

3　3日間の旅とはいえ、化粧品やら服やら女の子にとって工夫が多いのよ。

4　貴方ならきっとできると思いますよ。ちゃんと工夫を持ちなさい！

重要 III 類動詞③（さ行）

催促する（催促）、採点する（計分）、削除する（刪掉）、作成する（製作文書）
⇔作製する（個人製造物品如配製鑰匙）、持参する（帶某東西去）、四捨五入
する（四捨五入）、自炊する（自己做飯）、実現する（實現）、実行する（實行）、
執筆する（執筆）、指摘する（指出問題所在）、支配する（支配）、自慢する（自
豪）、重視する（重視）、修正する（修正）、修繕する（修理）、就任する（上
任就職）、取材する（採訪）

題1 今朝僕らが試験を受けている時に、先生は別の科目のさいてんをしていた。

1 最低   2 祭典

3 採点   4 再訂

題2 昔はよく＿＿＿＿してたけど、最近は滅多にしなくなった。その代わりに
金はかかるけどね。

1 自炊   2 自虐

3 自慢   4 自賛

題3 14.4729 を四捨五入し、点数が二桁になるように整えるなら、つまり……

1 14   2 14.47

3 14.473   4 14.5

題4 早く出来ないかと催促されても無駄ですよ。何せハンドメイドの物だか
ら、時間はかかるよ。

1 促されても   2 急かされても

3 催されても   4 速められても

| 題5 | **取材<ruby>取材<rt>しゅざい</rt></ruby>する** |

1 記者<rt>きしゃ</rt>というのは、本国<rt>ほんごく</rt>のニュースばかりか、他国<rt>たこく</rt>に起<rt>お</rt>きる事件<rt>じけん</rt>を<u>取材<rt>しゅざい</rt></u>する必要<rt>ひつよう</rt>もある。

2 100人<rt>にん</rt>もいる応募者<rt>おうぼしゃ</rt>の中<rt>なか</rt>、今回<rt>こんかい</rt>は3人<rt>にん</rt>だけ弊社<rt>へいしゃ</rt>の正社員<rt>せいしゃいん</rt>として<u>取材<rt>しゅざい</rt></u>いたします。

3 要<rt>い</rt>るものはキープしておき、要<rt>い</rt>らないものは捨<rt>す</rt>てる。これが「<u>取材<rt>しゅざい</rt></u>」というとこだ。

4 2021年<rt>ねん</rt>バーチャルフォーラムは我<rt>わ</rt>がアジア研究学科<rt>けんきゅうがっか</rt>が責任<rt>せきにん</rt>をもって<u>取材<rt>しゅざい</rt></u>いたします。

1 重要 III 類動詞④（さ行）

上京（じょうきょう）する（從地方去東京）、上下（じょうげ）する（起伏漲落）、乗車（じょうしゃ）する（乘車）、上昇（じょうしょう）する（數字 / 地位上升）⇄下落（げらく）する（數字 / 地位下降）、上達（じょうたつ）する（進步）、象徴（しょうちょう）する（象徵）、左右（さゆう）する（左右 / 影響事情的發展）、消毒（しょうどく）する（消毒）、衝突（しょうとつ）する（撞車 / 產生矛盾）、承認（しょうにん）する（承認）⇄否認（ひにん）する（否認）、省略（しょうりゃく）する（省略）、推定（すいてい）する（推斷）、制作（せいさく）する（雕刻 / 繪畫等藝術創作）⇔製作（せいさく）する（量產東西）、絶滅（ぜつめつ）する（絕種）、相続（そうぞく）する（繼承）、存在（そんざい）する（存在）、尊重（そんちょう）する（尊重）

題 1 **声優（せいゆう）になるのが夢（ゆめ）の木村（きむら）さんは、二年前（にねんまえ）に＿＿＿＿し、以来京都府内（いらいきょうとふない）の専門学校（せんもんがっこう）に通（かよ）いつつ、声優関係（せいゆうかんけい）のアルバイトをしています。**

1 上達（じょうたつ）　　2 上京（じょうきょう）
3 持参（じさん）　　4 上洛（じょうらく）

題 2 **映画（えいが）とは大量（たいりょう）＿＿＿＿の出来（でき）る物（もの）ではなく、一（ひと）つ＿＿＿＿するのに数年（すうねん）かかることも珍（めずら）しくない。**

1 作製（さくせい）/ 制作（せいさく）　　2 製作（せいさく）/ 制作（せいさく）
3 作製（さくせい）/ 作成（さくせい）　　4 製作（せいさく）/ 作成（さくせい）

題 3 **鍵（かぎ）は一（ひと）つしかないので、合鍵（あいかぎ）を一（ひと）つ＿＿＿＿してきてもらえない？**

1 制作（せいさく）　　2 作製（さくせい）
3 作成（さくせい）　　4 製作（せいさく）

JPLTT N2

この頃、株価は 27000 前後を上下しています。

1 ずっと高くなる一方である。

2 先月は安かったが、先週に入ってから二週間続きで少しずつ高くなって
きている。

3 先月は高かったが、先週に入ってから二週間続きで少しずつ安くなって
きている。

4 高くなたっり安くなったりの繰り返しです。

左右

1 はっきりとは覚えていないが、この時計は確か 1500 ドルぐらい左右し
ています。

2 説明が左右してしまって申し訳ありません。もう少し順序良く説明すれ
ばよかったです。

3 自分の人生を左右する、ささやかだけれど一生忘れない出来事はいくつ
かある。

4 曹丞相、ご存じじゃないですか？常に劉備殿を左右にしているあの二人
は、彼の義弟の関羽と張飛ですよ。

重要 III 類動詞⑤（た行）

滞在する（逗留）、対照する（與……作對照）、逮捕する（逮捕）、対立する（與……對立）、達する（達到）、脱線する（脱軌／離題）、調整する（調整）、調節する（調節）、追加する（添加）、提案する（提議）、提出する（提交）、手入れする（維修／整理）、適用する（適用於……）、徹底する（徹底做）、転勤する（調換工作地點）、転職する（換新工作）、伝染する（傳染）、統一する（同意）、登場する（登場）、投票する（投票）、独立する（獨立）

題1　翻訳が完成したら、一度訳文を原文と<u>たいしょう</u>して確かめたほうが良いかと思います。

1　対照　　　　　　　　　　2　対証

3　対称　　　　　　　　　　4　対象

題2　いわば、どうせなら<u>てんしょく</u>に<u>てんしょく</u>しろ！

1　天職／転職　　　　　　　2　天色／店食

3　転職／天職　　　　　　　4　天蝕／添食

題3　お客様、ラストオーダー*** のお時間ですが、＿＿＿＿＿のご注文はございませんか？

1　登場　　　　　　　　　　2　提出

3　追加　　　　　　　　　　4　調節

***英語の last order からきた言葉で、「飲食店などで営業時間内に行う最後の注文」のこと。

題4 伝染しやすい病気なので、「ソーシャル・ディスタンス」*** をしっかり守りましょう。

1　うつり　　　　　　　　　　　　2　つたわり

3　つよまり　　　　　　　　　　　4　きになり

*** ソーシャル・ディスタンス＝英語の Social distance からきた言葉で「社交的距離」のこと。

題5 **手入れ**

1　テレビをご覧になっているお客様、本日は髪のお手入れに欠かせない大変便利な櫛をご紹介いたします。

2　両親は結婚してもう 20 年経つが、未だに出掛ける時にお互いに手入れするほどの仲良しだ。

3　ぎゃ〜〜〜、お巡りさん、この男、さっきあたしのスカートの中に、手入れしたよ。

4　念願のゲーム機をやっと手入れしたので、今晩は徹夜して遊ぶつもりだ。

重要 III 類動詞⑥（な行〜わ行）

仲直りする（和好如初）、熱中する（對……着迷）、配布する（派發）、爆発する（爆炸／爆發）、発揮する（發揮）、反映する（反映）、反省する（反省）、批判する（批評）、評価する（讚許／肯定）、普及する（普及）、分解する（分解）、分析する（分析）、分類する（分類）、矛盾する（和……有矛盾）、郵送する（郵寄）、輸入する（輸入）⇄輸出する（輸出）、油断する（疏忽大意）、要求する（要求）、冷凍する（冷藏）、連想する（聯想）、論争する（爭論）、和解する（和解）、若返りする（返老還童）

題1　かなり以前から日本食が浸透している香港は、日本から様々な食品を<u>輸入</u>しています。

1　ではいり　　　　　　　　2　でいり

3　ゆにゅう　　　　　　　　4　ゆうにゅう

題2　飲んだら、30年＿＿＿＿＿できる薬があるとしたら、欲しくないですか？

1　かみかくし　　　　　　　2　なかなおり

3　やまのぼり　　　　　　　4　わかがえり

題3　「＿＿＿＿＿一秒、怪我一生」という日本語は、中国人から見れば全く別の意味だ。

1　逮捕　　　　　　　　　　2　矛盾

3　油断　　　　　　　　　　4　爆発

題4　一つことに<u>熱中</u>しすぎると、良い影響もあるが、悪い影響もある。

1　手が届き　　　　　　　　2　心が奪われ

3　頭に来　　　　　　　　　4　気が合い

配布する

1 もしもし、浅草郵便局ですか？荷物の再配布をお願いしたいんですが……

2 壊れやすい品物なので、取り扱いの際はご配布いただきますようよろしくお願いします。

3 この噂というか、嘘を会社中に配布したのは誰だ？

4 大学生のころ、アルバイトで土日に繁華街を歩く人たちにチラシを配布していた。

重要い形容詞

厚かましい＝図々しい（厚顔無恥的）、慌ただしい（慌張的）、薄暗い（陰暗的）、幼い（年幼的）、賢い（聰明）、くどい＝しつこい（味道太濃的 / 糾纏不休的）、険しい（險峻的 / 嚴厲的）、しつこい（油膩的 / 囉嗦的）、頼もしい（值得信賴的）、だらしない（不修邊幅的）、とんでもない（哪兒的話 / 意想不到的 / 荒唐無理的）、激しい（激烈的）、等しい（相同的）、眩しい（目眩的 / 耀眼的）

題1 あの子は学校内でも「高嶺の花」*** 的な存在で、常に人を眩しくさせるほど輝いている。

1　たのもしく　　　　　　　　　2　ひとしく

3　けわしく　　　　　　　　　　4　まぶしく

***「高嶺の花」：憧れるだけで手に入れることができない存在、広東語では「女神」。

題2 しつこいな、ずっと＿＿＿＿＿＿話をしてなくてもいいのに……

1　ばかばかしい　　　　　　　　2　へんな

3　おなじ　　　　　　　　　　　4　エッチな

題3 全くないわけじゃないけど、銀行の残高は3円しかなくて、ない＿＿＿＿＿＿等しいわ。

1　が　　　　　　2　で　　　　　　3　に　　　　　　4　も

題4 女性にだらしない男の人の特徴を挙げてみてください。

1　思いやりがない　　　　　　　2　怖がらない

3　感心しない　　　　　　　　　4　真摯に接しない

とんでもない

1　お客様、今召し上がって頂いているお肉は、牛でもなければ豚でもなく羊なんです。

2　1＋1＝2だってことは、もはやとんでもないでしょう。

3　お客様と契約を結べたのは私の手柄だなんて、とんでもないことです。

4　私が社長の悪口をするなんて、本当にとんでもございません。

5

重要な形容詞①

曖昧な（曖昧的）、意地悪な（壞心眼的）、大雑把な（粗枝大葉的）お洒落な（打扮漂亮的）、穏やかな（平穩的）、快適な（舒適的）、勝手な＝我が儘な（任性的）、貴重な（貴重的）、強引な（蠻幹的）、地味な（不起眼的）⇄派手な（鮮艷的／浮誇的）、上品な（高尚的）⇄下品な（粗俗的）、真剣な（認真的）、深刻な（嚴重的）、贅沢な（奢侈的）、妥当な（妥當的）、単純な（單純的）、手頃な（價錢便宜的）、特殊な（特殊的）、独特な（獨一無二的）、生意気な（狂妄的）、真っ〇〇な（真っ赤な＝鮮紅的；真っ暗な＝漆黒的【環境／天空】；真っ黒な＝漆黑的；真っ青な＝深藍／蒼白的；真っ白な＝雪白的）、見事な（精彩的）、妙な（奇怪的）、厄介な（麻煩的）、余計な（多餘的）

題1　暫くお酒が飲めない俺の前でわざと美味しそうにお酒を飲んでいるなんて、あいつも_____だ。

1　贅沢　　　　　　　　　　　2　曖昧

3　強引　　　　　　　　　　　4　意地悪

題2　「お_____、よくやった」とワールドカップで決勝ゴールを決めた中田選手を絶賛する報道が多かった。

1　見事　　　　　　　　　　　2　派手

3　貴重　　　　　　　　　　　4　上品

題3　予習していないのに急に先生に「答えなさい」と言われて、頭が_____になった。

1　真っ白　　　　　　　　　　2　真っ黒

3　真っ赤　　　　　　　　　　4　真っ青

題4 あの子は孤児なもので、「お母さんに会いたくないの」なんてこと聞いたら余計に泣かれるよ。

1 急に

2 さらに

3 長く

4 想像できないほど

題5 手頃

1 おい、君、上司の意見も聞かずに手頃に判断するのはやめなさい！

2 守備が弱いマカオのサッカーチームにとって、ロシアチームのFWはまさに手頃な存在だ。

3 手頃な日本というと、敬語を正確に使えない若者が多いように思われる。

4 手頃な金額で外国語が勉強できるなんて昔じゃ考えられなかった。

6 重要な形容詞②：〇〇 的な

在名詞如「社会 / 伝統」或不可單獨使用的詞彙如「一般 / 主観」後面加「的な」，
可將該詞變為な形容詞使用，表示「富有 / 具〇〇性質」的意思。在這章選取當
中 N2 常用的 20 個，希望學習者記下：

一般的な（一般普遍的）、経済的な（經濟的）、芸術的な（具藝術性的）、
決定的な（關鍵的）、具体的な（具體的）⇄抽象的な（抽象的）、効果的な
（有效的）、個人的な（個人的）、客観的な（客觀的）⇄主観的な（主觀的）、
社会的な（社會性的）、消極的な（消極的）⇄積極的な（積極的）、人工的な（人
工化的）、精神的な（精神上的）、世界的な（世界性的）、長期的な（長期的）
⇄短期的な（短期的）、伝統的な（傳統的）、理想的な（理想的）

*** 作為文章書寫方法或電視節目宣傳用語，「な」很多時候會被刪除，如
「精神的ダメージ」（精神上的打擊）或「長期の戦略」（長期性的戰略）等，但
作為考試內容，建議還是要加上。當然，作為副詞就是「〇〇 的に」。

題1 _____な瞬間_{しゅんかん}をカメラに収_{おさ}めているので、ぜひご覧_{らん}ください！

1 人工的_{じんこうてき}　　　　　　　　　2 客観的な_{きゃっかんてき}

3 決定的_{けっていてき}　　　　　　　　　4 経済的な_{けいざいてき}

題2 競争_{きょうそう}の激_{はげ}しい商社_{しょうしゃ}にしばらく勤_{つと}めると、_____疲_{つか}れてしまいかねない。

1 一般的に_{いっぱんてき}　　　　　　　　2 消極的に_{しょうきょくてき}

3 社会的に_{しゃかいてき}　　　　　　　　4 精神的に_{せいしんてき}

題3 日本_{にほん}がこれからも_____文化_{ぶんか}を海外_{かいがい}に向_むけて発信_{はっしん}することを願_{ねが}っており

ます。

1 世界的な_{せかいてき}　　　　　　　　2 具体的な_{ぐたいてき}

3 理想的な_{りそうてき}　　　　　　　　4 伝統的な_{でんとうてき}

題4 愛はどうやって感じられるかという質問に対して、抽象的にしか答えられない。

1 ぼんやりと 2 はっきりと

3 こっそりと 4 ふんわりと

題5 効果的

1 風邪予防にはとりあえずマスクが効果的だ。

2 彼は私がずっと探していた効果的な結婚相手なんだ。

3 会社に対する不満は何だい？効果的に言ってごらん！

4 整形大国として有名なだけに、韓国には効果的な美人が多いように思われる。

重要副詞①（疊字）

一々（逐一，多用於否定）、生き生き（栩栩如生 / 朝氣勃勃）、とうとう（到頭來 / 終歸，其實「とうとう」漢字為「到頭」，原本不屬於疊字，但由於現代一般都不寫漢字，當作疊字亦未嘗不可，後多接「不幸的事情」）⇔いよいよ（終於，可參照《3 天學完 N3・88 個合格關鍵技巧》35 重要副詞①：疊字）、各々（各自）、ぎりぎり（極限 / 勉強）、ざあざあ（雨哇啦哇啦的下着）⇔しとしと（雨淅淅瀝瀝的下着）、徐々に（慢慢地）、着々（進展順利）、精々（最多只不過是）、続々（接二連三）、そもそも（話說回頭）、つくづく（深切體會）

題1 絵の中に描かれた走っている犬の姿は実に**いきいき**としていますね。

1 良き良き 　　　　　　　 2 生き生き

3 活き活き 　　　　　　　 4 行き行き

題2 お金がなくて困っているって？＿＿＿＿＿仕事に行かないから、金もない訳でしょう！

1 おのおの 　　　　　　　 2 そもそも

3 ぎりぎり 　　　　　　　 4 いよいよ

題3 一時行き詰っていた事件の捜査は、警部の努力によって真相が＿＿＿＿＿明らかになってきた。

1 とうとう 　　　　　　　 2 徐々に

3 着々 　　　　　　　　　 4 つくづく

題4 いちいちゆっくりと説明してあげる暇がございません。

1 それぞれ　　　　　　　　　　2 わざわざ

3 べつべつ　　　　　　　　　　4 たまたま

題5 精々

1 武くん、病気もだいぶ治ったみたいだし、精々元気にしていてよかったね。

2 モタモタするな。今行けば、まだ精々終電に間に合うよ。

3 今回のテストは事前によく勉強してたから、精々85点はあるでしょう。

4 男の人は自分はお年寄りだと言っていますが、僕から見れば精々50歳でしょうが……

重要副詞②（あ行～か行）

敢えて（特意）、相次いで（一個接一個）、生憎（不巧）、飽くまで（徹底 / 原則上 / 畢竟）、いきなり（冷不防）、一応（大致上 / 姑且）、今更（事到如今）、今にも（眼看就要）、未だに（仍然 / 還不）、所謂（所謂的）、思い切って（狠心地 / 盡情）、主に（主要）、思わず（意想不到）、必ずしも（不一定）、仮に（假如）、くれぐれも（請務必，一般和「て下さい」「ないで下さい」一起使用）

題1 <u>生憎</u>ですが、只今父は外出しておりますので、また日を改めてお越し頂ければ幸いです。

1　あいにく　　　　　　　　　2　しょうがにく

3　なまにく　　　　　　　　　4　うまれにく

題2 _____「後悔しています」と言って亡くなった被害者の家族に謝っても無駄でしょう！

1　未だに　　　　　　　　　　2　今にも

3　いわゆる　　　　　　　　　4　今更

題3 これは_____私 自分自身の経験談に過ぎず、参考程度で聞いていただければ幸いです。

1　仮に　　　　　　　　　　　2　いきなり

3　飽くまで　　　　　　　　　4　思わず

題4 お聞きになりたくないことでしょうが、<u>あえて</u>言わせていただきます。

1　喜んで　　　　　　　　　　2　詳しく

3　無理に　　　　　　　　　　4　仕舞には

思い切り

1 学校で会えるのは明日が最後なんで、<u>思い切り</u>好きな女性に告白したら？

2 ふっと祖母が亡くなったあの日のことをありありと<u>思い切って</u>しまいました。

3 本当に優勝できるなど<u>思い切って</u>もいなかった。

4 自分もかつて同じ失敗をしたのだから、<u>思い切り</u>彼に同情を寄せた。

39 重要副詞③（さ行～わ行）

流石（不愧）、せめて（最起碼你要）⇔少なくとも（最起碼你要／最起碼是）
⇄精々（最多只不過，可參照本書 37 ▶ 重要副詞①疊字）、そのうち（將來）、
とりあえず（首先）、試しにＶ（試一試Ｖ）、遂に（終於）、どうせ（反正）、
なるべく（盡量）、果たして（究竟）、一通り（大概／大致上）、ほぼ（幾乎）、
正に＝正しく（正正是）、万が一（萬一）、滅多に…ない（不多）、やや（有點）、
割と（頗／算是）

題1 さすが出木杉君ですね。言っている意見も普通のぺいぺいとは訳が違うんです。

1 懐石 2 枕石

3 流石 4 漱石

題2 数日前、刑務所を抜け出した囚人は＿＿＿＿どこに逃げてしまったんだろう。

1 せめて 2 果たして

3 ほぼ 4 そのうち

題3 ＿＿＿＿のことに備えて、家族のために生命保険をかけています。

1 一通り 2 とりあえず

3 正に 4 万が一

題4 寝る前になるべく本を読むようにしていましたが、この頃は少しサボり気味だ。

1 少しずつ 2 最初に

3 できるだけ 4 絶対に

1 あしたはどうせ雪が降るらしいよ。

2 <u>どうせ</u>私のことを忘れないでおくれ。

3 顔には見覚えがあるけれど、名前は<u>どうせ</u>思い出せない。

4 ほっとけよ、<u>どうせ</u>俺をクズだと思って揶揄っているくせに……

第三部分　文法比較

出題範圍	出題頻率
甲類：言語知識（文字・語彙）	
問題 1　漢字音讀訓讀	✓
問題 2　平假片假標記	✓
問題 3　前後文脈判斷	✓
問題 4　同義異語演繹	
問題 5　單詞正確運用	✓
乙類：言語知識（文法）・讀解	
問題 1　文法形式應用	✓
問題 2　正確句子排列	✓
問題 3　文章前後呼應	✓
問題 4　書信電郵短文	✓
問題 5　中篇文章理解	✓
問題 6　長篇文章理解	
問題 7　圖片情報搜索	
丙類：聽解	
問題 1　即時情景對答	
問題 2　整體內容理解	
問題 3　圖畫文字綜合	
問題 4　長文分析聆聽	

本書 **40** 至 **42** 「時間的表示①②③」需要互相比較，故 **40** 、 **41** 的練習合併在 **42** 之後。

所需單詞類型： **V る**（行く、始める、参加する）
　　　　　　　 V た（行った、始めた、参加した）
　　　　　　　 N（相談、参加）

1.

I. 海外旅行を**する**に際して、盗難などの被害に遭わないように気を付ける。（去海外旅遊之際，當心不要遇上失竊等事情。）

II. 海外旅行を**する**に当たって、インターネットでホテルなどを予約したほうが賢明だ。（當要去海外旅遊時，先上網預訂酒店是比較聰明的做法。）

III. 海外旅行を**する**に先立って、パスワードの期限が切れていないかを確かめる。（當要去海外旅遊時，先確定護照的期限有沒有過期。）

IV. パスワードの期限が切れていないかを**確かめた**上で、海外旅行をしたほうが賢明だ。（先確定護照的期限有沒有過期，再去海外旅遊是比較聰明的做法。）

2.

I. **結婚**に際し、たくさんの友人からお祝いのメッセージを頂いた。（結婚之際，收到很多朋友祝福的訊息。）

II. **結婚**に**当た**り、まずお互いの両親にきちんとした挨拶をしなければならない。（**當**打算結婚的時候，**先**要見雙方的家長，做好一切應盡的禮儀。）

III. **結婚**に**先立**ち、まず恋人がいないと何も始まらない。（結婚**之前**，**首先**你必須有對象。）

IV. お互いの両親にきちんとした**挨拶の上**で、結婚式などを行うのは常識でしょう。（**先**見雙方的家長，做好一切應盡的禮儀後，**再**舉行婚禮等事情是常識吧！）

*** 相比起「V1 に当たって V2」和「V1 に先立って V2」的「V1 前，先要 V2」，「V1 上で V2」強調「先 V1，再 V2」，可見彼此動詞之間有先後輕重之別。

時間的表示②：「還沒 A 完就……」的 A1 か A2 ないかのうちに VS「最終是好 / 中立結果」的 V た /N の末<ruby>末<rt>すえ</rt></ruby>（に）VS「最終是壞結果」的 V た /N の<ruby>挙句<rt>あげく</rt></ruby>（の<ruby>果<rt>は</rt></ruby>てに）

所需單詞類型： A1 = V る（<ruby>終<rt>お</rt></ruby>わる、<ruby>消<rt>き</rt></ruby>える、<ruby>来<rt>く</rt></ruby>る）

A2 = V ない（<ruby>終<rt>お</rt></ruby>わらない、<ruby>消<rt>き</rt></ruby>えない、<ruby>来<rt>こ</rt></ruby>ない）

V た（<ruby>終<rt>お</rt></ruby>わった、<ruby>消<rt>き</rt></ruby>えた、<ruby>来<rt>き</rt></ruby>た）

N（<ruby>説得<rt>せっとく</rt></ruby>、<ruby>喧嘩<rt>けんか</rt></ruby>、<ruby>錯誤<rt>さくご</rt></ruby>）

1.

I. <ruby>放課<rt>ほうか</rt></ruby>のチャイムが**<ruby>鳴<rt>な</rt></ruby>るか<ruby>鳴<rt>な</rt></ruby>らない**かのうちに、<ruby>学生<rt>がくせい</rt></ruby>は<ruby>教室<rt>きょうしつ</rt></ruby>から<ruby>飛<rt>と</rt></ruby>び<ruby>出<rt>だ</rt></ruby>していった。（下課的鈴聲還未響完，學生就跑出了教室。）

II. <ruby>会社<rt>かいしゃ</rt></ruby>に**<ruby>着<rt>つ</rt></ruby>くか<ruby>着<rt>つ</rt></ruby>かない**かのうちに<ruby>雨<rt>あめ</rt></ruby>が<ruby>降<rt>ふ</rt></ruby>り<ruby>出<rt>だ</rt></ruby>したのですが、なんとか<ruby>濡<rt>ぬ</rt></ruby>れずに<ruby>済<rt>す</rt></ruby>んだ。（還沒正式踏入公司門口之際，天突然下起大雨，不過總算沒有弄濕衣服。）

III. <ruby>警察<rt>けいさつ</rt></ruby>は 7 <ruby>時間<rt>じかん</rt></ruby>にも<ruby>及<rt>およ</rt></ruby>んで**<ruby>説得<rt>せっとく</rt></ruby>した<ruby>末<rt>すえ</rt></ruby>**に、<ruby>銀行<rt>ぎんこう</rt></ruby>に<ruby>立<rt>た</rt></ruby>て<ruby>篭<rt>こ</rt></ruby>もった<ruby>男性<rt>だんせい</rt></ruby>に<ruby>人質<rt>ひとじち</rt></ruby>を<ruby>釈放<rt>しゃくほう</rt></ruby>させた。（警察花了差不多 7 個小時去說服，最終讓佔據銀行的男性釋放了人質。）

IV. <ruby>警察<rt>けいさつ</rt></ruby>は 7 <ruby>時間<rt>じかん</rt></ruby>にも<ruby>及<rt>およ</rt></ruby>ぶ**<ruby>説得<rt>せっとく</rt></ruby>の<ruby>末<rt>すえ</rt></ruby>**、<ruby>銀行<rt>ぎんこう</rt></ruby>に<ruby>立<rt>た</rt></ruby>て<ruby>篭<rt>こ</rt></ruby>もった<ruby>男性<rt>だんせい</rt></ruby>に<ruby>人質<rt>ひとじち</rt></ruby>を<ruby>釈放<rt>しゃくほう</rt></ruby>させた。（花了差不多 7 個小時的說服，警察最終讓佔據銀行的男性釋放了人質。）

V. <ruby>同僚<rt>どうりょう</rt></ruby>と<ruby>散々<rt>さんざん</rt></ruby>**<ruby>議論<rt>ぎろん</rt></ruby>した<ruby>挙句<rt>あげく</rt></ruby>**、これといった<ruby>対策<rt>たいさく</rt></ruby>は<ruby>現<rt>あらわ</rt></ruby>れなかった。（和同事反覆議論多次，但最終還是沒有一個合適的對策。）

VI. 長時間にわたる**議論の挙句**、これといった対策は現れなかった。（和同事經

歴長時間的議論，但最終還是沒有一個合適的對策。）

VII. 同僚と散々議論し、**挙句の果てに**、これといった対策は現れなかった。（和

同事反覆議論多次，到頭來，還是沒有一個合適的對策。）

VIII.**悩みに悩んだ挙句**、これといった対策は現れなかった。（經過反覆思量糾結

了很久，還是沒有一個合適的對策。）

***1.VII 的「挙句の果てに」是加強「挙句」的組合，其中一個典型用法是「V

て、挙句の果てに…」，筆者慣性譯作「到頭來」；另外，1.VIII 的「悩みに悩ん

だ挙句（這種句法也可後接「末」如「悩みに悩んだ末」）」是種特別的「V-stem

に V た挙句 / 末」的配搭，但以筆者所見，僅用於一些諸如「悩む」「迷う」（迷

いに迷った挙句 / 末）「考える」（考えに考えた挙句 / 末）等涉及思考、煩惱等

的動詞。

所需單詞類型： **A 類〜V る /V た / い形 / な形 /N の（** 行く^い / 行った^い / 忙しい^{いそが} / 暇な^{ひま} / 地震の^{じしん}）

V る（失敗する^{しっぱい}、歩く^{ある}）
N（二日^{ふつか}、三年^{さんねん}）

1.

I. 以前^{いぜん}貴国^{きこく}を**訪問^{ほうもん}した**折^{おり}に、私共^{わたくしども}のために色々^{いろいろ}ご奔走^{ほんそう}いただき、誠^{まこと}に感謝^{かんしゃ}に堪^たえません。（以前拜訪貴國的時候，承蒙您為我們多番張羅斡旋，不勝感激。）

II. 以前^{いぜん}貴国^{きこく}を**訪問^{ほうもん}した**節^{ふし}に、私共^{わたくしども}のために色々^{いろいろ}ご奔走^{ほんそう}いただき、誠^{まこと}に感謝^{かんしゃ}に堪^たえません。（以前拜訪貴國的時候，承蒙您為我們多番張羅斡旋，不勝感激。）

III. A 国^{こく}を**訪問^{ほうもん}する**毎^{ごと}に、貧富^{ひんぷ}の差^さがますます大^{おお}きくなっていることに気付^{きづ}かされる。（每拜訪 A 國時，不得不感受到貧富之差正不斷在擴大。）

2.

I. **上京^{じょうきょう}の**折^{おり}に、必^{かなら}ずこの店^{みせ}に立^たち寄^よってみてください。（從地方到首都東京之際，一定要順路去這店哦。）

II. **上京^{じょうきょう}の**折^{おり}に、必^{かなら}ずこの店^{みせ}に立^たち寄^よる。（從地方到首都東京之際，一定順路去這店。）

III. **上京^{じょうきょう}の**節^{ふし}に、必^{かなら}ずこの店^{みせ}に立^たち寄^よる。（從地方到首都東京之際，一定順路去這店。）

IV. この店^{みせ}は、**一年^{ひとねん}**毎^{ごと}に立^たち寄^よる。（這個店，我是每年都會順路去的【一年一次】。）

V. この店^{みせ}は、**一年^{ひとねん}**おきに立^たち寄^よる。（這個店，我是隔年會順路去一次的【兩年一次】。）

***「N 毎に」是「毎 N」，而「N おきに」是「隔 N」的意思。如「二日毎に行く」是「1 號、3 號、5 號去」，而「二日おきに行く」是「1 號、4 號、7 號去」的意思。「節」的意思與「折」或「際」類似，多使用在信件或客氣的會話上。但與「折」或「際」不同的是，「節」後甚少連接「なさい」「ください」「だろう」等具有強烈意志或推測的句子。

題1 A 目覚まし時計は 5 分毎に鳴りますが、B 目覚まし時計は 5 分おきに鳴ります。さて、7:01am に二つの時計は同時に鳴りますが、同じ日の 8:00am まで、最初の一回も数えてそれぞれ何回鳴ることになりますか？

1　A：10 回、B：12 回　　　　　2　A：12 回、B：10 回

3　A：11 回、B：13 回　　　　　4　A：13 回、B：11 回

題2 人は失敗する＿＿＿＿成長していくものだ。

1　ごとに　　　2　おきに　　　3　末に　　　4　節に

題3 先生、次回お目にかかった＿＿＿＿、ぜひ旅行の話を聞かせてください。

1　節に　　　2　挙句　　　3　上で　　　4　折に

題4 これ以上「行くな」とは言いませんが、危険を＿＿＿＿上で、戦場に向かってください。

1　承知の　　　2　承知する　　　3　承知な　　　4　承知しない

題5 オンラインショッピングだと、品質などがいまいち分からないので、実際に店頭で商品を＿＿＿＿、購入を考えたい。

1　見るに際して　　　　　　　2　見た上で

3　見るに当たって　　　　　　4　見るか見ないかのうちに

題6 洋子ちゃんは考えに考えた＿＿＿＿、健太くんと付き合うことに決めたらしいよ。

1　に先だって　　　　　　　2　上で

3　挙句　　　　　　　　　　4　末

題7 買おうか買わないかを＿＿＿＿挙句、結局買わなかった物って今まで何かありましたか？

1　決めに決めた　　　　　　2　悲しみに悲しんだ

3　迷いに迷った　　　　　　4　思いに思った

題8 この製品を我が社で＿＿＿＿　＿＿＿＿　★　＿＿＿＿決めさせていただきます。

1　検討した　　　　　　　　2　採用するか

3　上で　　　　　　　　　　4　どうかは

題9 2021年東京オリンピックの開催＿＿＿＿　＿＿＿＿　★　＿＿＿＿事情となっています。

1　に先立ち　　　　　　　　2　諸問題を解決する

3　コロナに伴う　　　　　　4　ことが止む得ない

題10 演奏が終わるか終わらないかのうちに、舞台には＿＿＿＿　＿＿＿＿　★　＿＿＿＿きています。

1　送り続けられて　　　　　2　盛大なる

3　もわたって　　　　　　　4　拍手が5分間に

題11 かつて、ある研究団体では、日本と中国の大学生を **1** に、「孝」の意識に関するアンケート調査を行ない、具体的には「親孝行とは何か」や「親不孝とは何か」などの問題に対する回答をもとに、両国の文化 **2** 違いを分析したことがある。**3** 、中国の若者には見られず、日本の若者に **4** 「親より長生きすることが親孝行」といった考え、また特に日本の若者に著しく見られる「親より先に死ぬことが親不孝」という特徴が明らかになって実に注目に **5** すべきことであろう。確かに、「親に先立つ不孝」という日本語が存在するように、日本の社会においては、親より先に死亡することは大きな不孝であると認識されている。したがって、日ごろから、体を大事にしてもって「親孝行」を尽くそうと考えている日本の若者も多くいるのではないかと推測されている。

1

1 対象　　　　　2 実体　　　　　3 代表　　　　　4 理念

2

1 からすれば　　2 ともなると　　3 における　　　4 にかけての

3

1 まさか　　　　2 さては　　　　3 すると　　　　4 もはや

4

1 しかない　　　2 だけない　　　3 のみならず　　4 いざとなって

5

1 値す　　　　　2 持つ　　　　　3 言う　　　　　4 褒める

曲名：週 10 ですき家

作詞：こやまたくや

作曲：こやまたくや

一人暮らしを始めて 2 年

未だ自炊に手がだせない

痩せてく身体　食べたいサラダ

皿洗うのも面倒だから

一人暮らしを始めて 2 年

くそ田舎だし　コンビニもない

家から一番近いお店は

赤い看板　僕は毎晩

100 円玉 3 枚握りしめて

今日も結局すき家

悩んだ末　いつも並 *** や

週に 10 日はすき家　君の事が好きや

今日も結局すき家

悩んだ末　いつも並や

今日も結局すき家

お金あるときには　寿司屋

（下略）

*** 並：牛丼のどんぶりのサイズです

1 作者を「すき家」への食事習慣に導く二つのキーワードは何か？

1 値段と地理関係　　　　　　　2 教育と料理の味

3 仕事と生活ぶり　　　　　　　4 体調と恋愛問題

2 次に情報として<u>正しくない</u>のはどれか？

1 作者はお金があるにせよないにせよ、牛丼を食べに行かない日はない。

2 皿洗いがややこしい作業だという理由で、作者はなかなか自分で御飯を

作ろうとしない。

3 作者は1日に1回以上すき家に行く日がある。

4 作者が住んでいるところは辺ぴな地域といえる。

43

對象的表示①：「圍繞……這個問題」的 N をめぐって（めぐる）VS「回應 / 滿足」的 N に応えて（応える）＝「按照 / 配合」的 N に応じて（応じる）

本書 43 至 44 「對象的表示①②」需要互相比較，故 43 的練習合併在 44 之後。

所需單詞類型： N（問題、状況、考え方）

1.

I. 店長と店員は妥当な**時給金額（とはいくらかという問題）**をめぐって何回か議論していました。（店長和店員圍繞**合理時薪（應是多少）**這問題，之前進行了幾次議論。）

II. 店長は店員の**要求**に応えて時給を上げることにした。（店長回應店員的要求，決定了提高時薪。）

III. アルバイトの給料は実際の**労働時間**に応じて計算される。（兼職的薪水是按照實際勞動時間而計算的。）

2.

I. 税金の**使い方**をめぐる**各党の対立**がますます激しくなってきている。（圍繞如何使用稅金這問題上所衍生的各政黨之間的對立，愈發變得激烈起來。）

II. 今度の新政権には、国民の**期待に応える経済対策**を見出してもらえるので
しょうか？（馬上就要開始的新政權，能否找出滿足國民期待的的經濟政策
呢？）

III. 今度の新政権には、無駄使いをやめて、**税金収入に応じる正しい政策**を
実行してもらいたい。（希望馬上就要開始的新政權能停止浪費，實行配合稅
金收入的正確政策。）

*** 「めぐって」一般用平假名表示，但其實漢字為「巡って」，可見其「圍繞」
之意。

44

對象的表示②：「不問 / 不論」的 A 類 に関わらず / 関わりなく / 関係なく＝「不問 / 不論」的 N を問わず VS「關乎到 N1 的 N2」的 N1 関わる N2

所需單詞類型： **A 類～V るかどうか / V る V ない / N**（行くかどうか / 行く行かない / 来場時間）

N（男女、年齢、季節）

1.

I. このバスは**距離に関わらず**、どこまで行っても 200 円だ。（這輛巴士**不問**距離，去哪裏也是 200 日元。）

II. このバスは**距離に関わりなく**、どこまで行っても 200 円だ。（這輛巴士**不問**距離，去哪裏也是 200 日元。）

III. このバスは**距離に関係なく**、どこまで行っても 200 円だ。（這輛巴士**不問**距離，去哪裏也是 200 日元。）

IV. このバスは乗客が**乗るかどうかに関わらず**、運行本数は 1 日 3 本となっている。（這輛巴士**不論**乗客乗搭與否，規定了每天的班數都是 3 班。）

V. このバスは乗客が**乗る乗らないに関係なく**、運行本数は 1 日 3 本となっている。（這輛巴士**不論**乗客乗搭還是不乗搭，規定了每天的班數都是 3 班。）

VI. このバスは**距離を問わず**、どこまで行っても 200 円だ。（這輛巴士**不問**距離，去哪裏也是 200 日元。）

VII. 適切な運賃設定は、バス会社の**存続に関わる重要な問題**である。（正確決定車費一事是**關乎**巴士公司存亡的重大問題。）

*** 由於「に関わらず」有時候只寫平假名「にかかわらず」，故極易與「にもかかわらず」（儘管 / 不理）混淆，要注意！（可參照《3 天學完 N3・88 個合格關鍵技巧》 65 ▶ 逆轉的表示①），後者可與動詞過去式配合但前者傾向現在 / 將

來式。另外，有別於一貫做法，如 V 可見「乗る乗らない」或「行く行かない」之類的組合，中間和最後不加「か」，即不會變成「乗るか乗らないか」或「行くか行かないか」。

題1 飲み会に欠席した場合は、理由＿＿＿＿＿＿参加費を一部返金することが可能です。

1　にもかかわらず　　　　　　　2　に応じて

3　にかかわらず　　　　　　　　4　に応えて

題2 雪降る降らない＿＿＿＿＿＿、予定の祭りは実行せねばならぬ。

1　にもかかわらず　　　　　　　2　に際して

3　にかかわらず　　　　　　　　4　を抜きに

題3 年を取った＿＿＿＿＿＿、負けず嫌いであること（＝簡単に負けるのを認めたがらない性格）では若者に匹敵します。

1　にもかかわらず　　　　　　　2　せいで

3　にかかわらず　　　　　　　　4　せいか

題4 あの大家族の兄弟姉妹の間では、親の遺産＿＿＿＿＿＿争いが何年間にもわたって続いています。

1　をめぐって　　　　　　　　　2　をめぐる

3　に関わって　　　　　　　　　4　に関わる

題5 お客様の＿＿＿＿＿＿に応え、弊社が最高のウェディングプランをご提供致します。

1　ご計算　　　　2　ご提案　　　　3　ご要望　　　　4　ご確認

題6　誠に申し訳ございませんが、＿＿＿＿　＿＿＿＿　＿★＿　＿＿＿＿ですので、お伝えできません。

1　のプライバシー　　　　　　　2　に関わること

3　ほか　　　　　　　　　　　　4　のお客様

題7　試合結果はなんと＿＿＿＿　＿＿＿＿　＿★＿　＿＿＿＿申し訳ございませんでした。

1　ご声援に　　　　　　　　　　2　応えられず

3　ファンの方々の　　　　　　　4　最下位となり

題8　今の日本では、老若男女　1　、ほとんどの人が洋服を着ます。　2　和服を着ることのほうが珍しく、七五三や成人式、結婚式のような極めて特別な時期にしか、袖を通す（＝着る）機会もなくなってきたのではないでしょうか。では、日本人は、いつ頃から和服を脱ぎ捨て、洋服を　3　でしょうか。一般的には、それは明治初期のことだと言われており、まだまだ限られた身分の人々のみしか洋服を着ないという時代でした。実は当時の洋服はとても高価でぜいたくな物だったので、庶民はそれまで　4　和服を着ていました。ちなみに、「和服」という言葉も、「洋服」が日本に入ってきた時に、これに対する日本人が意図的に自国の文化を強調する言葉として作られたものだそうです。裕福な町人は、高価な和服を身に着けましたが、そうでもない農民は主に質素な和服を着ていました。しかし、明治天皇の「明治維新」の大きな特徴として、すなわち西洋文化を重んずること　5　、洋服も徐々に時代の風潮となっていきました。

1

1　を問わず

2　に関わりなく

3　に応じて

4　をめぐって

2

1　まるで

2　むしろ

3　まさか

4　まもなく

3

1　着られなくなった

2　着なくなった

3　着ることになっている

4　着るようになった

4

1　につき

2　に伴って

3　を通じて

4　通りに

5

1　をぬきに

2　からすれば

3　に応じて

4　をめぐって

理由的表示①：「由於某事……V 吧 / 請 V」的普 ことだし VS「由於某事……」的普 ことから VS「由於某人……」的 N のことだから

本書 45 至 47 「理由的表示①②③」需要互相比較，故 45 、 46 的練習合併在 47 之後。

所需單詞類型：**普（行く / 行かない / 行った / 行かなかった / 行っている / 安い / 有名な、有名である / 地震である）**

N（這裏的 N 主要是關於人的 N，如日本人、あの先生）

1.

I. 雪も**降ってきた**ことだし、せっかくですが、今日のサイクリングは止めましょう。（**由於**下了雪，雖然是很難得的機會，但今天的騎自行車活動還是取消**吧**！）

II. 町中が**白くなっている**ことから、昨夜雪が降ったということがわかる。（**由於**整個城市變成白色一片，可知昨夜下了雪。）

III. あまり雪を見たことがない**香港人**のことだから、日本に行くなら北国か北海道がいいでしょう。（**由於**是甚少看過雪的香港人的關係，如果去日本的話，北國或是北海道應該不錯吧！）

2.

I. 夏祭りは日本人にとって**伝統的である**ことだし、花火をやるので良かったら浴衣姿で来てください。（**由於**夏祭對日本人來說是很傳統的關係，我們會玩煙花，不介意的話**請**穿浴衣來吧！）

II. この地域の夏祭りは**独創的である**ことから、国の重要無形民俗文化財に指定されている。（這個地域的夏祭由於是很別樹一幟的關係，被指定為國家重要無形民俗文化財產。）

III. 夏祭りを卒論テーマにしている**田中君**のことだから、明日は絶対会場に来るに違いない。（畢竟是以夏祭為畢業論文的田中君的關係，明天是肯定會來會場的。）

*** 原則上，如 1.I. 和 2.I. 所示，「ことだし」後面多數為一些具強烈意志的文型，其他如「V ませんか」、「V てはどうですか」或「V たら」也很常見！另外，除了一般的陳述句外，「ことから」常見的後接句了還有「と考えられる」、「が分かる」、「らしい」或「ようだ」等，一般都有「可知 / 可預測 / 似乎是某件事」的意思。

46

理由的表示②：「因為……所以很遺憾……」的普1 ばかりに VS「正因為……才/反而」的普2 だけに VS「因為過於」普3 あまり（に）

所需單詞類型： 普1（行った/行かなかった/行っている/安い/有名な、有名である/学生な、学生である）

普2（行く/行かない/行った/行かなかった/行っている/安い/有名な、有名である/学生な、学生である）

普3（行く/行かない/行った/行かなかった/行っている/安い/有名な/緊張の、嬉しさの）

1.

I. 緊張したばかりに、せっかく準備していたのに、面接官の質問に上手く答えられなかった。（因為太緊張的關係，所以明明準備好一切，但卻很遺憾無法完美回答面試官的問題。）

II. 入社をずっと待ち望んでいただけに、面接の前は緊張して汗が止まらなかった。（正因為一直期待進公司工作，面試前才一直緊張得汗流不止。）

III. 入社をずっと待ち望んでいただけに、「不採用」と宣告された瞬間、正直頭が真っ白になっていた。（正因為一直期待進公司工作，當被告知「不採用」的時候，老實說腦裏變得一片空白。）

IV. 面接官の質問はそれほど難しくなかったのに、緊張した（緊張の）あまり、上手く答えられなかった。（面試官的問題明明不太難，但因為過於緊張，所以無法好好回答。）

I. 私^{わたし}はどんなことに対^{たい}しても**冷静^{れいせい}な**ばかりに、「感情^{かんじょう}というものはあるのか」と揶揄^{からか}われることがしばしばある。（因為我對任何事都保持冷靜，所以每每被嘲笑「你這人是否有感情的？」）

II. あの人はいつも**冷静^{れいせい}な**だけに、怒^{おこ}り出^だすと怖^{こわ}いから、まさに「休火山^{きゅうかざん}」だ。（那人正因為經常保持冷靜，所以當發火的話反而會格外可怕，是名副其實的「睡火山」。）

III. 親友^{しんゆう}が殺^{ころ}されたのに、彼^{かれ}の態度^{たいど}が**冷静^{れいせい}な**あまり、かえって「犯人^{はんにん}じゃないか」と疑^{うたが}われてしまった。（摯友被殺，可他的態度卻過於冷靜，所以反而被懷疑「該不會是犯人吧？」

*** 普 1 和普 3 各有特徵。普 1 因多用於回顧過去，故 V 多為過去式或狀態句「V ている」，比較少見「V る」；普 3 是名詞的話，一般多是涉及心裏變化的「緊張^{きんちょう}の」「嬉^{うれ}しさの」等。此外，「だけに」後面可以跟着因果關係（1.II. ，中文一般譯作「才」）或逆向關係（2.II. ，中文一般譯作「反而」。）

47 理由的表示③：「（含主觀意願的）既然……那麼就」的普以上（は）VS「（不含主觀意願的）既然……」的 Vる/Vた上は

所需單詞類型： **普（行く/行った/行っている/安い/有名である/地震である）**

Vる/Vた（である/決めた）

1.

I. 契約書に**サインした**以上、きちんと規則を守っていただきたいです。（既然在契約上簽了名，那麼就希望您好好地遵守規則！）

II. 契約書に**サインした**上は、規則を守るしかありません。（既然在契約上簽了名，就只能遵守規則！）

III. 常識を有する**社会人である**以上は、一たび契約書にサインしたら、きちんとルールを守りましょう。（既然是一個知書識禮的社會人士，在契約上簽了名的話，那麼就好好地遵守規則吧！）

IV. 常識を有する**社会人である**上は、契約書通りに実行するのがルールとなっている。（既然是一個知書識禮的社會人士，按照契約所寫執行是規則！）

V. 契約書にサイン**しないと決めた**以上は、いかなるトラブルが発生しても、すべてが自己責任となりますので、十分にご注意をいただくようにお願いをいたします。（既然決定了不簽合約，即使發生任何問題，一切均需自己承擔，敬請留意！）

VI. 契約書にサイン**しないと決めた**上は、いかなるトラブルが発生しても、すべてが自己責任となります。（既然決定了不簽合約，即使發生任何問題，一切均需自己承擔！）

*** 首先，「以上」某程度上可是為 N3 文法「からには」的同義升級版，請參照《3 天學完 N3．88 個合格關鍵技巧》**57** 立場的表示②；然後，相比起「以上<small>いじょう</small>」，「上<small>うえ</small>は」更傾向於是書面語，日常生活不太用；此外，1.III. 中的「N である以上」是一組慣用的日語，所以 1.IV. 的「N である上<small>うえ</small>」這種文型有是有，但不算普及；最後如果想說「既然不」的話，正確做法是 1.V. 和 1.VI. 中見到的「V ないと決<small>き</small>めた以上<small>いじょう</small>/上<small>うえ</small>は」，因為日語裏並不存在「V ない以上<small>いじょう</small>/上<small>うえ</small>は」這種句法。

題1 テストも終わった＿＿＿＿、思いっきりゲームで遊ぼう！

1 なんだから　　　　　　　　　2 ことだから

3 ことから　　　　　　　　　　4 ことだし

題2 二人があまりにも似ている＿＿＿＿、双子じゃないかと噂されている。

1 なんだから　　　　　　　　　2 ことだから

3 ことから　　　　　　　　　　4 ことだし

題3 ダイエットすると決めた上は、大好きなビールも＿＿＿＿。

1 やめかねない　　　　　　　　2 やめざるをえる

3 やめかねる　　　　　　　　　4 やめるしかない

題4 よくメリットとされがちですが、背が高い＿＿＿＿、かえって不便なこともある。

1 ばかりに　　　　　　　　　　2 だけに

3 あまりに　　　　　　　　　　4 わりに

まだ新人といっても良い身分な_____、仕事上で分からないことがあっても平気に聞ける。

1　ばかりに　　　　　　　　　　2　わりに

3　あまりに　　　　　　　　　　4　だけに

鈴木君は若い_____人生経験も豊富だし、しっかりしている。

1　ばかりに　　　　　　　　　　2　わりに

3　あまりに　　　　　　　　　　4　だけに

_____あまり、つい彼女に見惚れてしまった。

1　綺麗　　　　　　　　　　　　2　美しさの

3　綺麗である　　　　　　　　　4　美し過ぎ

甘いものが大好きなたけし君_____　_____　_★_　_____喜ばれることか。

1　のことだから　　　　　　　　2　どれだけ

3　持って行ったら　　　　　　　4　大福をお土産に

たばこを吸っているのを先生に見られた。_____　_____　_★_____のも覚悟している。

1　場合によっては　　　　　　　2　こうなった以上は

3　口頭による警告か　　　　　　4　退学になる

日本へ留学に行ったばかり_____　_____　_★_　_____ものだ。

1　のころは　　　　　　　　　　2　ライン電話をした

3　寂しさのあまり　　　　　　　4　ほぼ毎日のように友達に

題11 脳死と植物状態は、まったく違います。 1 「脳死」も「植物状態」も、大脳が働かなくなったので、寝たきりになって話をすることも聞くこともできません。ただ、脳死には、大脳と小脳、さらに脳幹がすべて障害を受けて機能しなくなった「全脳死」と、脳幹のみ機能を 2 失った 「脳幹死」があります。脳幹死の場合は大脳はまだ機能は残っていますが、やがて大脳も機能を 2 失った 全脳死に至ります。 3 植物状態とは、大脳の機能の一部または全部を失って意識がない状態ですが、脳幹や小脳は機能が残っていて自発呼吸ができることが多いです。植物状態に陥った患者は「植物人間」といい、まれに回復することもありますが、基本的にどのような治療をしても、元気な体に戻る 4 、人工呼吸器を外せば、呼吸も心臓もすぐに止まってしまいます。 5 植物状態は脳死とは根本的に違うものです。

1

1 たしかに 2 さすがに 3 せめて 4 果たして

2

1 うたがった 2 うかがった 3 うしなった 4 やしなった

3

1 さらに 2 いっぽう 3 とりあえず 4 あいついで

4

1 べきでなく 2 ものでなく 3 まではなく 4 ことはなく

5

1 こうして 2 そうすると 3 ああいう 4 とはいっても

題12 ある女性詩人の日記を読んだら、次の内容が書かれています。

「昨日の夜、雨はパラパラと降っていましたし、風は強く吹いている様子でした。酒を飲み過ぎたせいかぐっすりと眠っていましたが、未だにその酔いが消えません。ベッドに寝たままのあたしが、ふっと簾を巻き上げて来た侍女に聞いてみました。「花の様子はどう？風で散ってしまったのかしら」と不安げに。それなのに、「花は散っていませんよ。大丈夫じゃない？」という答えでした。「えっ、本当に？外の様子ちゃんと見てくれた？」と再び不安げに。何故なら、雨が降った ことから 、昨日に比べれば、 A 葉の緑は増し、風に花びらが散って花の赤い色は減ってしまっているだろうに。」

1 女性詩人はどうして度々不安になったか？

1 お酒を飲み過ぎて心身ともに疲れてしまったから。

2 植物のことで心配しているから。

3 寝坊してしまったから。

4 侍女がいつも嘘をつくから。

2 A に言葉を入れるとしたら、 ことから と最も相性がいいのは次のどれか？

1 まさか

2 まもなく

3 万が一

4 正に

8

推測 / 判斷的表示①：「只不過」的普に過ぎない VS「一定」的普に相違ない

本書 48 至 50 「推測 / 判斷的表示①②③」需要互相比較，故 48 、49 的練習合併在 50 之後。

所需單詞類型：**普（行く / 行かない / 行った / 行かなかった / 行っている / 安い / 有名である / 学生、学生である）**

1.

I. フランス語ができると言っても、日常会話が**話せる**に**過ぎません**。（雖說會法語，但只不過會說點日常會話而已。）

II. 田中さんはフランスに 30 年も住んでいたから、フランス語が**話せる**に**相違ない**。（田中先生住在法國 30 年了，一定會說法語。）

2.

I. あの男が吸血鬼だというのは、ただこの村の**伝説**に**過ぎない**。（說那個男的是吸血鬼云云，只不過是村子裏的傳說而已。）

II. あの男はニンニクも食べなければ、十字架を見たとたんに眩暈がすることから、**吸血鬼**に**相違ない**。（那個男的既不吃大蒜，一見到十字架就馬上感覺到頭暈，一定是吸血鬼。）

3.

I. たかが両親が**有名である**に**過ぎない**のに、彼女はいつも偉そうに振る舞っている。（只不過是父母有名氣罷了，而她卻經常擺起一副架子。）

II. あの子は登校するときも帰宅するときも SP が付いているので、両親はきっと**有名である**に相違ない。（那個小朋友來學校時也好下課時也好身邊都有保鏢在，父母一定是很有名的。）

***「に相違ない」乃 N3 文法「に違いない」的同義升級版，可參照《3 天學完 N3・88 個合格關鍵技巧》 **46** 推測／判斷的表示①。

9

推測 / 判斷的表示② :「不 V」的 V-stem っこない VS「無法」的 V-stem ようがない「說不定 / 有可能是負面的 V」的 V-stem 兼_かねない

推測 / 判斷的表示③ :「雖然我能 V，但不方便 V 給你」的 V-stem 兼_かねる VS「能夠 V」的 V-stem 得_える VS「難以 V」的 V-stem 難_{がた}い

本書 **49** 至 **50** 的範文合併為以下的故事，一目瞭然。

所需單詞類型： **V-stem（分_わかり、出来_{せいこう}し、成功_{せいこう}し）**

先輩_{せんぱい}： 明日_{あした}までに、100 個_こもの難_{むずか}しい専門用語_{せんもんようご}を暗記_{あんき}してこいと先生_{せんせい}に言_いわれたんだけど、どうせ俺_{おれ}には、一_{ひと}つも**理解_{りかい}でき**っこないよな。（老師說明天前，要把整整 100 個單詞全部記下來，反正對我來說，就算一個也**不**能理解的。）

後輩_{こうはい}： そうですか。それはどう**しようもない**ですね。（是嗎？那真是毫**無辦法**了！）

先輩：　ああ、ドラえもんの「暗記パン」ってものがあったら、簡単に暗記できてしまうのになあ……でもさ、そんなものがあっても、**入手のしようがない**よね。（哎呀，如果有多啦Ａ夢那叫「記憶麵包」的東西的話，我就可以輕鬆記下了。不過就算有，也**無法**弄到手吧。）

後輩：　先輩、実は、僕、「暗記パン」の売っているところを知っていますが……（前輩，其實，我知道在哪裏有賣「記憶麵包」……）

先輩：　えっ、マジで？早く教えろよ！（是嗎？快點告訴我！）

後輩：　でも、それがね、**教えかねます**よ。この秘密を誰かに教えたら、**殺されかねない**ぞと、ある黒の組織のボスに脅かされたことがあるんです。（但是，那個，我**不方便**告訴你的。因為曾經被一個黑暗組織的頭目威脅說：「如果你把這個秘密告訴其他人，**說不定**會被人殺掉的！」）

先輩：　お前がそんな極秘の話を知っているなんか**あり得ない**よ。どうせ嘘に決まってるでしょう。（你這傢伙會知道那種秘密的事情？簡直**不可能**。反正一定又在胡說八道吧！）

後輩：　俄かに**想像しがたい**というか**信じがたい**話かもしれませんが、申し上げたことはすべて真実です。（對你而言，這可能是一時三刻**難以想像難以**相信的話，不過剛才我說的都是事實。）

*** 「っこない」前面**不會**有「見ます」、「います」、「寝ます」等「ます」前只有１個音的動詞。「兼ねない」只能用作預測**不好**的可能性。「兼ねる」含有「雖然我能Ｖ，但不方便Ｖ給你」這特別意思，所以不能寫作「日本語を話しかねる」或「人間は空を飛びかねる」般，用來表示個人的能力。另外亦有如「見るに見兼ねる」等特殊例子，表示「慘不忍睹／實在看不下去」。

題１　A：年間の**有給休暇**は何日ありますか？

　　　B：わずか一週間に過ぎないよ。

　　　1　ゆうきゅうきゅうか　　　　　2　ゆきゅきゅか

　　　3　ゆきゅきゅうか　　　　　　　4　ゆうきゅうきゅか

題2　A：去年のボーナスはサラリーの何か月分もらいましたか？

B：わずか半月分に過ぎなかったのよ。

1　僅か　　　　　　2　些か　　　　　3　微か　　　　4　只か

題3　A：逮捕された男は、駅で女性2人をナイフで刺したんだって。

B：本当に＿＿＿＿＿がたい行為ですね！

1　耐え　　　　　　2　謝り　　　　　3　捨て　　　　4　許し

題4　ショックのあまり、正直、今の気持ちは言葉では言い表し＿＿＿＿＿状況で

ございます。

1　得る　　　　　　2　得ない　　　　3　兼ねる　　　4　兼ねない

題5　日本語を勉強し始めてまだ1年しか経っていないので、JLPTのN1には受

かり＿＿＿＿＿よ。

1　べきじゃない　　2　っこない　　　3　すぎない　　4　かねない

題6　救い＿＿＿＿＿のない奴だから、ほっといたらいいんじゃない？

1　わけ　　　　　　2　べき　　　　　3　はず　　　　4　よう

題7　居眠り運転は一歩間違えれば死傷者が出＿＿＿＿＿事態だから、絶対にして

はいけない。

1　っこない　　　　2　得る　　　　　3　難い　　　　4　兼ねない

題8　残念ながら、この病気は今の医療技術＿＿＿＿＿治しようがありません。

1　のは　　　　　　2　では　　　　　3　とは　　　　4　には

題9 上司の減給提案に＿＿＿＿＿ ＿＿＿＿＿ ★ ＿＿＿＿得なかった。

1 受け入れざるを

2 部分があったが

3 失業になるよりは

4 納得しかねる

題10 うちの会社は＿＿＿＿＿ ＿＿＿＿＿ ★ ＿＿＿＿に相違ない。

1 まだ新しいし

2 早く出世できる

3 今より更に頑張れば

4 若い社員も多いから

題11 「邯鄲の夢」という言葉は、中国の『枕中記』という書物に **1** 遡ることができます。ざっと **2** を言うと、盧生という青年が、邯鄲という町へ旅に出掛けました。途中でたまたま立ち寄った店の老人に、旅についての話を **3** 、老人は、「只今ご飯を **4** いますが、それが出来るまで、しばらく休んだら」と勧めて、盧生に枕を渡しました。その枕で寝た盧生は、邯鄲で出世して五十年の栄華を極め、一生を終わる夢を見ました。目覚めてみると、なんとご飯はまだ出来ていませんでした。そこから、人生は短くて夢 **5** という教訓につながるようになったと言われています。**6** 、英語の世界にも Life is but an empty dream という言い方があるそうなんですが、人生の本質とは何かということに関しては、どうも東洋も西洋もほぼ同じ意見を示しているようです。

1

1 はいぼうる 2 さかのぼる

3 ことなる 4 いばる

2

1 麺筋（めんすじ） 2 青筋（あおすじ）

3 粗筋（あらすじ） 4 背筋（せすじ）

3

1 していれば 2 していたら

3 しているなら 4 している

4

1 炊（た）いて 2 煮（に）て

3 焼（や）いて 4 煲（なべ）て

5

1 に関（かか）わらない

2 に越（こ）したことはない

3 に過（す）ぎない

4 に相違（そうい）ない

6

1 ちなみに

2 というわけで

3 ついに

4 とにかく

題12 犯罪被害の中に、なかなか防ぎようがないような被害もありますが、少し工夫を施せば防げる犯罪もあるでしょう。例えば、可愛い我が子を犯罪から守るためには、どうすれば良いでしょうか。実は、誘拐事件の7割は、子どもが一人でいる時に発生していると言われていますが、従来子どもに教えることとして、いわゆる「イカのおすし」というものがあります。

いか：（ついて）行かない

の：乗らない

お：大声を出す

す：A

し：知らせる

子どもの誘拐事件のほとんどは、子どもがだまされて自分からついて行ってしまうケースなので、日頃から子どもに「怪しい人／知らない人について行くなよ」と教える必要があります。

1 A のところに書く最も可能性が高い選択肢はどれか？

1 すぐはなれる。

2 すこしあそぶ。

3 すなおにきく。

4 すらすらとおしえる。

2 以上の文章の内容として正しくないものはどれか？

1 子供が自ら誘拐犯についていくことが多い。

2 世の中には防げない犯罪はない。

3 親による子供への教育が犯罪防止につながる。

4 「イカのおすし」をしっかり暗記すると、犯罪防止に役に立つ。

本書 **51** 至 **52** 「程度的表示①②」需要互相比較，故 **51** 的練習合併在 **52** 之後。

所需單詞類型：**て型（気（き）になって、思（おも）えて、行（い）きたくて、美味（おい）しくて、不便（ふべん）で）**

1.

I. かわいがっていた愛犬（あいけん）が死（し）んでしまい、寂（さび）しくて仕方（しかた）がありません。（一直寵愛着的愛犬死了，非常孤單。）

II. かわいがっていた愛犬（あいけん）が死（し）んでしまい、寂（さび）しくてなりません。（一直寵愛着的愛犬死了，孤單之情不禁湧出。）

III. かわいがっていた愛犬（あいけん）が死（し）んでしまった昨夜（さくや）は眠（ねむ）れなかったのですが、今（いま）は眠（ねむ）くて堪（たま）りません。（昨晚一直寵愛着的愛犬死了所以睡不着，但現在卻睏得要命。）

IV. かわいがっていた愛犬（あいけん）が死（し）んでしまってからしばらくの間（あいだ）は、寂（さび）しくて敵（かな）わなかった。（自從一直寵愛着的愛犬死了，有一段日子簡直孤單到一個點。）

I. この頃兄は「誰があの映画の主役を演じるかが**気になって**しょうがないので、早く**見たくて**しょうがない」と言っている。（這段日子哥哥總說因為非常在意那套電影誰演主角，所以非常希望可以早點看到。）

II. この頃兄は「やっと常盤貴子さんが日本アカデミー最優秀女優賞を受賞するだろうと**気がして**ならない」と言っているが、実は松嶋菜々子に負けるのではないかと**心配で**ならない。（這段日子哥哥常說總覺得常盤貴子終於可以拿到日本電影學院最佳女主角獎，但那邊廂卻又不禁擔心她會輸給松嶋菜菜子。）

III. 本番の映画が**見たくて堪ら**なかったけど、その前に何回も A 社の「運動後のビールは**おいしくて**たまらないぜ」という CM を見させられた。（雖然我超想看電影本篇，但卻被迫先看一連串 A 公司「運動後的啤酒是最好喝的」那廣告。）

IV. 本番の映画が見たかったけど、前に座っているカップルの声が**うるさくてかなわなかった。**（雖然我想看電影，但坐在前面的那對情侶簡直吵到一個點。）

*** 相比「敵わない」的意思比較明顯，不易混淆，其餘三個可從常見配合的單詞判斷正誤。

I. 常見與「仕方がありません / しょうがない」配合的單詞：嬉しくて、寂しくて、話したくて、知りたくて / 不安で、残念で、不思議で / 気になって、腹が立って、喉が渇いて、お腹が空いて

II. 常見與「なりません / ならない」配合的單詞：嬉しくて、寂しくて / 心配で、不安で、残念で、不思議で / 気がして、腹が立って、思えて、泣けて

III. 常見與「堪りません / 堪らない」配合的單詞：痛くて、熱くて、眠くて、うるさくて、話したくて、知りたくて / 心配で、好きで

從另一個角度來看，某些屬性的單詞也有可能與三者其中之一不能相容：

單詞範疇	仕方がありません / しょうがない	なりません / ならない	堪りません / 堪らない
涉及肚子餓、口渴、睏等生理現象的單詞	✓	✕	✓
涉及心理感覺的單詞	✓	✓	△ (只有「心配」、 「好き」等極少數)
涉及冷熱、美味、嘈吵等生理感覺的單詞	✕	✕	✓
V たくて	✓	✕	✓
気がして	△	✓	✕
気になって	✓	△	✕
思えて	✓	✓	✕
泣けて	✓	✓	✕
作為「最」的意思 (參考 2.III.)	✕	✕	✓

最後亦需要知道以下 3 個很相似、但意思完全不一樣：

I. **寂しくてなりません**：孤單之情不禁湧出

II. **寂しくなりません**：不會變得孤單

III. **寂しくてなっては なりません**：不容許 / 不可以變得孤單

程度的表示②:「V完/徹底的V」的 V-stem 切る VS「戰勝痛苦/困境而 V完/多番」V-stem 抜く VS「堅持到底一直V」的 V-stem 通す

所需單詞類型: **V-stem（やり、勝ち、生き、し）**

1.

I. A:食料は大事なので、一度注文した料理は出来れば全部**食べ切る**ようにしましょう!(食材很重要,所以點了的菜就盡量吃**完**吧!)

B:そんな**分かり切った**こと、わざわざ今言わなくてもいいじゃないか?(這本來就是徹底明白＝明擺着的事,事到如今也不用再花唇舌說吧!)

II. 体の弱い彼は 50 キロのマラソンを**走り切った**。(身體瘦弱的他跑**完** 50 公里的馬拉松。)

III. 体の弱い彼は 50 キロのマラソンを**走り抜いた**。(身體瘦弱的他【戰勝痛苦,排除萬難】跑完 50 公里的馬拉松。)

IV. 如何に年収 300 万円という時代を**生き抜く**かが現代日本人の大きな課題である。(如何在年薪只有 300 萬日元的年代中【戰勝痛苦,排除萬難】生存下來,正是現代日本人的重要課題。)

V. これは考えに**考え抜いた**結果ですので、どうか真摯にお受け止め下さい。(這是經過多番深思熟慮的結果,望你以真誠的態度接受。)

IV. 一度決めたからには、最後まで 50 キロのマラソンを**走り通したい**。(既然決定了,就想堅持到底一直跑完 50 公里的馬拉松)

*** 相比其他兩者把重點放在「動作完結」上,「通す」更强調「堅持到底一直V」的持續性。另外,類似 1.V. 中「多番V」的用法,其他還有「困り抜く」＝「悩み抜く」(同為經過多番苦惱)「悲しみ抜く」(經過多番傷心)等,類似的語法可參照本書 41 時間的表示②中「末」和「挙句」的用法。

題1 昨日の特番を見る時間がなかったけれど、＿＿＿＿＿ように親に録画しても

らった。

1 悔しくならない　　　　　　　　2 悔しくてならない

3 悔しくなってはならない　　　　4 悔しさがなくてはならない

題2 夜中ずっと隣の子供に泣き＿＿＿＿＿、一睡もできなかった。。

1 遂げられて　　　　　　　　　　2 切られて

3 通されて　　　　　　　　　　　4 直されて

題3 この城の将軍である以上、なんとかして城を守り＿＿＿＿＿みせる。

1 遂げて　　　　　　　　　　　　2 切って

3 通して　　　　　　　　　　　　4 抜いて

題4 たった一回90分の授業では、とても自動詞の他動詞の仕組みを説明し

＿＿＿＿＿。

1 遂げられない　　　　　　　　　2 切れない

3 通せない　　　　　　　　　　　4 直せない

題5 諺の「頬が落ちる」とは、おいしくて＿＿＿＿＿ことを意味する。

1 しょうがない　　　　　　　　　2 ならない

3 たまらない　　　　　　　　　　4 かなわない

題6 ＿＿＿＿＿ ＿＿＿＿＿ ★ ＿＿＿＿＿日々である。

1 ように努めている　　　　　　　2 どんな苦難に

3 最善を尽くし切る　　　　　　　4 直面しても

題7 今回の災害は＿＿＿＿＿ ＿＿＿＿＿ ★ ＿＿＿＿＿僕一人だけでしょう
か！

1 かのように 　　　　　　　2 神様が下した罰である

3 思えてならない 　　　　　4 のは

題8 テーブルを囲んで大皿の料理を取り分けて食べるのが一般的な中国文化
だが、 1 を極めて重んずる中国人は、お客さんを丁重に「もてなす」＝
「招待する」ことを示すため、料理を多めに注文することが多くある。
結婚式の宴席などでは、食べ 2 量の料理でもてなすのが当たり前のこと
であり、食べ残しが大量に出てしまう。この社会現象を見るに 3 中国
の習近平国家主席が 2020 年 8 月から全国民にいわゆる「光盤行動」、
日本語に訳すと「皿の食べ物を残さずきれいに食べ尽そう」というキャン
ペーンを呼びかけている。習主席の呼びかけを受けて、中国各地では、さ
まざまな対応が行われているが、例えばある店では、食べ残しがないよう
に通常の半分のサイズにしたメニューが人気を集めていたということだ。
しかし、一方では「中国人は人をもてなすのが好きで、客が来ればテーブ
ルいっぱいの料理を並べてしまう。これは長年の習慣であり、変える 4 と
ても長い時間がかかる。キャンペーンとして呼びかけるだけでなく、法律
の制定など、より強制力を伴った対策も必要だ」という専門家たちの意見
もあり、今後キャンペーンの 5 が注目されている。

1

1 メンツ 　　　　　　　　　2 ウーマン

3 キッズ 　　　　　　　　　4 マージャン

2

1 かけない

2 通^{とお}せない

3 抜^ぬけない

4 切^きれない

3

1 見兼^{みか}ねて

2 見兼^{みか}ねず

3 見難^{みがた}く

4 見得^{みえ}ず

4

1 のは

2 には

3 では

4 へは

5

1 成^なり行^ゆき

2 成^なり金^{きん}

3 生業^{なりわい}

4 成^なるべく

媒介的表示①：「每當……總是」的Vるにつけ（て）VS「作為契機」的Nを契機に＝「作為契機」的Nを機に VS「沿着／按照／根據」Nに沿って（N1に沿ったN2）

所需單詞類型：Vる（聞く、見る、説明する）
N（失敗、計画、期待）

1.

I. 工場の瓦礫を**見る**につけて、大事故が起きた時の恐怖が思い出されてしまう。（**每當**看到工廠裏的頹垣敗瓦，大事故發生時的恐怖回憶**總會**被喚起。）

II. **大事故**を契機に、全社が徹底的にマニュアルに沿って作業するようになりました。（大事故**作為契機**，令全公司變得徹底按照工作指南進行工作了。）

III. **大事故**を機に、全社が徹底的にマニュアルに沿って作業するようになりました。（大事故**作為契機**，令全公司變得徹底按照工作指南進行工作了。）

IV. 大事故が起きた後、たくさんの人が工場の隣の**川**に沿って座って避難していた。（大事故之後，很多人在工廠旁邊的河沿河而坐避難。）

V. **マニュアル**に沿って作業しないと大事故を招く恐れがあるよ。（如果不**按照**工作指南進行工作，恐怕會招來大事故哦。）

VI. 大事故の後、**マニュアル**に沿った**作業**が制度化になりつつある。（大事故之後，**按照**工作指南的工序逐漸變成制度化。）

***「Vるにつけ」是常態，但亦有一些如「何事につけても」（對任何事都）「何かにつけて」（找出一些事情）的「Nにつけ」慣用語形態。「を契機に」乃 N3 文法「を切っ掛けに（して）／が切っ掛けで」的同義升級版，可參照《3 天學完 N3・88 個合格關鍵技巧》**54** 媒介的表示③。

題1 私の希望に＿＿＿＿デザインのバッグがようやくできて嬉しかったです！

1 沿った　　　　　　　　　　2 沿って

3 伴う　　　　　　　　　　　4 伴って

題2 日本では、女性が結婚や出産＿＿＿＿会社を辞めることは日常茶飯事です。

1 が切っ掛けに　　　　　　　2 を機に

3 に沿って　　　　　　　　　4 を契機と

題3 ＿＿＿＿を契機に、始めて健康に気を遣うようになるのは人間というもの

ですね。

1 大病を患うの　　　　　　　2 大病を患わないの

3 大病を患ったの　　　　　　4 大病を患おうか患わないか

題4 ＿＿＿＿＿ ＿＿＿＿＿ ★ ＿＿＿＿＿が知りたい。

1 気が済まない　　　　　　　2 人間の心理状況

3 何事につけも　　　　　　　4 文句を言わないと

立場的表示①：「在……的層面而言」的 N の上で（は）/ N 上で（は）VS「在某人的角度而言」的 N にしたら / すれば / してみたら / してみれば VS「儘管從 N 的立場而言」的 N と / にしたところで（と / にしたって）

所需單詞類型： N（教師の立場、学生の身分、教師、学生）

1.

I. 新型コロナウイルスは、人類の長い**歴史**の上では、これまで度々現れた流行り病の一つに過ぎない。（新型冠狀肺炎，在悠長的人類歷史上【這層面而言】，只不過是眾多出現過的其中一種流行病而已。）

II. 新型コロナウイルスは、人類の長い**歴史**上では、これまで度々現れた流行り病の一つに過ぎない。（新型冠狀肺炎，在悠長的人類歷史上【這層面而言】，只不過是眾多出現過的其中一種流行病而已。）

III. 新型コロナウイルスは、我々**人間**にしたら / してみれば、災難としか言いようがないですが、地球にとっては安らぎの一時と言えよう。（新型冠狀肺炎，在人類的角度而言，只能說是災難；然而對地球來說，可謂是一時的安寧吧！）

IV. 確かに新型コロナウイルスの対策会議で決まった方針について少々不満があります。とはいえ、もっとも**私**としたところで、他にいい案があるわけでもありませんが……（的確對於新型冠狀肺炎對策會議上決定的方案是有點不滿。話雖這樣說，你就是問我【從我的立場而言】，我也沒有其他更好的建議……）

V. 確かに新型コロナウイルスの対策会議で決まった方針については少々不満があります。とはいえ、もっとも私にしたって、他にいい案があるわけでもありませんが……（的確對於新型冠狀肺炎對策會議上決定的方案是有點不滿。話雖這樣說，你就是問我【從我的立場而言】，我也沒有其他更好的建議……）

*** 基本上，「と／にしたところで（と／にしたって）」前面必須是一個人，用作表達「即使是從那個人的立場來講，情況也……」，後接如「どうしようもない」（甚麼也做不了）或「何もいい案がない」（沒有好的提議）等負面的判斷、評價或辯解等。「にしたら／すれば／してみたら／してみれば」前面亦必須是個人（「立場」「身分」之類的單詞也可省略），又或者可以選擇用「の上で（は）／上で（は）」或 1.III 的「にとって」。即：

I. 一人の人間にしたところで：儘管從人類的立場而言
II. 一人の人間にしたら／すれば／してみたら／してみれば：在人類的角度而言
III. 人間の立場の上では：站在人類立場這個層面而言
IV. 人間の立場上では：站在人類立場這個層面而言
V. 人間にとって：對人類而言

題1 先生に_____、頭の良い子よりも一生懸命努力する生徒を応援したくなるものです。

1 したところで
2 してみて
3 とると
4 してみりゃ

題2 法律_____は、日本人は二十歳にならないとタバコを吸ったり、お酒を飲んだりすることができない。

1 の上
2 上で
3 の上に
4 上で

題3 経済大国の日本にしたところで、今回ばかりは＿＿＿＿＿＿。

1 協力できることは無限大です

2 協力させていただければ幸いです

3 協力できることは限られます

4 協力できないかと存じます

題4 サッカー試合で1：9で＿＿＿＿＿ ＿＿＿＿＿ ＿＿★＿＿ ＿＿＿＿＿わけではありませんが……

1 理論上では

2 逆転の可能性が

3 ゼロという

4 負けていて

5 話題的表示①：「N 這東西」的 N というものは ＝「N 這東西」的 N なるものは VS「這事情」的普ということは（ってことは）

本書 55 至 57 「話題的表示①②③」需要互相比較，故 55 、56 的練習合併在 57 之後。

所需單詞類型： **普（行く / 行かない / 行った / 行かなかった / 行っている / 安い / 有名だ / 学生だ）**

1.

I. **性格**というものは、幼少時代の教育を始め人間関係などの環境によって次第に形成されていくものです。（性格這東西，首當其衝的是少年時代所受的教育，還隨着人際關係等因素而慢慢形成。）

II. **性格**なるものは、幼少時代の教育を始め人間関係などの環境によって次第に形成されていくものである。（性格這東西，首當其衝的是少年時代所受的教育，還隨着人際關係等因素而慢慢形成。）

III. **長年の性格を変える**ということは、不可能ではないですが、結構難しいでしょう！（改變長年累月根深蒂固的性格一事，雖並非不可能，但應該是很困難吧！）

IV. **長年の性格を変える**ってことは、不可能じゃないけど、結構難しいよね！（改變長年累月根深蒂固的性格一事，雖並非不可能，但應該是很困難吧！）

V. **長年の性格を変えたい**ということは、不可能ではないですが、結構難しいでしょう。（想改變長年累月根深蒂固的性格一事，雖並非不可能，但應該是很困難吧！）

VI. **愛子ちゃんのすべての性格が好きだ**ってことは、たけし君はもう彼女の虜になってしまっているでしょう。（喜歡愛子所有性格一事可見，小武已經墮入了她所設的愛情陷阱吧！）

*** 基本上，前面若是 N 則後接「というものは / なるもの」（1.I.,1.II.,）；前面若是句子則後接「ということは」（1.III.-1.VI.）。

所需單詞類型： **普（行く／行かない／行った／行かなかった／行っている／安い／有名だ／学生だ）**

1.

I. 伊藤さんは香港の**アクション映画**のこととなると、話が止まらなくなる。（伊藤小姐一說起香港動作電影這話題就喋喋不休。）

II. 日本人にとって、**アクション映画**と言うと／と言えば／と言ったら、まずは 80 年代の香港映画、中でもジャッキーチェンのシリーズが頭に浮かんでくるでしょう。（對日本人來說，一說起香港動作電影，首先浮現腦海的應該就是 80 年代的香港電影，當中尤其以成龍的系列為主吧！）

III. A：今度の日曜日、一緒に映画館へ「**葉問 4**」を見に行きませんか？（這個星期天，一起去電影院看「葉問 4」好嗎？）

B：「**葉問 4**」と言ったら、香港のカンフースタードニー・イェンの最新のアクション映画のことですか？（你剛說的「葉問 4」，是不是就是香港武打明星甄子丹最新的動作電影？）

IV. 私の趣味は映画を見ることです。**映画を見る**と言ったら、基本的に香港のアクション映画しか見ないのですが……（我的興趣是看電影。說起看電影，基本上我是只看香港動作電影的……）

V. 「葉問」シリーズを始め、香港のアクション映画に見られるカンフーシーンの**撮り方**と言ったら、言葉では言い表せないほど素晴らしいものである。（說起以「葉問」系列為代表的香港動作電影的功夫片段拍攝手法，讓人驚訝的是，箇中的精彩玄機實在是筆墨難以形容。）

VI. Ａ映画館ではこの頃、専ら香港のアクション映画を上映していますが、**ホラー映画**はというと、ほとんど取り扱っていないようです。（這段日子Ａ電影院主要上映香港動作電影，那邊廂，要說恐怖電影的話，似乎是乏善可陳。）

*** 要注意「と言ったら」是兼具「一說起這個話題／剛說的這個話題」及「說起 N，讓人驚訝的是」兩個意思的；而「一說起這個話題」的「と言うと」和「那邊廂」的「はと言うと」只差了一個「は」，但意思卻截然不同。

所需單詞類型： **普（行く／行かない／行った／行かなかった／行っている／安い／有名だ／学生だ）**

1.

I. **うちの人**ときたら、仕事もせずに毎日お酒を飲んでばかりいるのよ。まったく！（說起我老公就氣死我了，不工作而每天只會喝酒。）

II. **うちの人**ったら、仕事もせずに毎日お酒を飲んでばかりいるのよ。困ったな！（說起我老公就愁死了，不工作而每天只會喝酒。）

III. **うちの人**ったら、なんと昨日サプライズでダイヤモンド指輪をくれたの。チョー嬉しかった！（說起我老公就讓我樂壞了，他昨天竟然準備了一個驚喜，送了鑽石戒指給我。）

IV. お父さん： 飲んだ、飲んだ！（【喝得】痛快，痛快！）
　　子供： **お父さん**ったら、また僕の貯金箱からお金を取ってお酒を買ったでしょう！（爸爸真討厭，又從我的錢箱裏拿了錢買酒喝吧！）

V. お父さん： おい、俺の酒、隠したでしょう？（喂，是你把我的酒藏起來了吧？）
　　子供： いや、知らないよ。（沒有啊，我不知道耶。）
　　お父さん： どこに隠した？早く出せ！（藏到哪裏去？快拿出來！）
　　子供： 知らないって。（不是說不知道嗎？）

お父さん： どうせお前がやったでしょう！（反正就是你做的好事！）
子供： だから、**知らない**ってば。（我都說了幾次不知道，你沒聽見嗎？）

***「ったら」和「ときたら」最大的分別在於前者能直接稱呼對方（1.Ⅳ.）和用作描述第三者（1.Ⅱ.，1.Ⅲ.），但後者只能用作描述第三者（1.Ⅰ.）。

題1 1980 年代の日本はバブル経済による絶好調に恵まれていたが、この頃の中国はというと、まだまだ貧しい国だった。

1 ぜっこちょ
2 ぜつこうちょう
3 ぜっこうちょう
4 ぜっこうちょ

題2 うちのお母さん_____、時々まるで私が子供であるかのような話し方をしてくるのよね。

1 はというと
2 といえば
3 なるものは
4 ったら

題3 日本語の「母」_____、現実の母親のみならず、私たちの人生観や考え方など支えてくれるなにか原理的なことをも指している。

1 はというと
2 といえば
3 なるものは
4 ったら

題4 彼のホラー小説はこれまではみんなスリル感満点ですが、最新作はというと_____。

1 言うまでもないことでしょう
2 やっぱり期待通りでしたです
3 どうなるか気になりますね
4 少し期待外れでした

題5 A：俺、今度、タイへ旅行に行くよ。

B：へえ、羨ましいなぁ。タイ＿＿＿＿、山田課長の奥さん、タイ人なん

だって。

1　ときたら　　　　　　　　　　　2　のこととなると

3　をいうなら　　　　　　　　　　4　っていうと

題6 昨日の室内温度＿＿＿＿、オーブンの中にいるかのように半端なかったよ。

1　といえば　　　　　　　　　　　2　といったら

3　といっても　　　　　　　　　　4　というと

題7 3人いるのに、自転車が2台しかない＿＿＿＿、誰かが歩かなければなら

ないよね……

1　にもかかわらず　　　　　　　　2　ということは

3　といったら　　　　　　　　　　4　というものは

題8 最近のマスコミの＿＿＿＿　＿＿＿＿　＿★＿　＿＿＿＿からみれば、

迷惑極まりない。

1　本当か嘘かわからない　　　　　2　視聴者の立場

3　ものばかりなんで　　　　　　　4　情報ときたら

題9 陳先生ったら、普段は＿＿＿＿　＿＿＿＿　＿★＿　＿＿＿＿になるんだよ

ね。

1　別人になったかのように

2　急に優しい顔

3　自分が飼っている猫シロちゃんのこととなると

4　厳しいけれど

題10 人間というものは、＿＿＿＿＿ ＿＿＿＿＿ ＿★＿ ＿＿＿＿成り立つものである。

1 お互いに支えあって初めて　　　2 「人」という文字の形

3 を見ればわかるように　　　4 一人ではやっていけず

題11 「役割語」というものの定義は以下の通りである：「ある特定の言葉づかいを聞くと、特定の人物像（年齢、性別、職業、階層、時代、容姿・風貌、性格など）を 1 ことができるとき、あるいはある特定の人物像を提示されると、その人物が 2 使用しそうな言葉づかいを 1 ことができるとき、その言葉づかいを『役割語』と呼ぶ。」*** 一方、『キャラ語尾』というものもあるのだが、『特定の 3 に与えられた語尾』*** と定義されるものである。 4 いうと、『役割語』は例えば複数いる『お嬢様』という 3 に共通するものであるが、『キャラ語尾』はというと、基本的に『たった一人のＡお嬢様』しか用いない言葉づかいであり、それを聞くたびに、『あっ、Ａお嬢様だ』という認識につながるということである。有名な話だが、『NARUTO』というマンガの主人公であるナルトはよく『ってば（俺ってば）』を使うが、この言葉は『役割語』に 5 あたるか、それとも『キャラ語尾』と見做すべきか実に面白い議題であろう。」

*** 金水敏の『ヴァーチャル日本語 役割語の謎』（岩波書店、2003 年）による

1

1 思い遣る　　　　　2 思い込む
3 思い浮かべる　　　　4 思い過ごす

2

1 いかに	2 いかにも
3 いかが	4 いかなる

3

1 キャラメル	2 キャラクター
3 キャリア	4 ギャラリー

4

1 しかも	2 そして
3 さらに	4 それで

5

1 当たる	2 中たる
3 充たる	4 属たる

題12 教養としての古典は、必ずしも原文で読まなくてもいいと思う。読む気になったら、現代語訳でもいいし、A『マンガで読む古典』のようなシリーズでもよかろう。まずは、その古典の世界を知りたいという欲望が大切であることは、いうまでもない。ただ実際問題として、いくらマンガであっても、やはりそれなりの分量になるので、それすら読む時間がないけれど、現代の言葉で日本文学をざっと知りたい人には、中学や高校の教育現場で使用される『国語便覧』なるものほど役に立つものはなかろう。たった一冊で写真や図表などが豊富なうえ、各時代の暮らしや祭り、動植物など、百科図鑑に匹敵するほどの内容まで盛られている。思うに、生涯そばに置くべき一冊であろうかと。

1　上記の『国語便覧』に関する記述として、正しいのはどれか？

1　中の内容は原文で書かれている。

2　『マンガで読む古典』シリーズより部数が多い。

3　中学から大学まで使われる教育機関が多い。

4　内容面では百科全書と比べてみても負けない。

2　**A** に言葉を入れるとしたら、最もいいのは次のどれか？

1　内容からみれば

2　読めば読むほど

3　まさにその通り

4　場合によっては

條件的表示① :「沒有 N 就」的 N 抜^ぬきにしては =「沒有 N 就」的 N なしには（なしでは）VS「不 / 沒有……就 = 除非……否則」的ない型 1 ことには VS「不（是）/ 沒有……就=除非（是）……否則」的ない型 2 限^{かぎ}り

本書 58 至 59 「條件的表示①②」需要互相比較，故 58 的練習合併在 59 之後。

所需單詞類型： **N（許可^{きょか}、說明^{せつめい}）**

ない型 1 = 主要是 V ない + 少量特別例子（行^いかない、說明^{せつめい}がない）

ない型 2 = 主要是 V ない + 少量特別例子（行^いかない、說明^{せつめい}がない、日本人^{にほんじん}でない）

1.

I. いきなりやれと言^いわれても、**説明^{せつめい} / サポーター抜^ぬきにしては**出来^{でき}る訳^{わけ}ないよ。（突然說要我做，但沒有說明 / 協助人員的話，那不可能做到。）

II. いきなりやれと言^いわれても、**説明^{せつめい} / サポーターなしには / なしでは**出来^{でき}る訳^{わけ}ないよ。（突然說要我做，但沒有說明 / 協助人員的話，那不可能做到。）

III. いきなりやれと言^いわれても、説明^{せつめい}が**ない**ことには、出来^{でき}る訳^{わけ}ないよ。（突然說要我做，但沒有說明的話，那不可能做到。）

IV. いきなりやれと言^いわれても、サポーターが**いない**ことには、出来^{でき}る訳^{わけ}ないよ。（突然說要我做，但沒有協助人員的話，那不可能做到。）

V. いきなりやれと言われても、ゆっくり**話し合ってみない**ことには、出来る訳ないよ。（突然說要我做，但不嘗試商量的話，那不可能做到。）

VI. いきなりやれと言われても、ゆっくり**話し合ってみない**限り、出来る訳ないよ。（突然說要我做，但不嘗試商量的話，那不可能做到＝除非嘗試商量，否則不可能做到。）

VII. いきなりやれと言われても、説明が**ない**限り、出来る訳ないよ。（突然說要我做，但沒有說明的話，那不可能做到＝除非有說明，否則不可能做到。）

VIII. いきなりやれと言われても、サポーターが**いない**限り、出来る訳ないよ。（突然說要我做，但沒有協助人員的話，那不可能做到＝除非有協助人員，否則不可能做到。）

IX. いきなりやれと言われても、プロで**ない**限り、出来る訳ないよ。（突然說要我做，但不是專業人員的話，那不可能做到＝除非是專業人員，否則不可能做到。）

***「N 抜きにしては」其實就是源自 N3 文法「N は抜きにして / 抜きで」，但一般用作表達「假使沒有 N 就很難 / 不可能實現後項」的意思，請參照《3 天學完 N3・88 個合格關鍵技巧》 55 媒介的表示④。另外，如 1.II. 可見，只要是名詞，不管是無生命或是有生命，一律使用「N なしには / なしでは」。最後，「ことには」和「限り」的最大分別是，日語有「N でない限り」，但一般不見「N でないことには」這種說法。所以，如要表達如 1.IX. 那種「如果不是 N 就……＝除非是 N 否則……」的意思的話，一般會用「N でない限り」。

9

條件的表示②：「發生可能性較大的『現實假使』」的 N / V る / V ない となると / となれば / となったら VS「發生可能性較低的『想像假使』」的 V できるものなら / もんなら VS「萬一是這樣的話就糟糕了」的 V 意向ものなら

所需單詞類型： N ＝転勤、結婚、出産
V る＝行く、食べる、する、来る
V ない＝行かない、食べない、しない、来ない
V できる＝行ける、食べられる、出来る、来られる
V 意向＝行こう、食べよう、しよう、来よう

1.

I. 将来、**退職**となると / となれば / となったら、安定した収入がなくなるので、今のうちにしっかりと貯金しておかなければならないだろう。（將來假使到了退休階段，因為會失去安定的收入，所以必須趁現在預先存下錢吧！）

II. 将来、仕事を**辞める**となると / となれば / となったら、安定した収入がなくなるので、今のうちにしっかりと貯金しておかなければならないだろう。（將來假使把工作辭掉，因為會失去安定的收入，所以必須趁現在預先存下錢吧！）

III. 将来、仕事を**させてもらえない**となると / となれば / となったら、安定した収入がなくなるので、今のうちにしっかりと貯金しておかなければならないだろう。（將來假使【公司】不讓我工作的話，因為會失去安定的收入，所以必須趁現在預先存下錢吧！））

IV. 出来るものなら、会社を辞めて世界旅行したいのだが、そういう訳にはいかない……（假使能夠的話，真希望向公司辭職然後去環遊世界，但這畢竟是不可能的……）

V. あんたのような度胸のない人間なんかは、仕事を辞められるもんなら、さっさと辞めてしまえ！（像你這種膽小鬼，如果你敢辭職的話，那就乾脆快點吧【看你是一定不敢的】！）

VI. 部長のようなリーダーシップのある人間が会社を辞めようものなら、おそらく会社はめちゃくちゃになってしまうでしょう。（像部長這樣有領導才能的人，如果他向公司辭職的話，那公司恐怕會變得亂七八糟。）

題1　二股をかけていることを彼女に＿＿＿＿＿ものなら、殺されるのかもしれない。

1　バレよう　　　　　　　　　2　バレそう

3　バレされる　　　　　　　　4　バレられる

題2　外国人留学生を抜きにしては、日本のコンビニは＿＿＿＿＿。

1　作らざるを得ない　　　　　2　成り立たない

3　出来かねない　　　　　　　4　思い込まない

題3　不況のせいで、昔と違って今では銀行にお金を借りると＿＿＿＿＿、手続きは大変だぞ。

1　なしには　　　　　　　　　2　なれば

3　なろうと　　　　　　　　　4　なるし

題4　会議中＿＿＿＿＿、社長は必ずと言ってもいいくらい電話に出られるはずですが……

1　でないことを抜きに　　　　2　でないことには

3　でないものなら　　　　　　4　でない限り

題5　やれる＿＿＿＿＿＿やってみろ。

1　にしたら　　　　　　　　　2　のこととなると

3　もんなら　　　　　　　　　4　となったら

題6　いわば＿＿＿＿＿　＿＿＿＿＿　★　＿＿＿＿＿ こともできないと。

1　使（つか）わないことには　　　　　2　お金（かね）とは

3　どんどん　　　　　　　　　4　新（あたら）しい価値（かち）を生（う）み出（だ）す

題7　一口（ひとくち）食（た）べて＿＿＿＿＿　＿＿＿＿＿　★　＿＿＿＿＿でもないんじゃない？

1　美味（おい）しいかどうかも　　　　2　分（わ）からないし

3　みない限（かぎ）り　　　　　　　　4　言（い）える立場（たちば）

題8　江戸時代（えどじだい）の開国（かいこく）によって外国文化（がいこくぶんか）の受（う）け入（い）れ口（ぐち）となった5大港都市（だいみなととし）、1 横浜（よこはま）、函館（はこだて）、新潟（にいがた）、神戸（こうべ）と長崎（ながさき）ですが、2 後々（のちのち）の日本文化（にほんぶんか）はこの歴史（れきし）によって大（おお）きな影響（えいきょう）を受（う）けました。中（なか）でも、外国（がいこく）と日本（にほん）の交流（こうりゅう）という視点（してん）で考（かんが）える 3、他（ほか）の都市（とし）よりも歴史的重要性（れきしてきじゅうようせい）があるのは長崎（ながさき）ではないでしょうか。昔（むかし）、長崎（ながさき）では多（おお）くのポルトガル人（じん）がキリスト教（きょう）を宣教（せんきょう）したため、この港都市（みなととし）には洋風建築（ようふうけんちく）の建物（たてもの）が沢山建設（たくさんけんせつ）されていました。江戸初期（えどしょき）の日本（にほん）は鎖国（さこく）という政策（せいさく）を行（おこな）い、外国（がいこく）との間（あいだ）に壁（かべ）を作（つく）ろうとしていましたが、そんな歴史（れきし）の渦巻（うずま）く中（なか）にあって寛永（かんえい）13（1636）年（ねん）には出島（でじま）が出現（しゅつげん）し、日本（にほん）と外国（がいこく）をつなぐ重要（じゅうよう）な 4 となりました。貿易（ぼうえき）や文化交流（ぶんかこうりゅう）という観点（かんてん）で見（み）た場合（ばあい）、長崎（ながさき）は正（まさ）にその先駆者（せんくしゃ）であり、抜（ぬ）きにしては 5 存在（そんざい）だと言（い）われています。

1

1 あえて 　　　　　　　 2 いちおう

3 かりに 　　　　　　　　 4 すなわち

2

1 うしろうしろ 　　　　　 2 のちのち

3 ごご 　　　　　　　　　 4 すえずえ

3

1 ことには 　　　　　　　 2 限^{かぎ}り

3 となると 　　　　　　　 4 どなるど

4

1 パイナップル 　　　　　 2 バイブル

3 パイプ 　　　　　　　　 4 バイブ

5

1 触^ふれない 　　　　　　 2 見^みえない

3 聞^きけない 　　　　　　 4 語^{かた}れない

のみならず（のみか）…… も / まで
/ さえ ＝「不只 …… 還」的普に止ど
まらず …… も / まで / さえ ＝「不
只 …… 還」的 N に限らず …… も /
まで / さえ ＝「豈止 …… 還」的普ど
ころか …… も / まで / さえ

本書 **60** 至 **61** 「添加的表示①②」需要互相比較，故 **60** 的練習合併在
61 之後。

所需單詞類型：　N（男性、外国人）
　　　　　　　　普（行く / 行かない / 行った / 行かなかった / 行っている / 安
　　　　　　　　い / 有名である / 学生）

1.

I. 弊社は、**テレビのみならず**、洗濯機も製造しております。（敝司**不止**電視
機，還有製造洗衣機。）

II. 弊社は、**テレビにとどまらず**、洗濯機まで製造しております。（敝司**不止**電
視機，還有製造洗衣機。）

III. 弊社は、**テレビに限らず**、洗濯機さえ製造しております。（敝司**不止**電視
機，連洗衣機也製造。）

IV. 弊社は、**テレビどころか**、洗濯機も製造しております。（敝司**豈止**電視機，
還有製造洗衣機。）

V. 弊社のこの製品は、新機能を**備えている**のみならず、他社に比べてみれば分かるように、価格もかなり抑えられております。（敝司的這個產品，**不只**具備新機能，和其他公司比較的話就知道，價格**更**已壓低。）

VI. 弊社のこの製品は、新機能を**備えている**にとどまらず、他社に比べてみれば分かるように、価格もかなり抑えられております。（敝司的這個產品，**不只**具備新機能，和其他公司比較的話就知道，價格**更**已壓低。）

VII. 弊社のこの製品は、新機能を**備えている**どころか、他社に比べてみれば分かるように、価格もかなり抑えられております。（敝司的這個產品，**豈止**具備新機能，和其他公司比較的話就知道，價格**更**已壓低。）

*** 雖然「のみならず」和「に止まらず」前面理論上可放任何形態的普通型，但其實和「N に限らず」一樣，「N のみならず」和「N に止まらず」還是最主流的。另外，「止まらず」一般寫作「とどまらず」，但為了強調其「不只」的意思，故以漢字書寫。最後「どころか」有「豈止……還」這樣反問的語調，在某些場合可能會讓對方（如客人）感覺過分自大，甚或對對方造成不敬，要小心。

1 添加的表示②：「不只……還」的普

1 上(うえ)に ＝「不只……還」的 A も普 2

し、B も ＝「不只……還」的 A も

ば、B も

所需單詞類型： **普 1（行(い)く / 行(い)かない / 行(い)った / 行(い)かなかった / 行(い)っている /**
　　　　　　　　　安(やす)い / 有名(ゆうめい)な / 学生(がくせい)の）

　　　　　　　　普 2（行(い)く / 行(い)かない / 行(い)った / 行(い)かなかった / 行(い)っている /
　　　　　　　　　安(やす)い / 有名(ゆうめい)だ / 学生(がくせい)だ）

　　　　　　　　ば型(がた)（行(い)けば、食(た)べれば、来(く)れば / 安(やす)ければ / 有名(ゆうめい)であれば
　　　　　　　　or 有名(ゆうめい)ならば / 大人(おとな)であれば or 大人(おとな)ならば）

1.

I. 彼女(かのじょ)は趣味(しゅみ)が広(ひろ)くて、生(い)け花(ばな)が**できる上(うえ)に**、日本舞踊(にほんぶよう)も得意(とくい)だ。（她興趣廣泛，**不只**會花道，**也**擅長日本舞！）

II. 彼女(かのじょ)は趣味(しゅみ)が広(ひろ)くて、生(い)け花(ばな)も**できるし**、日本舞踊(にほんぶよう)も得意(とくい)だ。（她興趣廣泛，**不只**會花道，**也**擅長日本舞！）

III. 彼女(かのじょ)は趣味(しゅみ)が広(ひろ)くて、生(い)け花(ばな)も**できれば**、日本舞踊(にほんぶよう)も得意(とくい)だ。（她興趣廣泛，**不只**會花道，**也**擅長日本舞！）

2.

I. この国(くに)のトイレときたら、**汚(きたな)い上(うえ)に**トイレットペーパーがなくて最悪(さいあく)だ。（真是的！說起這個國家的廁所就讓我生氣，**不只**髒得要命，**也**沒有廁紙，真是糟透了！）

II. この国(くに)のトイレときたら、環境(かんきょう)も**汚(きたな)いし**、トイレットペーパーもなくて最悪(さいあく)だ。（真是的！說起這個國家的廁所就讓我生氣，**不只**髒得要命，**也**沒有廁紙，真是糟透了！）

III. この国のトイレときたら、環境も汚ければ、トイレットペーパーもなくて最悪だ。（真是的！說起這個國家的廁所就讓我生氣，不只髒得要命，也沒有廁紙，真是糟透了！）

3.

I. 田舎というと、空気が**きれいな**上に、住民も親切だと思っている人は多いでしょう。（一說起農村，很多人會認為不只空氣好，住民也很親切吧！）

II. 田舎というと、空気も**きれいだし**、住民も親切だと思っている人は多いでしょう。（一說起農村，很多人會認為不只空氣好，住民也很親切吧！）

III. 田舎というと、空気も**きれいであれば／きれいならば**、住民も親切だと思っている人は多いでしょう。（一說起農村，很多人會認為不只空氣好，住民也很親切吧！）

*** 有別於「Ａも……し、Ｂも」和「Ａも……ば、Ｂも」，由於日語的結構關係，「上に」後面並不一定要跟着「も」，所以 1.I.，2.I. 和 3.I. 都沒有 highlight「也」的部分。

題1 今朝はねぼうした上に、渋滞していたので、遅刻しそうでした。

   1　撚忙　　　　　　　　　　2　子亡

   3　寝坊　　　　　　　　　　4　念忘

題2 林檎に限らず、あらゆる果物や野菜の皮には、大量の栄養が含まれている。

   1　えいよん　　　　　　　　2　えいよう

   3　いんよう　　　　　　　　4　いんよん

題3 彼は俳優_____のみならず、お笑い芸人_____も人気がある。

   1　からして　　　　　　　　2　にして

   3　からには　　　　　　　　4　として

144

題4 あの店は、料理が＿＿＿＿＿上に、値段も安やすいので、よく利用させても

らっています。

1 評判する　　　　2 評判な　　　　3 評判だ　　　　4 評判であれば

題5 あれほど助けてあげたのに、アイツったら感謝しない＿＿＿＿＿逆に恨んで

いる。

1 限りか　　　　　2 上か　　　　　3 のみか　　　　4 止まりか

題6 クレヨンしんちゃんは子供＿＿＿＿＿ ＿＿＿＿＿ ＿★＿ ＿＿＿＿＿の傑作

だ。

1 泣いてしまうほど　　　　　　　　2 子供どころか
3 大人でも感動して　　　　　　　　4 向けと言われているが

題7 夢や目標＿＿＿＿＿ ＿＿＿＿＿ ＿★＿、＿＿＿＿＿多大な意義がある。

1 にとどまらず　　　　　　　　　　2 なるものは
3 実行してみることにも　　　　　　4 ただ思うだけ

題8 「山あり谷あり」は 1 「長い人生の間に良いことも 2 、悪いこともある」
という意味で使われる言葉です。想像してみてください。人生を複数の山
の形で表し、良い時は山、悪い時は谷と表現するとします。良い時、つま
り山 3 頂上まで登っているところやすでに頂上にいる時は、どうしても
調子に乗り 4 ですが、そんな自分を戒める意味として「この良い状態が
何時までも続く 5 から、油断せずに維持できるように頑張るんだ」という
意味合いで使うことができます。一方、悪い時、すなわち谷にいる時には、
気分が落ち込むのも人間なのですが、「良い時と同じように、いつまでも
この悪い状態が続く 5 から、6 のトンネルを脱出するまで頑張ろう」と
自分や相手を励ます意味で使うことができます。

1

1　おおかお　　　　　　　　2　おおむね

3　おおひじ　　　　　　　　4　おおあし

2

1　あれば　　　　　　　　　2　あったら

3　あると　　　　　　　　　4　あるだし

3

1　に　　　　　　　　　　　2　から

3　で　　　　　　　　　　　4　を

4

1　げ　　　　　　　　　　　2　だらけ

3　っぽい　　　　　　　　　4　がち

5

1　わけではない　　　　　　2　わけにはいかない

3　わけだ　　　　　　　　　4　わけとしていない

6

1　スランプ　　　　　　　　2　スラング

3　スラム　　　　　　　　　4　スラムダンク

2 逆轉／否定的表示①：「雖然／一邊……一邊……」的 A 類ながら（も）VS「雖然／一邊……一邊……」的 V-stem つつ（も）

本書 62 至 64 「逆轉／否定的表示①②③」需要互相比較，故 62 、 63 的練習合併在 64 之後。

所需單詞類型： **A 類〜V-stem/V ない／い形／な形／N**
（知り、知ってい／出来ない／小さい／残念／子供）
V-stem（分かり、分かってい、食べ、し、来）

作為同樣是「雖然／一邊……一邊……」的文法，「ながら」和「つつ」分別如下：

ながら	つつ
I.「一邊……一邊……」	
大吟醸を**飲み**ながら、シュウマイを食べます。 （一邊喝大吟醸，一邊吃燒賣。）	大吟醸を**飲み**つつ、シュウマイを食べます。 （一邊喝大吟醸，一邊吃燒賣。）
II. V-stem 的「雖然」	
彼は大吟醸が**あり**ながら、飲ませてくれない。 （他雖然有大吟醸，卻不讓我喝。）	彼は大吟醸が**あり**つつ、飲ませてくれない。 （他雖然有大吟醸，卻不讓我喝。）

ながら	つつ

III. V ない的「雖然」

大吟醸についての分析はまだ出来ないながらも、名前ぐらい聞いたことがあります。

（雖然還未能對大吟醸做出分析，但至少我聽過他的大名。）

IV. い形 / な形的「雖然」

い形：少ないながらも、大吟醸はありますよ。

（雖然只有一點，但大吟醸還是有的。）

な形：残念ながら、大吟醸は全部飲み干した。

（很可惜，大吟醸已經喝光了。）

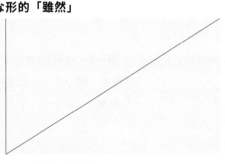

V. N 的「雖然」（主要是慣用講法）

子供ながら大吟醸のおいしさが分かる。

（雖只是個小孩子，卻懂得大吟醸的美味。）

VI. N 的「在 N 的狀態下」（主要是慣用講法）

この大吟醸は昔ながらの包装で販売される。

（這瓶大吟醸沿用往昔的包裝販賣。）

*** 特定動詞如「思う」、「笑う」、「泣く」等，會有「思いつつも」、「笑いつつも」、「泣きつつも」等「つつも」的形態；「ながらも」則多出現於い形容詞後，除上表 IV 的「少ないながらも」外，還有諸如「安いながらも」、「狭いながらも」等；「V ないながらも」也是比較約定俗成，最常見的是上表 III 的「出来ないながらも」，此外亦有「慣れないながらも」、「話せないながらも」等個別例子。

逆轉 / 否定的表示②：「縱使」的普1にしても / にしろ / にせよ / にしたって VS「雖說」的普2ものの（とはいうものの）

所需單詞類型： **普1（行く / 行かない / 行った / 行かなかった / 行っている / 安い / 有名 / 学生）**

普2（行く / 行かない / 行った / 行かなかった / 行っている / 安い / 有名な or 有名である / 学生 or 学生である）

1.

I. 新型コロナによって、世界経済は史上例を見ない規模で危機に見舞われたことで、今年は大学を**卒業する**にしても、就職できない人が多いでしょう。（由於新冠肺炎的緣故，世界經濟面臨了史無前例的危機，所以今年縱使大學畢業，也有很多人未能就業吧！）

II. 新型コロナによって、世界経済は史上例を見ない規模で危機に見舞われたことで、今年は大学を**卒業した**ものの、就職できない人が多い。（由於新冠肺炎的緣故，世界經濟面臨了史無前例的危機，所以雖說今年大學畢業了，也有很多人未能就業！）

III. 新型コロナによって、世界経済は史上　例を見ない規模で危機に見舞われたことで、今年は大学を**卒業した**とはいうものの、就職できない人が多い。（由於新冠肺炎的緣故，世界經濟面臨了史無前例的危機，所以雖說今年大學畢業了，也有很多人未能就業！）

2.

I. 成績は**ぎりぎりだった**にしろ、合格したから問題ないんじゃない？（哪怕成績剛好合格，但也算是合格了，有問題嗎？）

II. 成績は**ぎりぎりだった**ものの、合格したから問題ないんじゃない？（雖説成績剛好合格，但也算是合格了，有問題嗎？）

III. 成績は**ぎりぎりだった**とはいうものの、合格したから問題ないんじゃない？（雖説成績剛好合格，但也算是合格了，有問題嗎？）

3.

I. いくら**北国の 5 月**にせよ、時たままだ雪が降るなんておかしいよね。（儘管是北國的 5 月【比一般地區寒冷是可以理解的】，但偶爾還會下雪卻有點奇怪吧。）

II. 暦上では **5 月である**ものの、時たままだ雪が降るなんておかしいよね。（雖説曆法上已是 5 月了，但偶爾還會下雪卻有點奇怪吧。）

III. 暦上では **5 月**とはいうものの、時たままだ雪が降るなんておかしいよね。（雖説曆法上已是 5 月了，但偶爾還會下雪卻有點奇怪吧。）

*** 相比「ものの」，「とは言うものの」中的「言う」更顯中譯「可說」味道。另外，如 3.II. 和 3.III. 所示，當前句是 N（5 月）的時候，一般是「N であるものの（5 月であるものの）」或「N とはいうものの（5 月とはいうものの）」。

逆轉 / 否定的表示③:「不 V」的 V る まい VS「不 V 就……」的 V ること なく =「不 V 就……」的 I、II 類動 詞 V-stem/N もしないで / もせずに VS「不是 V/N 的時候」的 V る /N ど ころではない

所需單詞類型： **V る /N**（行く、食べる、来る、結婚する、相談する / 結婚、相談）

I、II 類動詞 V-stem（行き、食べ）

1.

I. 誰が先に笑ったら全員分の食事代を払わされるゲームなので、絶対に**笑う まい**。（這是個誰先笑出來，誰就要被迫請大家吃飯的遊戲，所以我一定**不笑**。）

II. ゲームで負けて全員分の食事代を払わされた木村君は、**笑うことなく**その場を立ち去ってしまった。（在遊戲中輸了被迫請大家吃飯的木村君，笑也**不笑的就**離開了現場。）

III. ゲームで負けて全員分の食事代を払わされた木村君は、**笑いもしないで**その場を立ち去ってしまった。（在遊戲中輸了被迫請大家吃飯的木村君，笑也**不笑的就**離開了現場。））

IV. ゲームで負けて全員分の食事代を払わされた木村君は、お別れの**挨拶もせずに**その場を立ち去ってしまった。（在遊戲中輸了被迫請大家吃飯的木村君，連招呼也**不打就**離開了現場。）

V. ゲームに負けたら全員分の食事代を払わされるから、**笑うどころではない**よ。（這可**不是說笑的時候**，輸了的話可要請大家吃飯哦！）

VI. ゲームに負けたら全員分の食事代を払わされるから、**冗談**どころじゃないよ。（這可**不是說笑的時候**，輸了的話可要請大家吃飯哦！）

題1 あの子は生まれ＿＿＿＿＿（にして）、ピアノを弾く才能があるようだ。

1　ながら

2　つつ

3　もしないで

4　まま

題2 家は＿＿＿＿＿ながらも、家族みんなで楽しく幸せに暮らしている。

1　山奥にある

2　百年前

3　不便だ

4　古い

題3 汚職は犯罪だと＿＿＿＿＿つつ、やっている人が自分の上司なので、知らんぷりをするしかない。

1　分かってい

2　分かる

3　分かります

4　分かっている

題4 年末だから仕方がないとは覚悟していながら、それ＿＿＿＿＿今日は本当に忙しくて敵わなかった。

1　どころか

2　にしたって

3　どころではなく

4　ものの

題5 お子さんの病気は少しずつ治ってきているので、心配し過ぎる必要は＿＿＿＿＿まい。

1　要り

2　要らん

3　ある

4　ない

題6 　給料が低すぎて、結婚どころか、彼女を作る＿＿＿＿＿＿＿とコンプレックスを持っている。

1　ことなく　　　　　　　　　2　どころではない

3　ものの　　　　　　　　　　4　まい

題7 　妻は銀行からの書類をきちんと読み＿＿＿＿＿＿＿、「要らんものだね」と言ってゴミ箱に捨てた。

1　ものの　　　　　　　　　　2　ことなく

3　もしないで　　　　　　　　4　どころじゃなくて

題8 　うちの旦那＿＿＿＿＿＿　＿＿＿＿＿　★＿＿＿　＿＿＿＿＿＿私の誕生日に花を買ってきてくれて嬉しい。

1　物忘れがひどいものの　　　2　毎年忘れる

3　ときたら　　　　　　　　　4　ことなく

題9 　雨の中で２時間も待たされた挙句、恋人が＿＿＿＿＿＿　＿＿＿＿＿＿　★＿＿＿＿＿＿＿帰ることにした。

1　来なかったので　　　　　　2　とうとう

3　思いつつ　　　　　　　　　4　今日は来るまいと

題10 　うちの会社のスタッフなんかは、＿＿＿＿＿＿　＿＿＿＿＿　★＿＿＿＿　＿＿＿＿＿＿いて傲慢なやつばかりだ。

1　言葉遣いも　　　　　　　　2　対応が丁寧で

3　礼儀正しいものの　　　　　4　内心ではお客さんを見下して

JPLT N2

父：　たけし、こんなところにいたのか。どうして公園で一人で **1 感傷**に浸ってんの？いつもなら映画 **1 鑑賞**しているはずなのに……

たけし：**2** お父さんには関係ないよ。

父：　冷たいこと **3** よ。そういえば、お母さんから聞いたけど、昨日学校の机にラブレターが入ってたらしいじゃないか。流石俺の子だ、お前もなかなかやるなあ。その後、その子とはどうなってんの？デートに誘うなら、お父さんがアドバイスしてやるぞ！

たけし：うるさいなあ！あの手紙は入れ間違いだったんだよ！机を一つ間違えたんだってさ！本当は僕の後ろの席の池面太郎君に渡すつもりだったんだって。

父：　へえ、そうなんの？でもさ、その池面太郎君とやらと決闘するなら、俺の子がきっと負ける **4**、**1 完勝**するだろう。

たけし：何も知らない **5**、勝手なこと言わないでよ！もうお父さんなんて大嫌い！

父：　ごめん、**1 干渉**し過ぎてしまったか……

1

1　かんしょ　　　　　　　　2　かんしょう

3　がんしょ　　　　　　　　4　がんしょう

2

1　べつに　　　　　　　　　2　とくに

3　せっかく　　　　　　　　4　わざと

3

1　言うまい　　　　　　　　2　言うな

3　言うどころじゃない　　　4　言いもしないで

4

1　ものの　　　　　2　にせよ　　　3　ことなく　　　4　もしないで

5

1　ものの　　　　　2　ばかり　　　3　ながら　　　　4　くせに

題12　父親が亡くなる直前に、お葬式なんかしなくても宜しいという遺言を残した。その場では「はい、分かった。やらないよ」とは言ったものの、正直周りの目もあるし、しない訳にはいかないだろうと思って、彼の遺言に反して、長男の私が業者に依頼することに決めた。確かに、「今までありがとう」という気持ちを込めて、一生懸命最善のプレゼントを選ぶようにお葬式を選ぶが、それはどんな宗教であろうと、またはどんな形（より盛大に行う「従来型」か身内の人間しか参列しない「家族葬」か）であろうと、言葉にとらわれることなく、一生分の愛と感謝をこめて心からのお見送りをする「最後の親孝行」といえよう。「最後の親孝行」なので、確かに親の気持ちに逆らったものの、親は許してくれるだろう。

1 「周りの目もある」とは、どういうことか？

1　親父が亡くなる直前に、周りにたくさんの目が見えたとのこと。

2　場合によって、お葬式は目出度いこととして行なわなければならないこと。

3　するべきことをしないと色んな人に非難されかねないこと。

4　子供が親の遺言をしっかり守らないと、親は死んでも目を閉じないこと。

2 「親は許してくれるだろう」と思った筆者の根拠は何だったか？

1　親の遺言　　　　　　　　　　2　自分の信念

3　業者の忠告　　　　　　　　　4　宗教の力

強調的表示①:「無非 / 無他」的 N/から(因為的「から」)に他ならない VS「正正是」的普1 というものだ VS「沒有比……更好的」的普2 に越したことはない

本書 **65** 至 **66**「強調的表示①②」需要互相比較,故 **65** 的練習合併在 **66** 之後。

所需單詞類型: **普1(行く / 行かない / 行った / 行かなかった / 行っている / 安い / 有名 / 地震)**
普2(行く / 行かない / 行った / 行かなかった / 行っている / 安い / 有名である / 地震である)
N(結果、V こと)

1.

I. 人生は旅に他ならない。(人生無非就是一趟旅程。)

II. 山もあれば谷もある。それが人生というものだ。(有時候是高山,有時候是低谷,這正正就是人生。)

III.「理想的な人生とは何か」と聞かれれば、当然金持ちであるに越したことはない。(被問及理想的人生是甚麼,我會回答當然沒有比有錢人更好的了。)

2.

I. 今回の大事な仕事が成し遂げられたのは、上司のサポートがあったからに他ならない。(能完美達成這次重要的工作,無他的,就是因為有上司的支援。)

II. 仕事内容がようやく上司に認められたので、今まで頑張った甲斐が**あった**
というものだ。（工作内容終於被上司所認同，這正是一直以來努力所得到的
回報。）

III. 新しい仕事に挑戦することによって、それまで見たことがなかった自分を
発見できるに越したことはない。（沒有比通過挑戰新的工作，從而找到一個
前所未見的自己這件事更好了。）

*** 從文字上不難看出「に他ならない」與「無他」；「に越したことはない」與「從
未超越」＝「沒有比這更好的」之間的關係。

66

強調的表示②：「不得不 V」的 V ない 1 ざるを得ない VS「不 V 的話會坐立不安，受不了」的 V ない 2 で / V ず 2 にはいられない VS「不為別的，正是為了 N」的他でもなく N

所需單詞類型： **V ない 1（行か、食べ、来、せ、結婚せ）**

V ない 2/V ず 2（行かない / 行かず、食べない / 食べず、来ない / 来ず、結婚しない / 結婚せず）

N（詐欺、責任）

1.

I. 子供の将来を不安に感じる親が、早いうちに子供向けの保険を**買わ**ざるを得ないと考えがちである。（對孩子的將來感到不安的父母，傾向認為不得不趁早購買為孩童而設的保險。）

II. 子供の将来を不安に感じる親が、子供向けの保険を**買わないで**はいられないようだ。（對孩子的將來感到不安的父母，似乎不購買為孩童而設的保險的話就會坐立不安，受不了似的。）

III. 子供の将来を不安に感じる親が、子供向けの保険を**買わずに**はいられないようだ。（對孩子的將來感到不安的父母，似乎不購買為孩童而設的保險的話就會坐立不安，受不了似的。）

IV. 親が子供向けの保険を買いたがるのは、子供の将来への不安に伴う**行動**にほかならない！（父母想買為孩童而設的保險，無非是一種對孩子的將來感到不安而產生的行動。這裏借來 65 「無非 / 無他」的「他ならない」。）

V. 親が子供向けの保険を買いたがるのは、子供の将来への不安がある**から**にほかならない。（父母想買為孩童而設的保險，無非是因為對孩子的將來感到不安所致。這裏借來 65 「無非 / 無他」的「他ならない」）

VI. 今日保険会社の人に連絡したのは、ほかでもなく、子供向けの保険についていろいろ尋ねたかったからだ。（今日聯絡保險公司的人，不為別的，正是想查詢種種有關為孩童而設的保險的事情。）

<hr>

題1 健康のためには、いくら好きなタバコでも吸わないに＿＿＿＿＿よ。

1 越したことはない   2 に関わらない

3 他ならない   4 過ぎない

<hr>

題2 愛するん猫シロと出会えたのは、並ならぬ（普通ではない）ご縁があったからに＿＿＿＿＿よ。

1 越したことはない   2 に関わらない

3 他ならない   4 過ぎない

<hr>

題3 辛い時に助け合うこと＿＿＿＿＿、親友というものだ。

1 こそ   2 でも

3 さえ   4 まで

<hr>

題4 今日はせっかくの休みだが、仕事が溜まっているので、出社を＿＿＿＿＿。

1 ほかでもない   2 過ぎない

3 越したころはない   4 せざるを得ない

<hr>

題5 あの国の罪なき若者が次から次へと軍隊に殺されてしまうニュースを見ると、涙を＿＿＿＿＿。

1 流さざるを得なくなった   2 流してはいられなくなった

3 流さずにはいられなくなった   4 流すまでもなくなった

JPLT

N2

題6 ＿＿＿＿ ＿＿＿＿ ★ ＿＿＿＿必要がありましょうか。

1 何度も何度も聞き返す　　　2 どうして

3 おっしゃった言葉ですから　　4 ほかならぬ

題7 君を呼んだのは、＿＿＿＿ ＿＿＿＿ ★ ＿＿＿＿と思ったのですが……

1 どうしてもきちんと　　　　2 謝らざるを得ない

3 他でもなく　　　　　　　　4 例のことで

題8 手で目、耳、口を覆う猿の像と言えば、日本人ならだれでも知っている日光東照宮の三猿「見ざる・聞かざる・言わざる」が最も有名でしょう。しかし、もともとは三猿ではなく、四猿だったことは皆さんはご存知でしょうか？孔子の素敵な言葉をまとめた『論語』には、「非礼勿視、非礼勿聴、非礼勿言、非礼勿動」という言葉が書かれていますが、すなわち「礼に反することを見たり、聞いたり、言ったり、行ったりしてはいけない」ということです。確かに、三猿は最初の三つの教えを反映させるものですが、残りの「Ａ」像は「何もしない」と誤解されがちなので、これが日本をはじめ世界各地でも省かれてしまう最大な理由ではないしょうか。ところで、「何を見てはいけない、何を聞いてはいけない、何を言ってはいけない」かは、人によって基準は異なりますが、自分の心の中にしっかりその基準を持ち、常に良し悪しを見極める心構えを整えておくべきではないでしょうか？

1 筆者の意見として、正しいのはどれか？

1　見てはいけないことを見た場合、三猿を思い出せばよろしい。

2　善と悪の基準は必ずしも常に同じとは限らない。

3　四猿より三猿を好むのは日本だけである。

4　四つめの猿は何もしないのがその本性である。

2　「 A 」に入っている最も可能性が高いものは何か？

1　まざる　　　　　　　　　　　　2　ござる

3　せざる　　　　　　　　　　　　4　かざる

由於日語中同一個關鍵字可有不同連接方法和意思，從這篇開始一連 7 篇，會以同一關鍵字作為中心，以經常在考試題出現的 N2 文法為主，輔以一部分曾經出現過的 N4、N3 文法作比較，瞻前顧後，溫故知新（題外話，「温故知新」是筆者喜歡的四字成語之一）。另外為了以最快速度讓學習者明瞭各類似文法的不同，將只會設一般文法選擇題和排序問題，閱讀理解則割愛。

首先第一個「わけ」已經在 N3 介紹過，但在 N2 考試中屢屢出現，不可不知。但因數量不多，故與同樣為數不多的「こそ」合併為 1 篇。

「わけ」系列快速閱覽表

文型		意思	參考
普	訳だ	難怪 / 換言之	《3 天學完 N3·88 個
普	訳がない	不可能	合格關鍵技巧》 47
普	訳ではない / でもない	並非	推測 / 判斷的表示②
V る / V ない	訳には / もいかない	不能	《3 天學完 N3·88 個 合格關鍵技巧》 59 責任的表示①

所需單詞類型： **普（行く / 行かない / 行った / 行かなかった / 行っている / 安い / 有名な / 日本人な）**

V る /V ない（行く / 行かない、食べる / 食べない、来る / 来ない、する / しない）

1.

I. 父の妹さんだから、私にとっては**叔母な訳だ / 叔母という訳だ**。（爸爸的妹妹，換言之也就是我的姑母。）

II. あそこに立っている人、**叔母な**訳がない。（站在那裏的人，**不可能**是姑母。）

III. 彼女は私にとって単に**叔母な**訳ではなく、恩人でもある。（對我來說，她**並非**僅是姑母，更是恩人。）

IV. 彼女は私にとって単に叔母な訳ではなく、恩人でもあるので、**恩返しをしない**訳には / もいかない。（對我來說，她並非僅是姑母，更是恩人之故，**不能**不報恩。）

「こそ」系列快速閲覽表		
文型		**意思**
N	こそ	只有 N……才
V て	こそ	只有 V……才
普	からこそ	【正反兩面】正正因為……才
ば型	こそ	【正面意思】幸好 / 正正因為……才

所需單詞類型： **V る /V ない**（行く、行かない / 食べる、食べない / 来る、来ない / 結婚する、結婚しない）

普（行く / 行かない / 行った / 行かなかった / 行っている / 安い / 有名だ / 学生だ）

N（日本人 / こちら）

V て（行って / 食べて / して、来て）

ば型（行けば / 行かなければ / 食べれば / すれば / 来れば / 安ければ / 有名であれば / 日本人 であれば）

2.

I. **お前**こそ俺の唯一の宝物だよ！（只有你才是我獨一無二的寶貝！）

II. お前が**笑って**こそ、目というものの本当の価値を実感できる！（只有你笑，我才感受到眼睛這東西的真正價值！）

III. **お前だ**からこそ、俺はやっと苦痛から救われたんだよ！（正正因為你，我才能把自己從痛苦中解救出來。）

IV. お前に俺のことを**覚えてほしい**からこそ、わざとからかったんだよ！（正正因為想你記住我，我才故意取笑你！）

V. お前が**好きだ**からこそ、言えない本音があるのよ……（正正因為喜歡你，有些心底話才難以說出口……）

VI. お前が**いる**からこそ、素直に笑ったり泣いたりすることができるのだ！（正正因為有你，我才能真率的歡笑和哭泣。）

VII. 毎日お前と喧嘩したり一緒に笑ったりして**いる**からこそ、俺にとって生きている証だ！（正正因為每天和你吵架，和你一起笑，對我來說才是活着的證明。）

VIII. お前が俺の言ったジョークを聞いても**笑ってくれない**からこそ、一日中トイレに行くのを我慢して自殺を図ろうとしてたんだ！（正正因為你老是聽了我的笑話而不笑，我才打算忍着一整天不去廁所來自殺！）

IX. お前に**無視された**からこそ、豆腐を沢山食べて自殺を図ろうとしてたんだ！（正正因為被你無視了，我才打算吃很多豆腐來自殺！）

X. お前が返事を**くれなかった**からこそ、二段ベッドの上から下の段に飛び降りて自殺を図ろうとしてたんだ！（正正因為你不給我回信，我才打算從上格床跳到下格床來自殺！）

XI. お前が**いれば**こそ、俺も病気と闘う勇気がわいてくるのだ！（幸好因為有你，我才湧出與疾病抗爭到底的勇氣。）

XII. 今日の俺があるのも、これまで俺を支えてくれたお前が**いれば**こそだ。（能有今天這個我，幸好因為身邊一直有支持着我的你。）

XIII. お前が俺を**諦めなければ**こそ、俺もまだまだ夢を捨てようとしない。（幸好因為你沒有放棄我，我到現在也不打算放棄夢想！）

XIV. お前が俺に**優しければ**こそ、この世界はまだ捨てたもんじゃないと思う。（正正因為你對我很體貼，我才覺得這個世界還不算太壞。）

XV. お前が俺に**親切であれば**こそ、俺も何とかお前の夢を叶えてあげたい。（正正因為你對我很體貼，我也想盡辦法，希望能達成您的心願。）

*** 基本上「こそ」的大部分文法都是放於文中的，唯獨如 2.XII. 的「V ばこそ」能放於文末。

題1 昨日の宴会は出席したかった＿＿＿＿＿んだけど、親に頼まれた以上、行くしかなかったんだ。

1 訳な

2 訳がない

3 訳ではない

4 訳にもいかない

題2 亡くなった祖母がくれたものですから、＿＿＿＿＿よ。

1 あげられない訳ではない

2 あげる訳にはいかない

3 あげたからこそ

4 あげればこそだ

題3 今日の私があるのも、長年ずっと支えてくれている家族が＿＿＿＿＿だ。

1 いることこそ

2 いてこそ

3 いるからこそ

4 いればこそ

題4 何事も、＿＿＿＿＿、初めてその存在の意味が分かるものだ。

1 こそこそやってみないと

2 やってみてこそ

3 やってみなければこそ

4 やってみるこそ

題5 A：戦争を経験し、何とか生き残った身ですから、平和の大切さを良く知っているんです。

B：＿＿＿＿＿、ご経験を次の世代に伝えようとしていらっしゃる＿＿＿＿＿ですね。誠に感服しております。

1 だからこそ / わけない

2 だからこそ / わけなん

3 何だからこそ / わけない

4 何だからこそ / わけなん

「限」系列快速閱覽表

「限」系列快速閱覽表		
文型	**意思**	**參考**
い形 / な形 限（かぎ）りだ	非常……	
A 類 限（かぎ）り	只要……	
ない型 限（かぎ）り	不（是）/ 沒有…… 就＝除非（是）…… 否則	本書 **58** 條件的表示①
B 類 に限（かぎ）る	最好是……	
N に限（かぎ）り	只限……	
N に限（かぎ）って	偏偏……	
C 類 限（かぎ）りでは / 限（かぎ）りの N	據……所知 / 在……範圍之內	

所需單詞類型： い形 / な形（嬉（うれ）しい、恥（は）ずかしい / 幸（しあわ）せな、殘念（ざんねん）な）

ない型＝主要是 V ない＋少量特別例子
（行かない、說明（せつめい）がない、日本人（にほんじん）でない）

A 類〜V る /V ない /V ている / い形 / な形 /N
（其實除了「過去式」就可以，終（お）わる / 終（お）わらない / 生（い）きている / 明（あか）るい / 丈夫（じょうぶ）な / 日本人（にほんじん）である）

B 類〜V る /V ない /N（飲（の）む / 飲（の）まない / ビール）

C 類〜V る /V た /V ている /N の
（主要涉及「看」、「聽」、「知道」、「調查」動詞的各種形態如：
見（み）る、聞（き）いた、知（し）っている、調査（ちょうさ）の）
N（お客様（きゃくさま）、〜時（とき）、〜日（ひ））

I. わざわざお越しいただきまして嬉しい限りです。（你特意來看我，我實在非常高興！）

II. わざわざお越しいただきまして幸せな限りです。（你特意來看我，我感到非常幸福！）

III. 私が生きている限り、お前の幸せが約束されます。（只要我還活着，你的幸福便會得到保證。）

IV. 体が丈夫な限り、退職するまで働こうと考えています。（只要身體沒問題，我打算工作到退休。）

V いきなりやれと言われても、説明がない限り、出来る訳ないよ。（突然說要我做，但沒有說明的話，那不可能做到＝除非有說明，否則不可能做到。）

VI. いきなりやれと言われても、日本語のネイティブスピーカーでない限り、出来る訳ないよ。（突然說要我做，但母語不是日語的話，那不可能做到＝除非母語是日語，否則不可能做到。）

VII. 暑い夏と言えば、仕事が終わったあと、やっぱりひんやりしたビールに限るね。（說起炎熱的夏天，工作完了之後，沒有東西比得上一杯冰凍的啤酒。）

VIII.風邪を引いたらゆっくり寝るに限る。（如果感冒的話，沒有東西比好好睡一覺更好。）

IX. 病気の時は、お酒を飲まないに限りますよ。（生病的時候，最好不要喝酒。）

X. 誕生日の方に限り、その日の入場料もアトラクション料金もすべて無料となります。（只限當日生日的客人，入場券和機動遊戲門票都是免費的。）

XI. 遅刻してはいけない日に限って寝坊してしまう！（在絕不能遲到的日子卻偏偏睡懶覺。）

XII. 毎年のクリスマスに限って好きな人が側にいないのは、あたしの宿命なのでしょうか？（偏偏每年的聖誕節，喜歡的人總不在身邊，這是否就是我的宿命？）

XIII.インターネットで調べた限りでは、PS6 はまだ販売されていない。（據我以互聯網調查所知，PS6 遊戲機還沒發售。）

XIV.知っている限りのことを教えます。（我將我知道範圍內的事情告訴你！）

J P L T

N2

題 1　俺の目がまだ黒い＿＿＿＿＿、お前に俺の女を触らせないぞ！

1　限り
2　限りでは
3　に限って
4　のを限りに

題 2　つまらない事や、どうでもいい事＿＿＿＿＿なかなか忘れたりしない。

1　を限りに
2　の限りでは
3　である限り
4　に限って

題 3　映画というのは、家で見るよりも、臨場感に富む映画館で＿＿＿＿＿ものである。

1　見るに限らない
2　見ないに限らない
3　見るに限る
4　見ないに限る

題 4　明らかな証拠＿＿＿＿＿クライアント（弁護士から見ればお客様）が無罪になるのも時間の問題だ。

1　がある限り
2　に限り
3　がない限り
4　ない時に限って

題 5　人生で一番信頼していた人に容赦なく裏切られたので、悲しい＿＿＿＿＿。

1　限りだ
2　限りでない
3　に限る
4　とは限らない

「上（うえ）」・「以上（いじょう）」系列快速閲覧表

文型		意思	參考
普1	以上（いじょう）	（含主觀意願的） 既然……那麼就	本書 47 理由的表示③
Vる/Vた	上（うえ）は	（不含主觀意願的） 既然……	本書 47 理由的表示③
普2	上（うえ）に	不只……還	本書 61 添加的表示②
N	の上（うえ）で N上（じょう）で	在N的層面而言/ 根據N來看	本書 54 立場的表示①
Vる	上（うえ）で	為了V這件事…… 【後項是很重要的。】	可視為表示「用途」的「の に」的加強版
Vた/Nの	上（うえ）で	先V/N再後項	本書 40 時間的表示①

所需單詞類型：　**普1**（行（い）く/行（い）った/行（い）っている/安（やす）い/有名（ゆうめい）である/地震（じしん）である）

　　　　　　　普2（行（い）く/行（い）かない/行（い）った/行（い）かなかった/行（い）っている/安（やす）い/有名（ゆうめい）な/学生（がくせい）の）

　　　　　　　Vる/Vた（である/決（き）めた）

　　　　　　　N（教師（きょうし）の立場（たちば）、学生（がくせい）の身分（みぶん）、教師（きょうし）、学生（がくせい））

　　　　　　　Vる（成功（せいこう）させる、保存（ほぞん）する、知（し）る）

　　　　　　　Vた/Nの（考（かんが）えた、比（くら）べた/書類選考（しょるいせんこう）の、検討（けんとう）の）

I. 契約書に**サインした**以上、きちんと規則を守っていただきたいです。（既然在契約上簽了名，那麼就希望您好好地遵守規則！）

II. 契約書に**サインした**上は、規則を守るしかありません。（既然在契約上簽了名，就只能遵守規則！）

III. 契約書にサイン**しないと決めた**以上は、いかなるトラブルが発生しても、すべてが自己責任となりますので、十分にご注意をいただくようにお願いいたします。（既然決定了不簽合約，即使發生任何問題，一切均需自己承擔，敬請留意！）

IV. 契約書にサイン**しないと決めた**上は、いかなるトラブルが発生しても、すべてが自己責任となります。（既然決定了不簽合約，即使發生任何問題，一切均需自己承擔！）

V. 彼女は趣味が広くて、生け花が**できる**上に、日本舞踊も得意だ。（她興趣廣泛，不只會花道，也擅長日本舞！）

VI. 田舎というと、空気が**きれいな**上に、住民も親切だと思っている人は多いでしょう。（一說起農村，很多人會認為不只空氣好，住民也很親切吧！

VII. 新型コロナウイルスは、人類の長い**歴史の上**では、これまで度々現れた流行り病の一つに過ぎない。（新型冠狀肺炎，在悠長的人類歷史上【這層面而言】，只不過是眾多出現過的其中一種流行病而已。）

VIII. 新型コロナウイルスは、人類の長い**歴史上**では、これまで度々現れた流行り病の一つに過ぎない。（新型冠狀肺炎，在悠長的人類歷史上【這層面而言】，只不過是眾多出現過的其中一種流行病而已。）

IX. プロジェクトを**成功させる**上で、皆さんのご支援が必要なのだ。（為了讓企劃能得到成功，大家的支援是很重要的。）

X. プロジェクトの内容は**お目にかかった**上で、詳しくご説明いたします。（企劃的內容請您過目後，我再詳細說明。）

XI. プロジェクトのパートナーは、慎重な**検討の**上で、Ａ社を選ばせて頂きました。（企劃的拍檔，經過我們深思熟慮後，最後決定選擇Ａ社。）

題1 チームのリーダー＿＿＿＿、まずはチームを引っ張っていく決心がないとダメ！

1　の以上　　　　　　　　　　　2　である以上

3　の上で　　　　　　　　　　　4　である上に

題2 確かにその病は治る可能性が低い＿＿＿＿治療費も高額だが、簡単には諦めたくない。

1　上の　　　　　　　　　　　　2　上で

3　上は　　　　　　　　　　　　4　上に

題3 今回のイベントに関しましては、ご理解いただけた＿＿＿＿ご参加をお願いします。

1　以上の　　　　　　　　　　　2　上での

3　上に　　　　　　　　　　　　4　上では

題4 皆さんにとって、生きていく＿＿＿＿不可欠な物は何でございますか？

1　以上　　　　　　　　　　　　2　上で

3　上の　　　　　　　　　　　　4　上は

題5 江戸時代の資料＿＿＿＿は、昔この辺りは武士の家だったらしいよ。

1　の上　　　　　　　　　　　　2　である以上

3　上で　　　　　　　　　　　　4　上で

「ばかり」系列快速閲覽表

「ばかり」系列快速閲覽表			
文型		**意思**	**參考**
N	ばかり	盡是 N	《3 天學完 N4・88 個合格關鍵技巧》 46
V て	ばかりいる	老是，總是不斷重複做 V	
V た	ばかり	剛剛 V 完	
普	ばかりではなく	何止……還 / 甚至	《3 天學完 N3・88 個合格關鍵技巧》 63 添加的表示①
普	ばかりか	何止……還 / 甚至	
普	ばかりに	歸咎於 / 問題出於……之故	本書 46 理由的表示②
V る	ばかりだ	不斷在 V	

所需單詞類型： **N（仕事、大人）**
V て（行って、食べて、して、来て）
V た（行った、食べた、した、来た）
普（行く / 行かない / 行った / 行かなかった / 行っている / 安い / 有名な or 有名である / 学生 or 学生である）
V る（増す、減る、なる）

I. **携帯ゲーム**ばかりすると、目が悪くなるよ。（要是老是玩手機遊戲的話，眼會變差的哦【焦點在手機遊戲】！）

II. 携帯ゲーム**して**ばかりいると、目が悪くなるよ。（要是老是玩手機遊戲的話，眼會變差的哦【焦點在打手機遊戲這動作】！）

III. これはダウンロード**した**ばかりの携帯ゲームです。（這是剛下載的手機遊戲。）

IV. 皆さんの努力の御蔭で、会社は売り上げが**伸びた**ばかりでなく、イメージも良くなった。（多虧大家的努力，公司的營業額**不但**有增長，**連**形象也好了。）

V. 皆さんの努力の御蔭で、会社は売り上げが**伸びた**ばかりか、イメージも良くなった。（多虧大家的努力，公司**何止**營業額有增長，**連**形象也好了。）

VI. 友達とゲームしてばかり**いる**ばかりに、成績がだいぶ悪くなった。（**歸咎於**老是和朋友玩遊戲**之故**，成績差了很多。）

VII. 本ばかり読んで、友達と**遊ばない**ばかりに、結局ボイコットされてしまった。（**問題出於**老是看書而不和朋友玩遊戲**之故**，他最後被大家杯葛了。）

VIII. 喧嘩してばかりいるので、仲良しだった 2 つのチームの関係が悪く**なる**ばかりだ。（因為老是在吵架，從前非常要好的那兩組，關係**不斷在**變差。）

題1 生きている間に、進む＿＿＿＿＿、たまには後ろを振り返ることも忘れないでくださいね！

1　ばかりか　　　　　　　　　　2　ばかりでなく

3　ばかりはない　　　　　　　　4　ばかりに

題2 言い訳すればするほど、せっかく人から得た信頼感も＿＿＿＿＿。

1　なくなるばかりだ　　　　　　2　なくならないばかりだ

3　なくなったばかりだ　　　　　4　なくなるばかりではない

題3 相手の会社と契約を結びたい＿＿＿＿＿、賄賂までして成功させようとする悪い業者が多い世の中である。

1　ばかりか　　　　　　　　　　2　ばかりに

3　ばかりで　　　　　　　　　　4　ばかりだが

相手の会社と契約を結びたい_____、隙間さえがあれば相手の会社を自分のものにしようとする悪い業者が多い世の中である。

1　ばかりか

2　ばかりに

3　ばかりで

4　ばかりだが

みなさん、愛する人を_____ばかりに敢えて嘘をついたことはありませんか？

1　安心されたい

2　安心させている

3　安心させたい

4　安心された

① 「ところ」系列快速閱覽表

文型		意思	參考
V る	ところ	剛要 / 正要開始 V	《3 天學完 N4．88 個合格關鍵技巧》45
V ている	ところ	正在 V	
V た	ところ	剛 V 完	
V た	ところ	雖然 V，但…… / V 後竟然 / 想不到……	
N	としたところで	儘管從 N 的立場而言	本書 54 立場的表示①
A 類	ところを / ところだ	平常是…… 但今天 / 這次不同	
V る	ところだった	差點就 V	
普	どころか	豈止…… 還 / 更	本書 60 添加的表示①
普	ところを見ると / 見れば / 見たら	從…… 一事看來	
V る /N	どころではない	不是 V/N 的時候	本書 64 逆轉 / 否定的表示③

所需單詞類型： **V る（行く、食べる、する、来る）**
V て（行って、食べて、して、来て）
V た（行った、食べた、した、来た）
N（教師、学生、一人の人間）
A 類～V る /V ない /N の（飲む / 飲まない /10000 円の）

普（行く / 行かない / 行った / 行かなかった / 行っている / 安い / 有名な or 有名である / 学生 or 学生である）
Vる / N（行く、食べる、来る、結婚する、相談する / 結婚、相談）

I. ケーキを作るところです。（我正要開始做蛋糕。）

II. ケーキを作っているところです。（我正在做蛋糕。）

III. ちょうどケーキを作ったところです。（我剛做完蛋糕。）

IV. お店に行ったところ休みだった。（去店裏，但今天它休息。）

V. 彼なら真相を知っているだろうと思って聞いてみたところ、彼は「俺も知らないよ」と言った。（我以為他的話應該知道真相吧，就試問了一下，誰知他竟然說了一句：「我也不知道耶！」）

VI. 確かに新型コロナウイルスの対策会議で決まった方針について少々不満があります。とはいえ、もっとも私としたところで、他にいい案があるわけでもありませんが……（的確對於新型冠狀肺炎對策會議上決定的方案是有點不滿。話雖這樣說，你就是問我【從我的的立場而言】，我也沒有其他更好的建議。）

VII. 通常は 5,000 円のところを、本日限り 1,500 円と販売させていただきます。（平常的售價是 5.000 日元的，但僅限今天，只賣 1.500 日元。）

VIII. 普通なら許されないところだが、今回は大目に見てやる。（換在平時是不會被原諒的，但這次就網開一面吧。）

IX. 前の車が急ブレーキしたの、こっちが事故に巻き込まれてもう少しで死ぬところだった。（前面的車子急煞車，我被捲入交通意外中，差點就死了。）

X. 弊社は、テレビどころか、洗濯機も製造しております。（敝司豈止電視機，還有製造洗衣機。）

XI. 弊社のこの製品は、新機能を備えているどころか、他社に比べてみれば分かるように、価格もかなり抑えられております。（敝司的這個產品，豈止具備新機能，和其他公司比較的話就知道，價格更已壓低。）

XII. 大量に売れ残っているところを見ると、この商品は人気がないらしいね。（從大量滯銷一事看來，這款產品好像不太受歡迎。）

XIII. 母がその知らせを聞いてもびっくりしないところを見れば、とっくにその事実を知っていたにちがいない。（從媽媽聽到那個消息但卻一點都不吃驚一事看來，她應該老早就知道那個事實無疑了。）

XIV. ゲームに負けたら全員分の食事代を払わなくてならないから、笑うところではないよ。（不是說笑的時候，輸了的話可要請大家吃飯哦！）

XV. ゲームに負けたら全員分の食事代を払わなくてならないから、冗談どころじゃないよ。（不是說笑的時候，輸了的話可要請大家吃飯哦！）

題1 何十年もやってきた企業の経営者＿＿＿＿＿、これほど不況が続くとは思ってもみなかった！

1　としたところで　　　　　　2　のところを

3　であるところを見ると　　　4　であるどころか

題2 本来ならば、警察に通報する＿＿＿＿＿、今回限り許してやる。

1　ところだが　　　　　　　　2　ところだったが

3　ところを見ると　　　　　　4　どころか

題3 いくら叱られても何も言い訳をしない＿＿＿＿＿、やはり反省しているようだな。

1　ところだが　　　　　　　　2　ところだったので

3　ところを見れば　　　　　　4　どころか

題4 急に食べたくなった唐揚げ弁当を買いに行った＿＿＿＿、なんと全部売り切れだった。

1　ところ 　　　　　　　　　　　　 2　ところに

3　ところを 　　　　　　　　　　　 4　どころか

題5 夫は単純なもんだから、何回か知らぬ人に騙されてもう少しで大金を取られる＿＿＿＿。

1　ところなんだ 　　　　　　　　　 2　ところじゃなかった

3　どころじゃない 　　　　　　　　 4　ところだった

「こと」系列快速閲覽表

文型		意思	參考
V る / V ない	ことにする	基於「個人意志」決定 V / 不 V 這個「結果」，但不強調能否成為習慣	《3 天學完 N4·88 個合格關鍵技巧》 52 至 53
	ことになる	基於「外在因數」「產生 / 變得」V / 不 V 這個「結果」，並不強調能否成為習慣	
	ことになっている	表示 V / 不 V 這個行為是某個組織的「規矩 / 宗旨」	
V る / V ない	こと（だ）	請一定要 V / 不要 V	《3 天學完 N3·88 個合格關鍵技巧》 60 責任的表示②
V る	ことはない	用不着 V	
普 1	ことだし	由於某事……V 吧 / 請 V	本書 45 理由的表示①
普 1	ことから	由於某事……	
N	のことだから	由於某人……	
V る	ことなく	不 V 就……	本書 64 逆轉 / 否定的表示③
普 2	ことに	令人感到……的是	
	ことか	多麼的……啊！	

所需單詞類型： **Ｖる/Ｖない**（行く、行かない / 食べる、食べない / 来る、来ない / 結婚する、結婚しない）

普（行く / 行かない / 行った / 行かなかった / 行っている / 安い / 有名な、有名である / 地震である）

Ｎ（這裏的Ｎ主要是關於人的Ｎ如日本人、あの先生）

Ａ類～Ｖた/Ｖている / い形 / な形
（驚いた / 辛い思いをしている / 嬉しい / 幸せな）

I. お医者さんに言われたので、今日から薬を**飲む**ことにしました。（由於被醫生說了一頓，今天開始我**決定**了喝藥【但我不肯定能否堅持下去……】。）

II. お医者さんに言われたので、今日から薬を**飲まない**ことになりました。（由於被醫生說了一頓，今天開始我**變得**不喝藥了【但我不肯定能否堅持下去……】。）

III. この学校では、先生たちが２週間ごとに１度コロナの検査を**受ける / 受けなくてはならない**ことになっています。（這間學校**規定**老師們每兩個星期就要接受一次新冠肺炎的檢查。）

IV. 電車の中では**化粧しない**こと！（【通告】電車裏請不要化妝！）

V. 電車の中では**静かにする**ことだ！（【長輩對晚輩】電車裏請保持安靜哦，知道嗎？）

VI. 目的地まで歩いて１０分もかからないから、電車に**乗る**ことはないよ！（走路的話１０分鐘就能到達目的地，**用不着**坐電車。）

VII. 雪も**降ってきた**ことだし、せっかくですが、今日のサイクリングは止めましょう。（**由於**下了雪，雖然是很難得的機會，但今天的騎自行車活動還是取消吧！）

VIII. 町中が**白くなっている**ことから、昨夜雪が降ったということがわかる。（**由於**整個城市變成白色一片，可知昨夜下了雪。）

IX. あまり雪を見たことがない**香港人**のことだから、日本に行くなら北国か北海道がいいでしょう。（**由於**是甚少看過雪的香港人的關係，如果去日本的話，北國或是北海道應該不錯吧！）

X. ゲームで負けて全員分の食事代を払わされた木村君は、**笑う**ことなくその場を立ち去ってしまった。（在遊戲中輸了被迫請大家吃飯的木村君，笑也**不笑的就**離開了現場。）

XI. 最新のバイオハザードのゲームの発売をどれだけ**楽しみにしている**ことか。（對最新的《生化危機》遊戲的發售，我是**多麼的**期待啊！）

XII. 昨日君からのラインメッセージが届かなくて、どれほど**寂しかった**ことか。（昨天收不到你 Line 的訊息，我是**多麼的**寂寞啊！）

XIII. 周さんは一年しか本格的に日本語を勉強していませんが、**驚いた**ことに、N1 に合格しましたよ。（周同學正式學習日語只有一年，**令人感到驚訝的**是，她 N1 考試合格了！）

XIV. **悲しい**ことに、長年共に生活していたペットが、昨夜何も言わずに急に虹の橋を渡った（「亡くなることの譬え」）……（**令人感到悲傷的是**，多年來一起生活的寵物，昨夜竟無聲無息的突然去了彩虹橋……）

題 1 幸運な＿＿＿＿、旅行中は一度も雨が降らなかった。やっぱり日頃の行いが良かったかも。

1　ことから　　　　　　　　2　ことだし

3　ことに　　　　　　　　　4　ことか

題 2 片思いはどんなに切ない＿＿＿＿。言い換えれば、相思相愛がどんなに幸せな＿＿＿＿。

1　ことから　　　　　　　　2　ことだし

3　ことに　　　　　　　　　4　ことか

題 3 「猫」は昼夜を問わずよく寝る＿＿＿＿、「寝子」と名付けられたことが語源だそうです。

1　ことから　　　　　　　　2　ことだし

3　ことに　　　　　　　　　4　ことか

題4　せっかく海外に来ている＿＿＿＿＿＿、和食じゃなくて現地の料理を食べよう

よ。

1　ことになっているし　　　　　　2　ことだし

3　ことはなく　　　　　　　　　　4　ことなく

題5　私と君以外誰もいないから、遠慮する＿＿＿＿＿＿気軽に何でもおしゃってく

ださい。

1　ことにせず　　　　　　　　　　2　ことじゃなく

3　ことにならず　　　　　　　　　4　ことなく

3 「もの」系列快速閱覽表

「もの」系列快速閱覽表			
文型		**意思**	**參考**
普1	ものだ	……是理所當然的 / 自然……	
V る / V ない	ものだ	當然要 V / 不 V 是理所當然的	《3 天學完 N3・88 個合格關鍵技 巧》 **60** 責任 的表示②
V る	ものではない	當然不應該 V	
V た	ものだ	從前總是 V	
普2	もので＝ ものだから	都怪那些想像不到的 / 突發的情況，或無可奈何 的理由，所以變得……	《3 天學完 N3・88 個合格關鍵技 巧》 **44** 理由 的表示②
普3	ものの	雖說	本書 **63** 逆轉 / 否定的表示②
普4	とはいうものの		
普4	というものだ	正正是	本書 **65** 強調 的表示①
V できる	ものなら / もんなら	發生可能性較低的「想像 假使」	本書 **59** 條件 的表示②
V 意向	ものなら / もんなら	萬一是這樣的話就糟糕了	
A 類	ものか	怎會……？一定不會！	
B 類	ものがある	有……的感覺 / 真讓人感到……	

所需單詞類型： **普1**（行く / 行かない / 行った / 行かなかった / 行っている /
安い / 有名な）

普2（行く / 行かない / 行った / 行かなかった / 行っている /
安い / 有名な / 学生な）

普3（行く / 行かない / 行った / 行かなかった / 行っている /
安い / 有名な or 有名である / 学生 or 学生である）

普4（行く / 行かない / 行った / 行かなかった / 行っている /
安い / 有名 / 学生）

V た（行った、食べた、した、来た）

V る（行く、食べる、する、来る）

V できる（行ける、食べられる、出来る、来られる）

V 意向（行こう、食べよう、しよう、来よう）

A 類～V る / い形 / な形 /N（行く / 嬉しい / 幸せな / 正直者）

B 類～V る / い形 / な形（心を動かす / 嬉しい / 残念な）

I.　人は見かけだけでは**わからない**ものだよね。（光看外貌的話，理所當然的是不能了解一個人吧！＝人不可以貌相。）

II.　彼は発想力が豊かな人なので、ぜひ**見習いたい**ものだな。（他是一個想像力很豐富的人，自然想向他學習一下呢。）

III.　電車の中では**静かにする**ものだ！（電車裏當然要保持安靜！）

IV.　電車の中では**化粧しない**ものだ！（電車裏不化妝是理所當然的！）

V.　電車の中では**化粧する**ものではない！（電車裏當然不能化妝！）

VI.　昔の子供は、よく公園で遊んだり、広場でサッカーをしたり**した**ものだ。
（以前的小朋友，總是在公園玩，或是在庭院踢足球之類的。）

VII.　うちの子はもう**高校3年生な**もので、最近あまり私たちと一緒に出掛けたがらないようだ。（我家的孩子已是高三的學生，哎……無可奈何，最近好像都不願跟我們一起出去啊……）

VIII. うちの子はもう**高校３年生な**ものだから、最近あまり私たちと一緒に出掛けたがらないよ うだ。（我家的孩子已是高三的學生，哎……無可奈何，最近好像都不願跟我們一起出去啊……）

IX. 暦上では**５月である**ものの、まだ時たま雪が降るなんておかしいよね。（雖說曆法上已是５月了，但偶爾還會下雪卻有點奇怪吧。）

X. 暦上では**５月とはいう**ものの、まだ時たま雪が降るなんておかしいよね。（雖說曆法上已是５月了，但偶爾還會下雪卻有點奇怪吧。）

XI. 山もあれば谷もある。それが**人生**というものだ。（有時候是高山，有時候是低谷，這正正就是人生。）

XII. **出来る**ものなら、会社を辞めて世界旅行したいのだが、そういう訳にはいかない……（假使能夠的話，真希望向公司辭職然後去環遊世界，但這畢竟是不可能的……）

XIII. あんたのような度胸のない人間なんかは、仕事を**辞められる**もんなら、さっさと辞めてしまえ！（像你這種膽小鬼，如果你敢向公司辭職的話，那就乾脆快點吧【看你是一定不敢的】！）

XIV. 部長のようなリーダーシップのある人間が会社を**辞めよう**ものなら、おそらく会社はめちゃくちゃになってしまうでしょう。（像部長這樣有領導才能的人，如果他向公司辭職的話，那公司恐怕會變得亂七八糟。）

XV. 病気なんかに**負ける**ものか。必ず治ってみせる。（怎會輸給疾病那傢伙？一定治好給你看）

XVI. 彼が**いい人な**もんか。周りの人に聞けばすぐ分かるよ。（他怎會是一個好人？問問他身邊的人就一清二楚。）

XVII. 彼女の演技には、人の心を**震撼させる**ものがある。（她的演技有一種震撼人心的力量。）

XVIII. 家に帰っても誰もいないのは、**寂しい**ものがある。（回到家誰也不在【這種情況】，真有一種寂寞的氛圍。）

題1 赤ちゃんはよく泣く＿＿＿＿＿、ちょっとした泣き声で、イライラするまで
もないでしょう。

1　ものではない　　　　　　　　2　ものだから

3　というものだから　　　　　　4　ものの

題2 まさか自分の愛する人が治らない病を患うなんて、代われる＿＿＿＿＿、代
わってあげたい。

1　ものがあって　　　　　　　　2　ものだから

3　ものか　　　　　　　　　　　4　もんなら

題3 父は厳しい人で、こっちから言い訳を＿＿＿＿＿もんなら、平手で＿＿＿＿＿
ものだ。

1　した／打たれた　　　　　　　2　しよう／打たれた

3　した／打たれる　　　　　　　4　しよう／打たれる

題4 「分かる分かる」とか言いつつ、俺の気持ちは、お前に分かる＿＿＿＿＿。

1　ものか　　　　　　　　　　　2　ことか

3　ばかりか　　　　　　　　　　4　どころか

題5 この歌は、メロディーといい、歌詞といい、心に響く＿＿＿＿＿。

1　ものがあった　　　　　　　　2　訳があった

3　限りがあった　　　　　　　　4　ことがあった

第四部分

閱讀理解

出題範圍	出題頻率
甲類：言語知識（文字・語彙）	
問題 1 漢字音讀訓讀	
問題 2 平假片假標記	
問題 3 前後文脈判斷	
問題 4 同義異語演繹	
問題 5 單詞正確運用	
乙類：言語知識（文法）・讀解	
問題 1 文法形式應用	
問題 2 正確句子排列	
問題 3 文章前後呼應	
問題 4 書信電郵短文	√
問題 5 中篇文章理解	√
問題 6 長篇文章理解	√
問題 7 圖片情報搜索	√
丙類：聽解	
問題 1 即時情景對答	
問題 2 整體內容理解	
問題 3 圖畫文字綜合	
問題 4 長文分析聆聽	

中篇讀解1

以下は、あるおじさんが若者たちに聞かせた話である。

仮に自分の懐に入ってくるものがそれほど多くないにせよ、それでも出版したいです。自分ならではの仮説を立てながら、出版物にするってのは一種のロマンといってもいいでしょう。もはやお金のどうこうは度外視です。また、いつも思いますけど、ろうそくの火の如くいつ消えてしまってもおかしくないようなお金持ちのおじいちゃんたちは、きっと若い私たち（と言っても特に君らのことですが……）を羨ましく思っているのでしょう。なにせ、あの世に行ってしまったら、金持ちだろうと、そうじゃなかろうと、すべてが関係なくなってくるのですから。となると、生きることが、一番の宝物ですし、かといって雲をつかむようなものでなく、むしろ誰にでも一度は手に入る宝物なんじゃないでしょうか！おじさんの話もここまでです。ご静聴有り難うございました！

題1 「入ってくるもの」とは、すなわち

1 チャレンジ

2 チャンス

3 ロマン

4 マネー

題2 「雲をつかむ」と書いてありますが、それを言い換えれば……

1 ロマンに満ちる

2 はっきりしていない

3 人間味に溢れる

4 生まれながら

新聞のコラムニストが書いた「旅とは実にいいものだ」というタイトルの文章である。

思えば、親しい友人と大喧嘩したり、肉親の死を目の当たりにしてしまった頃、心にポッカリと穴があいたように、ただ悲嘆に暮れる日々が続いていたものだ。その悲しみの深さは、外側から計りしれないほど、並々ならぬ *** ものであった。そこで、「悲しみで心がにっちもさっちもいかなくなった *** とき、ちょっと落ち着いたら、旅に出ることにしたらいかがであろう」という CM が見たのが切っ掛けとなって、初めて海外に足を踏み入れてみることにした。

結果論からいうと、自分を苦しめた流れを変更させる手段として、旅とは実にいいものだ。ほんの少し、日常と別れ、非日常的なこと、すなわち全く違う場所に行ったり、それまで経験したことがないことに挑戦したりすることだけでも、苦しい流れを変えるには効果抜群だ。と同時に、それまでの人生を振り返ってみることで、過去の自分の行いを見直せるかもしれない。

見知らぬ土地で心が洗われるような体験を通じ、行き詰まった自分にサヨウナラが言えるように、思い切って旅に出よう。

*** 並々ならぬ：普通でなく大変だ

*** にっちもさっちも行かない：行き詰まってどうにも動きが取れない

題1 **この文章を書いた、筆者の一番の目的は何か。**

1 旅に出遭った悲しみをなくす方法を求める。

2 旅先で具体的にどのような非日常的な行動が行われるかを紹介する。

3 旅とは、如何に力の強いものであるかを強調する。

4 旅をする前とした後の自分のあらゆる変化を説明する。

筆者の考えに合うのはどれか。

1 肉親の死に遭遇するのは、人生の最も大きな悲しみといえる。

2 日常的なことをするだけで心が洗われることもある。

3 心がにっちもさっちもいかなくなったとき、一刻も早く旅に出ると

　いい。

4 旅している間に、過去の自分がどんなことをしたか評価できる。

5 中篇讀解②

「自分を傷つけたことがあるあの人を許そう」というタイトルの文章を読んだ。

何十年も生きていると、「あいつは絶対に許せない」とか、「ひどい目に遭ったけど今回限りは許してやる」とか、そういう経験は誰にでもあるよね。家族や先生、クラスメイトや同僚などにいやなことを言われて傷ついたりするだろうが、そういう傷は普段は忘れていても、時として表面に浮かび上がってしまう。だけど、過ぎた時間はもう戻らないし、死に追い込まれそうになったあの一言もどうでもよくなってきたから、いろんなことや人に対して「許してあげるよ」と思うようになるのだ。まあ、最初は決して簡単ではないけれど、還暦を迎えようとする自分もうそうなんだけど、大人になるにつれ、「許すこと」は、自分をその恨みに満ちる檻から、解放することでもあることにだんだん気づくようになってくるのだ。許すことは、敗北宣言なんかではないし、自分が傷ついてきたように、知らないうちに自分も誰かを傷つけているはずだからだ。そう思うと、少しは「許せる」ようになるよね。とにかく、「許すこと」は自分が楽になることと深くつながっているのだよ。

題1 **筆者によると、人を許せるようになるとどうなるか？**

1 自分も苦しまなくなる。

2 一種の負けと言わざるを得ない。

3 一度失いかけてた時間を取り戻せる。

4 死に追い込まれそうな危機から脱出できる。

題2 **この文章を書いた作者として最も可能性が高いのは次のどれか？**

1 20代の男子大学生　　　　2 30代の女性OL

3 40代の男性管理職　　　　4 50代の家庭主婦

大文豪夏目漱石が友人への借金の断りの手紙である。

お手紙拝見

ご希望に添えず申し訳ないけれども、今貸してあげる金はない……
（中略）……僕の親類に不幸があって、そのため葬式その他の費用を少し援助してやった。だから今うちにはなにもない。僕の財布に金があればあげるのだが、財布も空だ。君の原稿料の支払いを出版社が延ばすように、君も家賃の支払いを延ばしなさい。家主がぐずぐず文句を言ったら、出版社から原稿料が取れたときに支払うよりほかに致し方ありません、と言って相手にしないでいなさい。君が悪いんじゃないから、かまわないじゃないか。

草々。

題1 上記の手紙に見られる書き方の特徴として、正しいのはどれか？

1 遠まわしに断ったこと。

2 断る理由が省かれていること。

3 理性的であって感性的な部分がないこと。

4 具体的な解決案が示されていること。

題2 一番悪くて責任が大きかったと夏目漱石が思っていそうなのはだれか？

1 家主

2 出版社

3 君

4 親類

長文讀解①

以下は、ある完璧主義者の自白である。

私は完璧主義者だ。自分の部屋は言うまでもないが、リビングにもキチンにも塵一つ落ちていないし、あらゆる飾り物が所定のところに整然と並んでいないと、なんだか落ち着かない、いや、むしろ気味が悪いとさえ思える。時計だって一秒も狂えれば息ができないほど苦しくなる。とにかく、何もかも完璧にやらずにはいられないのだ。それを人格の欠点のように言う人もいて、しまいにはその人たちに敬遠されてきたが、自分ではそう思っていない。もっとも、完璧主義を他人に押し付けるつもりはない。完璧主義ゆえに抱え込まされる苦悩があることを十分に知っているからだ。

完璧主義という「病気」が発症するたびに、自分に無理な要求を課すようになる。そのために、些細なことでイライラしたり、腹を立てたりしやすくなる。自分にプレッシャーを掛けすぎると、他人のいい加減なことも許せなくなってしまう。そのせいで、不機嫌な顔を見せるのが日常茶飯事であり、そのドミノ効果ともいうべきだろうか、機嫌が悪いと他人が寄り付かなくなるので、孤立される。孤立されると、どうしてわかってもらえないのかとますます思い込むようになる。

こうしていつの間にか、世界のすべてを敵に回してしまうのは想定された結末だ。そんなふうになりたくなければ、何もかも完璧にやろうなどとは考えない方がいい。人生、時と場合によって、手を抜く必要があることもあるのだ。私にはとてもできそうにないが、両足がまだそれほど泥沼にはまりこんでいないあなたなら、早く脱出してほしい。早期の脱出は十分可能だから、あきらめないでほしい。

題1 「完璧主義ゆえに抱え込まされる苦悩」の例として挙げられていないのはどれか？

1 友人がいなくなり敵だらけの苦境に追い込まれること。

2 やらなくてもいいのにやれと心に迫られること。

3 場合によって婚姻関係に支障をもたらすこと。

4 情緒不安定や呼吸困難などの心理的や身体的な苦痛。

題2 「ドミノ効果」の代わりに、最も適切な熟語はどれか？

1 悪性循環

2 起承転結

3 自業自得

4 支離滅裂

題3 完璧主義について、筆者はどのように考えているか？

1 時間が経てば立つほど「病気」の症状が緩和される。

2 「病気」になりかけている人でも治る見込みがある。

3 一度「病気」にかかってしまうと、意志があっても治らないことが殆どである。

4 「病気」が発症すると、自分こそ苦しいけれど他人には害がない。

長文讀解②

雑誌に書かれた諺についての紹介を見た。

「急がば回れ」という諺があるが、「急ぐときこそ、近道を歩くよりも遠回りしたほうが早く目的地に着く」という本来の意味から「手っ取り早そうだが危険な方法を選ばずに、むしろ時間がかかりそうだが確実で安全な方法を取ったほうが成功しやすくなる」という意味に転じる。

出典は「武士の、やばせの舟 *** は、速くとも、急がば回れ、瀬田の唐橋」という連歌 *** からだが、なんと琵琶湖と深く関連していた。実は江戸時代には、琵琶湖を横断するのに、船のルートが2つあって、すなわち：

1. 約6kmの短いルートだが、比叡山から吹き下ろす風で舟が転覆する恐れがあった。
2. 瀬田の唐橋というところを経て琵琶湖をぐるっと回っていく陸路で約12kmでやや長いルートだが、比較的に安全だった。

などのことが分かった。この日本の諺に近い意味として、それより二千年以上も前に書かれた中国の『孫子兵法』なる書物に「迂直の計」という章があるが、内容を大雑把にまとめてみると、「わざわざ迂回して遠回りしておいて、敵を利益で誘い出して動きを留め、後から出発したのに、敵より先に戦場に到着できるようにするのだ」ということになる。

迂回して遠回りしておいて、敵より先に戦場に到着できて成功を導くことがなぜできるのかと思うと、ビジネスの世界において、企業が客数や売上を伸ばそうとするならば、社員数を増やすのは通常の考え方であろう。ところが、これは6kmの短いルートと同じ危険なものかもしれない。急展開に伴う顧客への A サービスの低下、社員の質の劣化、しまいには顧客からのクレームの増加が起き得るからだ。

それよりも顧客サービスへの重視、例えば、既存顧客へのアフターフォローに力を入れたら如何かと思う。手間がかかる割に売上はすぐには伸びないし、社員数も急激に増えたりしない。と同時にライバル企業が6kmの短いルートを走り焦って目先の売上を追い、顧客への対応もいい加減にした挙句、破滅を招いてしまうのを待つべきだ。

一見、遠回りで迂回しているように感じるかもしれないが、先を見通せる経営者にとっては、これこそが近道であり、進むべき道ではないだろうか？

*** やばせの舟：江戸時代、琵琶湖を横断するのに乗る客船であった。

*** 連歌：一人が5・7・5の句と、もう一人が7・7の句を交互に読み上げる古代の歌のスタイルである。

題1 「サービスの低下」、「質の劣化」と「クレームの増加」、三つの語における共通点は？

1　どれも外来語の混入が見られる。

2　語の長さが同じである。

3　同じ韻を持っている。

4　動詞はすべて否定的なものである。

題2 「敵より先に戦場に到着でき成功を導く」戦略として考えられるのは？

1　サービス内容の改良

2　優秀な人材の導入

3　大幅な値段調整

4　ライバル会社との協力

筆者は「急がば回れ」について、どんな見解を示しているか？

1 中国語にも日本語にも似た形の表現があるが、意味はほとんど異なっている。

2 中国語も日本語も表現の形こそ違うけれど、意味においてはさほど異なっていない。

3 中国語のほうは日本の諺からヒントを受けて完成された。

4 中国語のほうはもとは軍事用語だったが、日本の諺は商業用語に遡れた。

JPLT

N2

子供の時に父親にひどく殴られた経緯を思い出した。

小学六年のとき、父に買ってもらったガラス製に筆立て *** を落として割ってしまった。

「買ってやった筆立てはどうした？」失くなっているのに気がついた父が、たずねた。

「壊れました。」軽い気持ちで答えると、急に語気を強め、「もう一度言ってみろ！」あっ怒られるな、と一瞬思った。でも、もう一度オズオズといった。

「壊れました。」

すると、いきなり平手で頬を張り飛ばされて、私はあお向けに畳の上に転倒した。訳も分からず呆然とする私を、父は顔に青筋をたて、にら見下ろすと、

「ちゃんといってみろ。お前が壊したんだろう、それとも、じっと見ているうちに、筆立てが自然にぱかっと割れたのか？」

とてつもなく威圧的な声だった、私は喉をヒクつかせながら、詰まる声で答えた。

「落っことしました……」

すると、父は少し声を落として「そんなのは、壊したというんだ。壊れたというのとはぜんぜん違うんだ。」

そして紙に鉛筆で、「壊れた」「壊した」と書き、私の顔に突きつけると、

「どうだ、違うだろ、ハッキリしろ、これからも、ずっと、そうしろ」と命令した。

父が立ち去ったあと、私は悔しくて嗚咽が止まらなかった。正直いってなんとひどい親だろうと恨みもした。

明治生まれの父は、格別の教養もなく、保険会社の支店長まで務めたありふれた日本男児である。血圧が高く、趣味みたいに怒っていた。長女の私は、父の怒りをもろにかぶっていた***。

その父も10年前に亡くなったが、今思うと、決して子どもに媚びず、手加減しなかった生き方は立派ではないか。おかげで、自分で考え行動する習慣がついたし、そういう意味では感謝している。（下略）

*** 筆立て：筆などを挿して立てておく筒形の用具。

*** もろにかぶっていた：完全に受けていた。

向田邦子、「壊れたと壊したは違う」による

題1　**筆者が「父」も怒られた最大な理由は何だったのか？**

1　使った言葉が正しくなかったから。

2　筆立てを壊してしまったから。

3　筆立てが壊れた理由が分からなかったから。

4　自分の過ちを認めようとしなかったから。

題2　**「媚びず」の意味と最も近いものはどれか？**

1　甘やかさず

2　思い出せず

3　怒鳴らず

4　懐かしまず

題3　筆者の「父」について正しい説明はどれか？

1　明治時代出身で教養に富む人だった。

2　保険会社の支店長で一番の趣味は怒ることだった。

3　物事をはっきりさせないと気が済まない日本男児だった。

4　子供を殴る前に殴る理由をちゃんと説明する人だった。

題4　筆者は「父」に対して、如何なる気持ちを持っているか？

1　昔は感謝していたが、今では怨んでいる。

2　昔は怨んでいたが、今では感謝している。

3　「父」の死がきっかけとなって立派な人だなと思うようになった。

4　「父」が亡くなって十年も経っているものだから、自分の気持ちも次第に薄まってきた。

圖片情報搜索①

下は日本語スピーチコンテストについての案内である。その下の問題に対する答えとして最もよいものを、1・2・3・4から一つ選びなさい。

イベント：第5回香港大学生日本語スピーチコンテスト

主催者：香港恒生大学、同大学アジア言語文化センター及び日本いすゞ自動車株式会社

1. 項目：
   ① 暗誦の部（規定の詩より一つ選択）
   ② 朗読劇の部（規定のセリフより一つ選択）
   ③ スピーチの部（日本文化に関するテーマを5〜7分で発表）

2. 出場資格：
   ① 日本語を母語としない者。
   ② 日本人一世の親を持たない者。
   ③ 日本滞在歴が3ヶ月を超えない者。
   ④ 過去において本大会で優勝したことがない者。
   ⑤ 暗誦の部及び朗読劇の部の出場者は日本語学習時間150時間以内。
   　 スピーチの部200時間以内。

3. 注意事項：
   ① 推薦者は教育機関の校長または教師に限られる。なお、身内による推薦はご遠慮いただく。
   ② 暗誦の部及びスピーチの部の申し込みは原則として1校につきそれぞれに3名までとする。朗読劇の部の申し込みは1校につき2グループまでとする。
   ③ 同一人物が申し込めるのは、一部門（暗誦、朗読劇、スピーチのいずれか一つ）のみとする。

---

④ 暗誦の部及びスピーチの部は個人コンテストである。朗読劇の部は 4 〜5 人グループのコンテストである。

4. 〆きり日時及び方法：予選として、2021 年 8 月 13 日（金）午後 5 時までに申込書及び音声ファイルあるいはビデオを提出。予選通過者は 9 月 17 日（金）までに事務局より本人或いは推薦者に結果を知らせる。

題1 **応募資格のある者はどれか？**

1 朗読劇の部の志望者として、週 4 時間で、丸まる一年ぐらい日本語を勉強してきた林君。

2 自分の母親でもあり国文の先生でもある李先生に推薦してもらった黄君。

3 今まで毎年参加し続けたが、すべて予選で敗退してしまった鄭君。

4 有望選手として校長と副校長から同時に朗読劇、スピーチの推薦をもらった陳君。

題2 **上記の文章の特徴として正しい記述はどれか？**

1 「である」形が使用されていないこと。

2 一部のグループ III 動詞が未完結の形であること。

3 敬語のみが丁寧形で書かれていること。

4 略字は一か所しか現れていないこと。

圖片情報搜索②

ホームページで食品ロス（loss ＝無駄になること）についてのアンケートを見た。

Q1. 食品ロス削減のために既にご家庭で取り組んでいることはあるか？
（複数回答可）

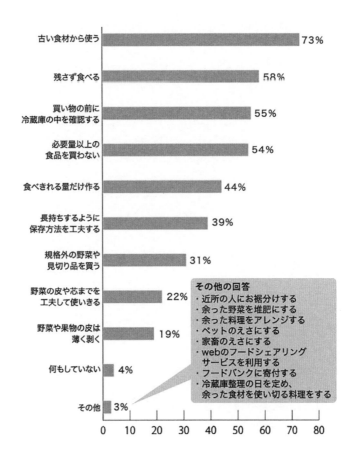

その他の回答
・近所の人にお裾分けする
・余った野菜を堆肥にする
・余った料理をアレンジする
・ペットのえさにする
・家畜のえさにする
・webのフードシェアリングサービスを利用する
・フードバンクに寄付する
・冷蔵庫整理の日を定め、余った食材を使い切る料理をする

「Salad Cafe」のホームページより一部改

https://www.salad-cafe.com/enquete/reports/voice166_anq.html

題1 各家庭で取り組んでいる方法についての説明として、正しくないのはどれか？

1 形の醜い食材を買うようにしている人間は3割を超えている。

2 野菜の食べられる分を増やそうとする人間は2割ぐらいいる。

3 在庫を確認したうえで買い物する人間は5割を切っている。

4 食品を如何に保存するかを独自に考案する人間はほぼ4割いる。

題2 「その他の回答」に挙げられた方法の中に含まれてないコンセプトはどれか？

1 保存　　　　　2 活用　　　　　3 贈与　　　　　4 農業

出題範圍		出題頻率
甲類：言語知識（文字・語彙）		
問題 1　漢字音讀訓讀		
問題 2　平假片假標記		
問題 3　前後文脈判斷		
問題 4　同義異語演繹		
問題 5　單詞正確運用		
乙類：言語知識（文法）・讀解		
問題 1　文法形式應用		
問題 2　正確句子排列		
問題 3　文章前後呼應		
問題 4　書信電郵短文		
問題 5　中篇文章理解		
問題 6　長篇文章理解		
問題 7　圖片情報搜索		
丙類：聽解		
問題 1　即時情景對答		✓
問題 2　整體內容理解		✓
問題 3　圖畫文字綜合		✓
問題 4　長文分析聆聽		✓

JPLT

N2

81 即時情景對答①

題 1

| 1 | 2 | 3 |

題 2

| 1 | 2 | 3 |

題 3

| 1 | 2 | 3 |

題 4

| 1 | 2 | 3 |

82 即時情景對答②

題 5

| 1 | 2 | 3 |

題 6

| 1 | 2 | 3 |

題 7

| 1 | 2 | 3 |

題 8

| 1 | 2 | 3 |

3 整體內容理解①

題 1

| 1 | 2 | 3 | 4 |

題 2

| 1 | 2 | 3 | 4 |

題 3

| 1 | 2 | 3 | 4 |

題 4

| 1 | 2 | 3 | 4 |

4 整體內容理解②

題 5

| 1 | 2 | 3 | 4 |

題 6

| 1 | 2 | 3 | 4 |

題 7

| 1 | 2 | 3 | 4 |

題 8

| 1 | 2 | 3 | 4 |

題1

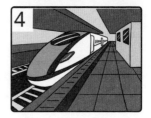

題2

題3

題4

1　奥さんと離婚したからです。

2　ご飯を作ってくれる人がいないからです。

3　髪の毛が少なくなったからです。

4　子供の面倒を見なくてはならないからです。

題5

1 日本語で行き方の説明ができなかったからです。

2 ボトルに水を入れるのを忘れていたからです。

3 出したカレーが辛すぎだったからです。

4 食器を渡し忘れていたからです。

題6

1 一緒にデートすること。

2 バイトに代わってもらうこと。

3 仕事を教えてもらうこと。

4 一緒にケーキを作こと。

題7

1 お風呂

2 映画鑑賞

3 娘との会話

4 食器洗い

題8

1 2番めに高かった

2 3番めに低かった

3 2番めに低かった

4 最も低かった

7

長文分析聆聽①

題 1

| **1** | **2** | **3** | **4** |

題 2

| **1** | **2** | **3** | **4** |

題 3.1

1 大きな夢を抱いていて、それが叶うように日々頑張っている。
2 物事の発展を見通せる力に欠ける。
3 笑顔が素敵である。
4 一匹狼的な行動はしない。

題 3.2

1 大きな野望を抱いている。
2 目標達成のため、一生懸命研究開発を行う。
3 団体行動や上からの指示が好きである。
4 失敗したら二度と現れて来ない。

長文分析聆聽②

題 4

| **1** | **2** | **3** | **4** |

題 5

| **1** | **2** | **3** | **4** |

題 6.1

1 年上の人
2 無職の人
3 外国の人
4 考え方の古い人

題 6.2

1 独身でいるつもりです。
2 結婚相手を探し続けるつもりです。
3 一度断った相手を受け入れるつもりです。
4 どうするかまだ分からないです。

N2 模擬試験

問題 1 ＿＿＿＿＿のことばの読み方として最もよいものを、1・2・3・4 から一つえらびなさい。

題 1 昨日子供と一日中遊んだもので、体力かなり消耗してしまった。

1 しょうご
2 しょうごう
3 しょうも
4 しょうもう

題 2 母親は女手一つで幼い我々を育ててきた。

1 おんなて / つたない
2 じょしゅ/ おさない
3 おんなで / おさない
4 じょうしゅ/ つたない

題 3 先生：皆さん、字は必ず枠内に収まるように綺麗に書くんだよ。
学生：はい〜〜〜！

1 いきない
2 そつない
3 わくない
4 ほかない

題 4 彼は己の人倫に背いた過去を赤裸々に告白しました。

1 せきただ
2 あかただ
3 せきらら
4 あからら

題 5 社員を採用するに際して、最も重視しているのは人柄である。

1 じゅしい / じんがら
2 じゅうし / じんがら
3 じゅしい / ひとがら
4 じゅうし / ひとがら

題6 この地域（ちいき）では、そのようなにちじょうさはんじは屡々（しばしば）起こる。

1　査煩地　　　　2　茶飯事　　　3　早班時　　4　詐犯児

題7 小さい頃（ころ）、よく近所（きんじょ）のやおやにお使（つか）いに行った（い）ものだ。

1　爺御屋　　　　2　八百屋　　　3　野男屋　　4　矢射屋

題8 たびも着物（きもの）の欠（か）かせない小道具（こどうぐ）である。

1　裄　　　　　　2　草履　　　　3　櫛　　　　4　足袋

題9 彼（かれ）は前回（ぜんかい）の打撃（だげき）を受（う）けて以来（いらい）、じょうちょの波（なみ）が激（はげ）しくなりがちである。

1　情緒　　　　　2　状兆　　　　3　常調　　　4　躊躇

題10 現在は教育関係（きょういくかんけい）の仕事（しごと）にたずさわっております。

1　触って　　　　2　承って　　　3　関わって　　4　携わって

題11 店員（てんいん）：領収（りょうしゅう）　　　　　はご利用（りょう）ですか？

お客（きゃく）：結構（けっこう）ですよ！

1　状（じょう）　　　2　誌（し）　　　3　紙（し）　　4　書（しょ）

題 12 いくら節約していても、毎月の水道_____と電気_____は 5,000 円は下らないでしょう。

1 金 2 料 3 代 4 費

題 13 昨日行ったレストランは、私にとって_____愉快極まりないお店でした。

1 未 2 無 3 不 4 非

題 14 洗浄から乾燥まで_____自動の洗濯機なので、洗濯は楽々行えます。

1 満 2 総 3 全 4 オール

題 15 君が犯している罪は、法律の面では固より道徳としても_____ですよ。

1 アウト 2 ダウン 3 ミス 4 エラー

題 16 感情にとらわれることなく、もう少し客観_____に分析すべきです。

1 式 2 化 3 性 4 的

問題4 （　　　　　）に入れるのに最もよいものを、1・2・3・4から一つえらびなさい。

題 17 行方不明になっている夫の（　　　　　）が分かったら、必ず教えてください。

1 合図 2 足跡 3 現段階 4 居場所

題 18 もともと日本人じゃないのだから、日本語に（　　　　　）があるのは何がおかしい？

1 プライベート 2 アクセント

3 エチケット 4 テンポ

題 19　（　　　　）をやっているので、通常 3,000 円のところを 500 円でご提供

いたしております。

1　アプローチ　　　2　ストライキ　　3　ベテラン　　4　キャンペーン

題 20　地球温暖化への（　　　　　）を求められているのは、政府や企業だけでは

なく、一人一人の努力も欠かせないのだ。

1　対策　　　　　2　体験　　　　3　戦略　　　　4　適応

題 21　山田さんと会うたびに、話のネタが（　　　　　）こと一度もなく徹夜話せ

るのだ。

1　みちる　　　　　2　さびる　　　3　つきる　　　4　ほろびる

題 22　昨日女子トイレの中から一人の男の人が（　　　　　）出て来るのを見た。

1　つぶれて　　　　2　きずつけて　　3　あわてて　　4　くずれて

題 23　昔の人は地球は四角いものだと（　　　　　）。

1　思い込んでいた　　　　　　　　2　思い遣っていた

3　見下ろしていた　　　　　　　　4　見過ごしていた

題 24　今朝から（　　　　　）顔をしているのですが、何か不都合なことでもあっ

たんですか？

1　たのもしい　　　　2　はげしい　　　3　まぶしい　　4　けわしい

題 25　自分が金持であることをバレたくないため、金持であればあるほど服装が

（　　　　　）って本当ですか？

1　派手　　　　　2　地味　　　　3　単純　　　　4　お洒落

題26 あの商品はぎりぎりまで待って買ったほうがお得なんですって。

1 割引 　　　　　　　　　　　　　2 規則

3 理性 　　　　　　　　　　　　　4 限界

題27 A：もうこの町を観光しましたか？

B：ひととおりね。

1 未だに 　　　　　　　　　　　　2 思う存分

3 まさに 　　　　　　　　　　　　4 いちおう

題28 むかしながらの考え方はすべて通用しないとでも思っていますか？

1 現代的な 　　　　　　　　　　　2 人工的な

3 伝統的な 　　　　　　　　　　　4 効果的な

題29 時々、ノスタルジアに陥るこもはある。

1 ホームシック 　　　　　　　　　2 ストレス

3 セクハラ 　　　　　　　　　　　4 フェイクニュース

題30 お世話になっている方へかんちゅう見舞いとしてギフトを贈ってみてはい

かがですか。

1 出産のお見舞い 　　　　　　　　2 夏のお見舞い

3 冬のお見舞い 　　　　　　　　　4 病気のお見舞い

題 31 **真似る**

1 誰がお兄さんか、誰が弟さんか分からないぐらいよく真似ている双子で すね。

2 お兄さんのしたことを真似たがるのは、どこの弟さんも一緒ではな いか？

3 二度と同じ失敗を真似ないように気を付けろ！

4 これは自信過剰かつ不注意による失敗のいい真似だ！

題 32 **やや**

1 カンニングしたとはいえ、先生が下した罰はやや厳しすぎたと思わ ない？

2 空中で飛行機の事故が起き場合、生還者はややいないでしょう。

3 「土足禁止」と書いてあるでしょう！ですから、靴のややで入ってはい けませんよ。

4 良くないこととは思いやや、ネットで見つけた文章をコピペしてしまっ た。

題 33 **提出**

1 外国の会社と技術提出することによってお互いの腕が上がる。

2 ただいまの番組は香港恒生大学の提出でお送りしました。

3 本日をもちまして、辞表を提出いたします。

4 君は新人だけど、なかなか斬新なアイディアを提出してくれたな。

題 34 **恵まれる**

1 私が落ち込んでいるときにいつも恵まれてくれてありがとう。

2 最後まで諦めずに思いを恵まれた君を誇りに思う。

3 日頃の行いが良いから、天候に恵まれ、無事にイベントを終了できましたよ。

4 ヒット商品が出たので会社は 3000 万円も恵まれたんですよ。

題 35 **ひんやり**

1 自然の風はひんやりしていて気持ちいいですね。

2 ひんやりと焼き上がったケーキほど美味しいものはあるものか。

3 決まり切った毎日の仕事にひんやりしているので、そろそろ転職を考えなくちゃ。

4 友人にきっぱりとお願いを断られてひんやりと帰ってきた。

問題 7　　つぎの文の（　　　　　）に入れるのに最もよいものを、1・2・3・4 から一つえらびなさい。

題 36 **明日の翌日は、つまり明後日という（　　　　　）になります。**

1　ところ　　　　2　もの　　　　3　こと　　　　4　わけ

題 37 **警察：あの、これは君が捨てたウサギちゃんでは（　　　　　）か？**

少年：いや、そいつが勝手に逃げ出しただけなんですが……

1　ありつつ　　　　　　　　　2　ありながら

3　あるまい　　　　　　　　　4　ありっこない

題38 彼がどうしても行かないと言った（　　　　　）、もうこれ（　　　　　）忠告するな！

1　以外
2　以降
3　以下
4　以上

題39 いわば、夢がなかったら、人生は単なる一匹の干物の魚に（　　　　　）……

1　止まらない
2　関わらない
3　限らない
4　他ならない

題40 その時その時の体調や気分（　　　　　）、適切かつ楽しく運動すればよろしい。

1　に限って
2　を通して
3　に応じて
4　をめぐって

題41 男女も洋の東西 *** も（　　　　　）、美食が好きなのは人類の共通点であろう。

1　問わず
2　相違なく
3　こめて
4　ともかくとして

*** 洋の東西＝東洋と西洋、つまり世界中。

題42 この組織のモットーとして、世界各地で減り（　　　　　）野生動物を保護することである。

1　ようがない
2　つつある
3　かねる
4　次第の

題 43　留学できる（　　　　　）したいが、お金もなければ、もうすぐ 40 歳を迎え
ようとしている人間なのだから……

1　どころではなく　　　　　　　2　ことから

3　ことだし　　　　　　　　　　4　ものなら

題 44　息子は散々苦労した（　　　　　）、志望校の入試に落ちて意気消沈してし
まった。

1　ながら　　　　　　2　にしても　　　3　せいで　　　4　あげく

題 45　中学生の頃よく祖母の家に遊びに行った。その都度、祖母は必ずお小遣い
をくれた（　　　　　）。

1　ばかりだ　　　　　　　　　　2　ことだ

3　ところだ　　　　　　　　　　4　ものだ

題 46　指名手配の写真とそっくりの人が我が旅館に泊まりに来たので、ID を記入
した（　　　　　）お巡りさんに通報しておきました。

1　上から　　　　　　　　　　　2　上に

3　上で　　　　　　　　　　　　4　上は

題 47　元カノとの大切な思い出は、そう簡単には忘れる（　　　　　）？

1　ものか　　　　　　　　　　　2　ばかりか

3　どころか　　　　　　　　　　4　ことか

題 48　お 客さん、自家製の搾りたての濃厚な日本酒なので、ぜひご堪能
（　　　　　）！

1　これ　　　　　　2　それ　　　　　3　あれ　　　　4　どれ

題 49 前向きの姿勢がある＿＿＿＿＿ ＿＿＿＿＿ ★ ＿＿＿＿＿ことなく 有効活用したいのだ。

1 無駄にする 　　　　　　　　　 2 からこそ

3 ほんの 30 分だけの 　　　　　 4 時間であっても

題 50 このチェーン店は世界中が不景気＿＿＿＿＿ ＿＿＿＿＿ ★ ＿＿＿＿＿ 理由は何だったのでしょうか？

1 支店を出し続けられる 　　　　 2 であるものの

3 閉店するどころか 　　　　　　 4 次から次へと

題 51 お客様、保障書に記載されている＿＿＿＿＿ ＿＿＿＿＿ ★ ＿＿＿＿＿ 無償修理をご提供しておりますが……

1 故障の種類 　　　　　　　　　 2 に限って

3 一年以内なら 　　　　　　　　 4 なおかつ

題 52 ＿＿＿＿＿ ＿＿＿＿＿ ★ ＿＿＿＿＿を気にしたことはありませんか。

1 異性の存在 　　　　　　　　　 2 と感じたほど

3 意識せず 　　　　　　　　　　 4 にはいられない

題 53 お金にうるさい / 細かい彼女＿＿＿＿＿ ＿＿＿＿＿ ★ ＿＿＿＿＿とは思えないよな。

1 のことだから 　　　　　　　　 2 すんなりと

3 貸してくれる 　　　　　　　　 4 お願いしたって

以下は、ある本の一部の内容である。

雷が鳴ったり、雨が降ったりというのは自然の **54** 現象であり、これはこれで毎日の生活に変化があって面白いと思うのだが、もしこれらの変化が規則的で、予期 **55** どうであろうかというようなことを、ふと考えてみた。

もしこれらの自然現象が規則的に起こって予期できるものだとすると、ある場合は非常に都合がよいが、またある場合には困ることも起こってくるのではないか、そして、いわゆる生活の味わい **56** 、面白さというようなものが減少するのではないか、と思うのである。

ところで、われわれの人生の姿 **57** も、これと非常によく似たものではないだろうか。そこには予期できない、多くの障害があり、しかもそれらの障害の中にあり **58** 、われわれは常に、自分の道を求め、自分の仕事を進めて行かなければならない、というのが人生の姿ではないかという **59** のである。

松下幸之助の「なぜ」による

54　1　けんしょう　　　　　　2　げんしょう
　　　3　けんじょう　　　　　　4　げんじょう

55　1　できれば　　　　　　　2　できなければ
　　　3　できっこないなら　　　4　できかねるなら

56　1　というと　　　　　　　2　とはいうものの
　　　3　といわれ　　　　　　　4　というか

57　1　となると　　　　　　　2　というもの
　　　3　にしたところで　　　　4　から見て

58　1　ながら　　　　　　　　　2　もしないで

　　　3　得<ruby>得<rt>え</rt></ruby>て　　　　　　　　　4　難<ruby>難<rt>かた</rt></ruby>く

59　1　気<ruby>気<rt>き</rt></ruby>がある　　　　　　　2　気<ruby>気<rt>き</rt></ruby>にする

　　　3　気<ruby>気<rt>き</rt></ruby>がする　　　　　　　4　気<ruby>気<rt>き</rt></ruby>になる

問題 10　　次の 1 から 5 の文章を読んで、後の問いに対する答えとして最もよいものを、1・2・3・4 から一つ選びなさい。

1　**あるお酒<ruby>酒<rt>さけ</rt></ruby>についての紹介<ruby>紹介<rt>しょうかい</rt></ruby>と注意書<ruby>注意書<rt>ちゅういが</rt></ruby>きである。**

うめえな　梅酒

梅産地<ruby>梅産地<rt>うめさんち</rt></ruby>として有名<ruby>有名<rt>ゆうめい</rt></ruby>な和歌山県<ruby>和歌山県<rt>わかやまけん</rt></ruby>の梅<ruby>梅<rt>うめ</rt></ruby>を丸搾<ruby>丸搾<rt>まるしぼ</rt></ruby>りした、果肉<ruby>果肉<rt>かにく</rt></ruby>たっぷりの梅酒<ruby>梅酒<rt>うめしゅ</rt></ruby>です。梅独特<ruby>梅独特<rt>うめどくとく</rt></ruby>の香<ruby>香<rt>かお</rt></ruby>りと濃厚<ruby>濃厚<rt>のうこう</rt></ruby>な甘酸<ruby>甘酸<rt>あまず</rt></ruby>っぱさが特徴<ruby>特徴<rt>とくちょう</rt></ruby>です。ほかならぬギュッと詰<ruby>詰<rt>つ</rt></ruby>まった梅<ruby>梅<rt>うめ</rt></ruby>が最大<ruby>最大<rt>さいだい</rt></ruby>な魅力<ruby>魅力<rt>みりょく</rt></ruby>です。

アルコール度数<ruby>度数<rt>どすう</rt></ruby>：8%

内容量<ruby>内容量<rt>ないようりょう</rt></ruby>：500ml

原材料名<ruby>原材料名<rt>げんざいりょうめい</rt></ruby>：吟醸酒<ruby>吟醸酒<rt>ぎんじょうしゅ</rt></ruby>、和歌山産梅<ruby>和歌山産梅<rt>わかやまさんうめ</rt></ruby>、醸造<ruby>醸造<rt>じょうぞう</rt></ruby>アルコール、葡萄糖<ruby>葡萄糖<rt>ぶどうとう</rt></ruby>

製造年月日<ruby>製造年月日<rt>せいぞうねんがっぴ</rt></ruby>：2021 年<ruby>年<rt>ねん</rt></ruby> 7 月<ruby>月<rt>がつ</rt></ruby> 31 日<ruby>日<rt>にち</rt></ruby>

製造者<ruby>製造者<rt>せいぞうしゃ</rt></ruby>：梅一醸造<ruby>梅一醸造<rt>うめいちじょうぞう</rt></ruby> 株式会社<ruby>株式会社<rt>かぶしきがいしゃ</rt></ruby>　和歌山県和歌山市<ruby>和歌山県和歌山市<rt>わかやまけんわかやまし</rt></ruby> 〇〇 町<ruby>町<rt>ちょう</rt></ruby> 〇〇 番地<ruby>番地<rt>ばんち</rt></ruby>

注意書<ruby>注意書<rt>ちゅういが</rt></ruby>き：

1. お酒<ruby>酒<rt>さけ</rt></ruby>は 20 歳<ruby>歳<rt>さい</rt></ruby>になってから。
2. 飲酒運転<ruby>飲酒運転<rt>いんしゅうんてん</rt></ruby>は法律<ruby>法律<rt>ほうりつ</rt></ruby>で禁<ruby>禁<rt>きん</rt></ruby>じられています。
3. 成分<ruby>成分<rt>せいぶん</rt></ruby>の一部<ruby>一部<rt>いちぶ</rt></ruby>が浮遊分離<ruby>浮遊分離<rt>ふゆうぶんり</rt></ruby>していることがありますが品質<ruby>品質<rt>ひんしつ</rt></ruby>に問題<ruby>問題<rt>もんだい</rt></ruby>ありません。

4. よく振ってからお飲みください。

5. 開栓時に手を切らないよう気をつけてください。

6. 開封後は冷蔵庫で保存し製造年月より3か月に以内にお飲みください。

7. 妊娠中授乳期の飲酒はお控ください。

題60 **情報として正しくないのはどれか？**

1　上記の梅酒は2021年10月いっぱいで飲んでも構わない。

2　商品の望ましい客層として、妊婦さんは対象外となっている。

3　酒に浮遊物が発見された場合、いかなる理由でも交換し得る。

4　開栓するに際して、怪我になる恐れがある。

2 **訃報（人が亡くなったというお知らせ）が届きました。**

件名：【訃報】田中一郎逝去のお知らせ

父　田中一郎が病気療養中の処、2019年2月3日に他界いたしました。ここに生前のご厚誼を深謝し、謹んで通知申し上げます。

なお、通夜・葬儀は下記の通り仏式にて執り行います。なお、故人の遺志により御香典 *** は悉く辞退させて頂いております。

故　田中一郎　儀　葬儀告別式

通夜	2019年2月17日（水）　午後5時より
葬儀告別式	2019年2月18日（木）　午前9時30分より
場所	東京斎場（住所、電話番号は添付ファイルをご参照されたし）
仏式	日蓮宗
喪主	田中一男（長男）

連絡先	東京都文京区 〇〇〇 町 〇〇〇 番地
電話番号	090-1234-5678

*** 御香典：故人（亡くなった方）のお通夜や葬儀・葬式に参列する際に、花や線香など現物の代わりに遺族に渡すお金。

*** 悉く：すべて、一切

題61 以上のお知らせ及び添付ファイルを<u>読んでも分からない</u>情報はどれか？

1　式はどの宗教のどの流派で行われるかということ。

2　式に参列したい場合の日にち及び場所。

3　故人がどういった理由でお亡くなりになったかということ。

4　遺族に渡すお金はいくら持って行けばいいかということ。

3　先生に「饅頭怖い」という落語の粗筋を教えてもらいました。

昔、若者が集まって自分の怖いものは何かについて語り合っていました。ある男はクモが怖いと言い、ある男はヘビが怖いと言いました。その中に世の中に怖いものなんてないと言った男がいました。周りの男達が本当に怖いものがないのかと問いただすと、本当は怖いものがあると男は白状しました。それは何なのかと男達は問いただしました。すると男はなんと「饅頭が怖い」と言ったのです。饅頭の話をした途端、なんだか気分が悪くなって部屋に帰って寝てしまいがちだそうです。男達はイタズラをしようと企みました。お金を出し合い大量の饅頭を用意し男の枕元へ大量の饅頭を置いて様子を見て、男の「ギャー」と言う悲鳴を期待していました。ところが、「ギャー」どころか、男は美味しそうに饅頭を食べているのではありませんか？なるほど、騙されたと悟った男達は男に「本当は何が怖いか」と聞いたら、男は体が震えながら、「今はお茶が一番お怖い」と答えました。

題62 男はどうして「今はお茶が一番お怖い」と答えたか？

1 饅頭を食べてから、お茶が飲みたくなったからだ。

2 饅頭と並びにお茶も苦手だったからだ。

3 イタズラをした男達に仕返しをしようと企んだからだ。

4 世の中に怖いものなんて何一つないということを証明したかったから。

4 若い頃のある面白い話を思い出した。

まだパソコンが使いこなせる人間が少なかった頃の話です。

その日は激務だったにもかかわらず、休み時間に上司のおじいちゃんにパソコンの使い方を教えてくれと頼まれました。仕方がなく、ノートパソコンを用意して、「お手洗いに行ってきますからその間に立ち上げてください」と言って、トイレの後、机に帰ってくると、なんとパソコンが縦に立っていました。

おじいちゃんはパソコンが倒れないように、両手を添えるようにして真面目な顔で待っていました。その頃、確かに立ち上げるという言葉を、言われた通りに受ける人がいるというギャグが流行っていました、正直パソコンを縦に置いている人は初めて見たので、一瞬噴出（＝笑う）さずにはいられなくなりました。

題63 上司のおじいちゃんはどうして筆者の話を理解できなかったのか？

1 筆者が間違った表現を使ってしまったからだ。

2 筆者が複数の意味を持つ表現を使ってしまったからだ。

3 上司が若い人に教えてもらうのは恥ずかしい事だと思い、素直に指示を聞こうとしなかったからだ。

4 筆者がお手洗いに行く時間が長すぎてその間に上司が言われたことを忘れてしまったからだ。

5 セックスロボットについての記事を読んだ。

過去の調査によれば、人々がロボットとセックスするかどうかに関する質問の回答結果はかなりばらつきのあるものだった。ロボットとセックスしてもいい / することができると答えたのは、最低 9%、最高 66% とアンケートによってかなりの幅があることが明らかになった。いずれにせよ、この質問による結論は、セックスロボットの開発がいまだに盛んに行われていることを示唆していると考えられる。また、性別差については、男性のニーズは女性より大きいが、女性のニーズも少なからず存在していることがわかったという。なお、最新のセックスロボットを性的な用途だけではなく、有意義な会話を行い、家事を手伝ってくれたり、アシスタントや受付係としても働けるようにすることをメーカ側が狙っている。従来の使い方にとどまらず、より社会福祉につながるような新型のセックスロボット、すなわち高齢者の孤独を癒やし、さらに高度化することで障害者の世話もすることができるようになる暁がいつになるかまだ未知だが、必ず訪れてくると信じる。

以上のデータ及び一部の文章は「ロボットとの『性的な未来』に関する 7 つの考察、「Responsible Robotics」がレポートを発表」による

https://robotstart.info/2017/09/04/about-sex-robots.html

題64 筆者が最も言いたいことは何か？

1 男女を問わず、セックスロボットに対するニーズはほとんど同じであること。

2 セックスのボットの市場には、そろそろ終止符を打つべきであること。

3 メーカの立場からすれば、更なる娯楽の機能を開発するのは仕方がないことである。

4 古い発想を一転させ、ロボットに新たな任務を持たせるのは今後の流れであること。

1　「あたし、ちっとも美人じゃないわ。うまいことおっしゃっても、信じられないわ。」

その部屋の住人である女は言った。婚期を逸した年齢で、たしかにそう美人でもない。

「いや、あなたは美しい。内面からにじみ出る、真の美しさです。いますぐ婚約したい。」

青年はさっきから愛の言葉を口にしつづけていた。彼は金がないが、美男子。それを売りものに結婚詐欺を常習としている。この女がかなりの金を持っているのに目をつけ、なんとかこの段階までこぎつけたのだ。

「そんなにまで思ってくださるなんて……」

女の口調は軟化しかけた。青年は内心でにたりとする ***。ここでもう一押しすれば、ひさしぶりに大金を手にすることができるのだ。

その時、ドアのそとで声がした。

「開けてください。警察の者です……」

それを聞き、青年はびくりとする。さては旧悪がばれたか。せっかくもう一息なのに。といって、逮捕されてはすべてが破滅だ。彼は窓から逃げる。しかし、そこは二階であり、落ちたあげく足をくじいた。

うずくまり「痛い」と泣きわめく青年を助け起しながら、警察の一人が言った。

228

「痛いぐらいですみ、あなたは幸運ですよ。われわれはあの女を逮捕に来たのです。あの女、巧妙に男を引き寄せ、婚約し、生命保険に加入させる。それから事故死に見せかけて殺す。これを何回もやり、けっこう金をためやがった……」

*** にたりとする：声を出さずに、薄気味の悪い笑いを浮かべる。

星新一の「つなわたり」による

題65 「そんなに」は何を指しているのか？

1 女がかなりの金を持っていること。

2 青年がいますぐ婚約したいと言ったこと。

3 女の婚期を逸した年齢を青年が受け入れたこと。

4 女はちっとも美人ではないが、真の美しさを持っていると青年が認めたこと。

題66 物語の内容にあっているのはどれか？

1 男の人は美男子じゃない。

2 女の人だけが詐欺師だ。

3 男も女もさほどお金を持っていない。

4 女の人は今は独身だが、結婚歴がある。

題67 「痛いぐらいですみ、あなたは幸運ですよ」と言った警察の本音はどれか？

1 体を痛めたのはご自分の責任だ！

2 殺されなかったことがラッキー！

3 もう少しで金持で美人と結婚できそうになったのは惜しかった！

4 痛くさせてしまって申し訳なかった！

2 メスとオスの２匹の鳩が、小麦を巣いっぱいに詰めた。そしてオス鳩が「まだまだ野原で食糧が見つかる間は、巣に蓄えた小麦を食べないようにしよう。なぜなら、冬が来て草原に何もなくなったら、ここに来て食べるのだ」とメス鳩に言った。

メス鳩は「それはいい考えね」と喜んで同意した。ところで、彼らが詰めたときには穀物が湿っていたので、直ちに巣いっぱいになった。しかし、オス鳩が旅に出かけてから夏が来て、穀物は乾くとともに、体積が縮んで量が減ったかのように見えた。帰ってきたオス鳩はそれを見て、「この中のものは一粒も食べてはいけないと決めたんじゃないか？それなのにどうして食べたか」とメス鳩を責めた。一粒も食べなかったと誓ったメス鳩を、オス鳩は信じなかった。挙句にお果てに、鋭い嘴でメス鳩を突っつき、叩き殺してしまった。

やがて再び冬が来て雨が降り出すと、穀物は湿り、元のように体積が膨らんで巣を満たした。それを知ったオス鳩は後悔し、亡骸の傍に寝て、メス鳩を呼んだ。「あー、神よ、まさか俺への試練というものだったのでしょうか。あー、お前よ、いくら呼んでももうお前は戻りっこないよね。だとしたら、生きていて一体何のためになるんだろう」と嘆いた。

良識のある人は、決して懲罰や刑を急いではならず、特にこのオス鳩の場合のように、自分の犯した過ちを後悔すればするほど苦しみが倍増するということを知らなければならない。

アラビア集『カリーラとディムナ』の「二羽の鳩」より一部改

題68 「小麦を食べないようにしよう」と決めたのはなぜか？

1　小麦はまだ食べられないからだ。

2　先に他のものを食べたほうが良いからだ。

3　将来ほかの鳩と分かち合うことができるからだ。

4　野原にライバルがいなくなってから食べに来るからだ。

題 69 | 「それ」とは、何を指しているのか？

1 穀物の体積が膨らんでしまうのは、神が彼に下した試練だったということ。

2 メス鳩が亡くなっていくら呼んでももう戻りっこないということ。

3 穀物の量は少しも減っていないということ。

4 夏より冬のほうが穀物の体積が縮んでしまいがちだということ。

題 70 | 物語が最も言おうとしていることは何か？

1 過去の教訓を忘れるべきではない。

2 生きている間に有意義な生き方を探し続けることだ。

3 日頃準備しておけば、いざ危機が訪れてきても恐れることはない。

4 物事の判断に当たっては、心にゆとりを持たせるべきだ。

---

3 | この頃、台湾では「鮭魚之亂」と呼ばれる騒ぎが相次いで起こっています。その発端となったのは、とある日本の寿司チェー店が「名前に『鮭魚』が入っている人は、身分証明書を提出した上で、同席した1テーブル6人まで会計が無料になる」というキャンペーンを打ち出したことでした。本来は中国語の「鮭」（guī）や「魚」（yú）と同じ読み（音声不問）の漢字が入っている人を対象にした割引キャンペーンも実施しており、むしろこちらのキャンペーンのほうが目玉だという店側の魂胆 *** でしたが、台湾の若者たちはこのキャンペーンに乗じて名前を「鮭魚」に改名し始めており、キャンペーン期間の2021年3月17日、18日の2日間で該当の店ですしを食べまくっているとのことでした。現地のメディアによると、キャンペーン目的で名前を改名した人は約150人に上るそうで、改名がさほど珍しくない台湾でも異例の騒ぎとなっています。

台湾では原則として３回まで名前を変えることができますが、改名した人たちは、キャンペーンを満喫した後は元の名前に戻すと予想されるため、３回の改名機会のうち２回を使うこととなります。一部の役所関係者や政治家の方たちは「このような改名は時間を無駄にするのみか、不必要な事務処理まで引き起こしてしまう！」や「すでに世界中に醜態を晒し出している＊＊＊よ！」や「親御さんが授けてくれた名前をもっと大切にしろ！」と述べ、様々な観点で改名を停止するように国民へ呼びかけながら、さらなる国民教育を通して再発の防止を図ろとする見込みです。

＊＊＊ 魂胆：つもり、もしくは計算。

＊＊＊ 晒す：見られてはいけない物や見られたくない物が見られてしまう。

題 71　「こちらのキャンペーン」と「このキャンペーン」は何を指しているか？

1　共に「名前に『鮭魚』が入っていればタダで寿司が食べられる」ことを指している。

2　共に「『鮭』や『魚』と同じ読みの漢字が入っていれば、寿司を安く食べられる」ことを指している。

3　前者は「名前に『鮭魚』が入っていればタダで寿司が食べられる」ことを指しており、後者は「『鮭』や『魚』と同じ読みの漢字が入っていれば、寿司を安く食べられる」ことを指している。

4　前者は「『鮭』や『魚』と同じ読みの漢字が入っていれば、寿司を安く食べられる」ことを指しており、後者は「名前に『鮭魚』が入っていればタダで寿司が食べられる」ことを指している。

文章が言及している、改名がもたらした（＝引き起こした）悪影響でない

ものはどれか？

1　名誉の損害。

2　時間の無駄。

3　道徳の違反。

4　食料の浪費。

題 73 文章をもとに、キャンペーン後、暫くの間どのような状況が発生し得るか？

1　名前の尊さについての学校の授業が増える。

2　同様の寿司関連のイベントが中止される。

3　今回の騒ぎで急に仕事量が増加した役所関係者に手当を支払う。

4　改名についての法律が再考案される。

問題 12　　次のAとBは、「夫婦別姓導入に賛成するかどうか」についての
アンケート結果である。AとBの両方を読んで、後の問いに対す
る答えとして最もよいものを、1・2・3・4から一つ選びなさい。

相談者：

結婚後も、希望する夫婦はそれぞれの姓（名字）でいられる
「選択的夫婦別姓」の導入について賛成していますか？反対していますか？

賛成者：

夫婦同姓が法律によって決められているのは世界で唯一日本だけではないでしょうか。家族の結束はある意味婚姻関係によって実現化できま

すが、同一姓でなければ夫婦や家族の絆が壊れるというなら、日本以外の国々はみんな家族崩壊しているのでしょうか？夫の姓に改姓するのが日本ではあたりまえだと思われていて、実際に96%以上もの女性が夫の名前に改姓をしています。同一姓強制は実態としては女性差別です。選択的夫婦別姓が認められないなんて、人の結婚や名前や家庭に土足で踏み込むようなものです。同姓にしたい人は同姓に、別姓にしたければ別姓で不利益がないように法制度を整えるべきです。それで誰かが被害を受けることはありません。現在不利益を被っている女性たちがたくさんいるのです。

反対者：

人間は決して独りでは生きられず、社会の中で生きてゆく存在である。社会の最小単位である「家族」が一体感をもつために、夫婦同姓はきわめて有効だと思う。夫婦いずれかの改姓は、多少の不便さを伴うがゆえに、結婚に対する「覚悟」や家族の円満をを強いるものであり、夫婦の絆を強くしている。兄弟姉妹が家族全員と同じ姓を共有することで、社会の最小単位である「家族」の連帯感が強まる。これは、ひいては、同じ姓を共有する親戚、先祖、子孫を大事にし、同じ会社、地域、国の人間を大事にする気持ちにつながってゆく。

題74 **賛成者にとって「夫婦同姓」を反対する最も大きなキーワードは何か？**

1 被害を受けている女性。　　　　2 他国に軽視されている日本。

3 崩壊しつつある家庭の増加。　　4 系統として整っていない法律。

題75 **賛成者と反対者が共感を持っていることは何か？**

1 夫婦同姓は男女差別をなくす上できわめて有効である。

2 夫婦同姓は実行するに際しては多少の不便さが生じる。

3 良き家族の絆は婚姻関係によって築かれる強化される。

4 夫婦同姓は日本のみならず、他の国々も直面している。

名画「レディ・ジェーン・グレイの処刑」

左に巨大な円柱があり、宮殿の一間とおぼしき *** 場所で処刑が行なわ
れようとしている。その円柱にすがりつき ***、背中を見せて泣く侍女
と、失神しかける侍女。…… (中略) ……

若き元女王は真新しい結婚指輪だけを嵌め、サテン *** の艶やかな純白ド
レスは花嫁衣装のようでもあり、自己の潔白を主張するかのようでもあ
る。目隠しをされたため、首を置く台のありか *** がわからず手探りす
るのを、中年の司祭が包み込むように導こうとしている。台には鉄輪が
嵌められており、動かないように鎖で床に固定されている。ジェーンの
身分を考慮した房付きの豪華なクッションが足もとにあり、ここに腹這
い *** となって首を差し出すのだ。床には黒い布が敷かれ、その上に血
を吸うための藁が撒いてあるのが、その先を想像させて胸を衝く。

右には赤い帽子、赤いホーズといった派手ななりの死刑執行人が立つ。大きな斧は刃が分厚く、日本刀の「斬る」というイメージと違って、いかにも「叩き潰す」という感じが伝わってきて恐ろしい。彼は腰にロープとナイフも用意している。ロープは手を縛るためのものとして、ナイフはいったい何のためだろう？これも実は首の切断に必要だったのだ。……（中略）……

それにしても、この絵に描かれた処刑人には違和感を覚える。こんな仕事は気が進まないと言わんばかりに、憐れみの眼差しを前女王へ投げかけているわけだが、そんなことより一撃で終わりにするぞという気迫を示してくれた方がよほどありがたい。……（中略）……

全体に本作は、感傷に溺れすぎているのが難 *** である。ふたりの男性の醸し出す憐憫の情だけで十分なのに、侍女たちのオーバーアクションが目立つ。……（中略）……

だが瑕疵が目立つにもかかわらず、この絵には一度見たら忘れがたい力がある。脇役はどうでも、主役の圧倒的存在感で成功する舞台のように、ジェーン・グレイの大きな魅力が全てを決している。残酷な運命を前に抵抗するでなく怯えるでなく、周りの悲嘆に耳をかさず、覚悟を決めて従容と *** 死につこうとしているジェーン・グレイ、彼女のそのはかない一輪の白い花のような姿、散る直前の匂い立つ美しさが、見る者の胸を揺すり痛みを与える。

若々しく清楚な白い肌のこの少女は、一瞬後には血まみれの首なし死体となって、長々と横たわっているのだ。そこまで想像させて、この残酷な絵は美しく戦慄的である。

中野京子『怖い絵　泣く女篇』の「レディ・ジェーン・グレイの処刑」による

*** おぼしき：と思われる。

*** すがりつく：頼りにして、しっかりとつかまる。

*** サテン：高級な服の素材。

*** ありか：ある場所。

*** 腹這い：腹を下にして横になる。

*** 難：欠点。

*** 従容と：慌てずゆったりと落ち着いている。

題 76 **情報として正しいのはどれか？**

1 西洋の斧の使い道は日本刀と似ている。

2 処刑人たちは少しも元女王に同情を見せていなかった。

3 元女王は死ぬ前に目が見えないように仕掛けられていた。

4 元女王の身分を考慮した上で、より高貴なナイフが用意された。

題 77 **この絵の最も大きな弱点は何だと指摘されているのか？**

1 嘘の内容が描かれすぎこと。

2 状況説明が省かれ過ぎたこと。

3 必要な以上にキャラクターの情を見せたこと。

4 必要な以上に歴史の恐怖を強調したこと。

題 78 **文章をもとに、元女王ジェーンが死ぬ前どんな言葉を残したと考えられ得るか？**

1 「それでは、喜んで死なせていただきます！」

2 「ね、どうしてあたしが死ななくちゃいけないの？」

3 「まったく、君ら、自分がどんな罪を犯しているか分かりますか？」

4 「あたしじゃなくて、あの子（侍女）を殺したらどう。それにお金なら
いっぱいあるよ……」

　　　日本の自殺事情に関する「自殺者数の年代別統計」と「男女別・月別の自殺者数の推移」という資料である。後の問いに対する答えとして最もよいものを、1・2・3・4から一つ選びなさい。

（1）「自殺者数の年代別統計」

2019年まで10年連続で自殺者数は減少していた

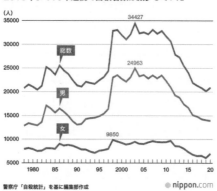

警察庁「自殺統計」を基に編集部作成　　　● nippon.com

（2）「男女別・月別の自殺者数の推移」

男女別・月別の自殺者数の推移

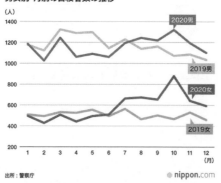

出所：警察庁　　　● nippon.com

Japan data の「2020 年の自殺者、11 年ぶりに増加：コロナ影響か、女性が急増」による

https://www.nippon.com/ja/japan-data/h00923/

国内の年間の自殺者は 97 年までは長年 2 万人台で推移したが、98 年から 14 年連続で 3 万人を超え、03 年には最多の 3 万 4427 人になった。その後、景気回復や、相談体制の拡充をはじめとする地域の取り組み強化を背景に、10 年連続で前年より減少していた。厚生労働省では、「自殺はその多くが追い込まれた末の死であり、その多くが防ぐことができる社会的な問題」であるとして、保健、医療、福祉、教育、労働その他の関連施策と連携を図り、総合的な自殺対策を推進するとしている。

題 79 | 情報として正しいのはどれか？

1 2019 年に比べて、2020 年には女性自殺者は減った。

2 2019 年も 2020 年も上半期に比べて、下半期に自殺した人が多かった。

3 2019 年に比べて、2020 年には男性の総自殺人数が大幅に増えた。

4 「自殺者数の年代別統計」では、男性より女性のほうが全体と似た傾向を示している。

題 80 | 図の下の説明文をもとに、仮説として最も立てられそうなのはどれか？

1 2021 年はコロナの弱まりによって一年ぶりに総自殺者の数が減るでしょう。

2 2020 年女性の自殺者が増えたのは、雇用などに対する不安があったからでしょう。

3 2020 年男性自殺者が前年より少なかったのは、景気回復が一番の理由だったからでしょう。

4 自殺対策の推進によって総自殺者の数は再び 3 万人を超えることはないでしょう。

JPLT

N2

N2 模擬試験

問題1	問題1では、まず質問を聞いてください。それから話を聞いて、問題用紙の1から4の中から、最もよいものを一つえらんでください。

題1

1

2

3

4

題2

 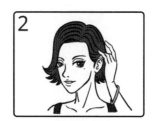

題3

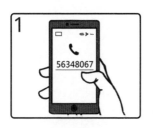 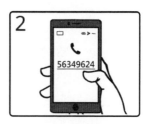

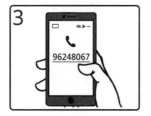 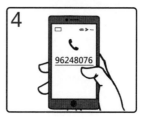

題4

1 弱 　　　　 2 棗 　　　　 3 門 　　　　 4 卡

題5

1 午前8時 　　 2 午前10時 　　 3 正午12時 　　 4 午後2時

問題2では、まず質問を聞いてください。そのあと、問題用紙を見てください。読む時間があります。それから話を聞いて、問題用紙の1から4の中から、最もよいものを一つえらんでください。

題6

1 ガソリン代が安くなるから。

2 税金が安くなるから。

3 駐車場が狭いから。

4 車のセールスさんが美人で説明の仕方も上手だったから。

題7

1 勉強しなかったので自信がない。

2 勉強しなかったけど自信はある。

3 受験番号が縁起が悪いけど、気にしない。

4 受験番号が縁起が悪いので、心配している。

題8

1 やっと同僚に認められたから。

2 昔の状況に戻ったから。

3 課長に昇進の話を約束されたから。

4 給料が上がったから。

題9

1　患者さんがお酒を飲んではいけないのに、飲んでもいいと言ったこと。

2　患者さんに精密な検査を受けさせていないのに、受けさせたと言ったこと。

3　患者さんが重い病気にかかっていないのに、かかっていると言ったこと。

4　患者さんが重い病気にかかっているのに、かかっていないと言ったこと。

題10

1　赤ちゃんと血縁関係があったからです。

2　おじいちゃんと同じ歳だったからです。

3　おじいちゃんと同じ歳だったからです。

4　死んだ人に呪われたからです。

題11

1　こっそり AV を見たからです。

2　AV を見たのに見たことがないと言ったからです。

3　たけし君の本当のお父さんじゃなかったからです。

4　必要もないのに、残酷な機械を買ってきたからです。

問題3　問題3では、問題用紙に何もいんさつされていません。この問題は、ぜんたいとしてどんないようかを聞く問題です。話の前に質問はありません。まず話を聞いてください。それから、質問とせんたくしを聞いて、1 から 4 の中から、最もよいものを一つえらんでください。

－ メモ －

題 12

| **1** | **2** | **3** | **4** |

題 13

| **1** | **2** | **3** | **4** |

題 14

| **1** | **2** | **3** | **4** |

題 15

| **1** | **2** | **3** | **4** |

題 16

| **1** | **2** | **3** | **4** |

問題4 問題4では、問題用紙に何もいんさつされていません。まず文を聞いてください。それに対する返事を聞いて、1から3の中から、最もよいものを一つ選んでください。

－ メ モ －

題 17

| **1** | **2** | **3** |

題 18

| **1** | **2** | **3** |

題 19

| **1** | **2** | **3** |

題 20

| **1** | **2** | **3** |

題 21

| **1** | **2** | **3** |

題 22

| **1** | **2** | **3** |

題 23

| **1** | **2** | **3** |

題 24

| **1** | **2** | **3** |

題 25

| **1** | **2** | **3** |

題 26

| **1** | **2** | **3** |

題 27

| **1** | **2** | **3** |

28 番、29 番

問題用紙に何もいんさつされていません。まず話を聞いてください。それから、質問とせんたくしを聞いて、1 から 4 の中から、最もよいものを一つ選んでください。

題 28

1	2	3	4

題 29

1	2	3	4

30 番 まず話を聞いてください。それから、二つの質問を聞いて、それぞれ問題用紙の 1 から 4 の 中から、最もよいものを一つ選んでください。

題 30

質問 1

1　最新の機械　　　　　2　和菓子
3　見本　　　　　　　　4　セーター

質問 2

1　一つ

2　二つ

3　三つ

4　上記の文章では判断のしようがない。

答案、中譯與解說

1

題1 答案：4

中譯：在京都，除非至少有 100 年左右的歷史，否則不會被承認為老店。

題2 答案：4

中譯：今晚有祭典／廟會，打算穿浴衣再襯上日式短布襪外出。

題3 答案：2

中譯：聽說你歌聲美妙，如果不介意的話，可否獻唱最拿手的一曲？

解說：可以唸成「じゅうはちばん」或是「おはこ」（お箱＝箱子），中文是「得意的事／拿手絕活」。這個詞源自於歌舞伎，據說歌舞伎歷來共「十八種」拿手曲目，都會被放入一個「箱子」裏珍藏。

題4 答案：3

中譯：爸爸：喂，你這孩子別急着要吃，不拿走湯裏的浮沫是不好吃的。
孩子：我知道了。

2

題1 答案：1

解說：《万葉集》第 10 卷 1844 有「寒過　暖来良思　朝烏指　泮鹿能山尓　霞軽引」一歌，此萬葉假名（有關萬葉假名，請參考有關萬葉假名，請參考本書 **9** 漢字知識⑨～万葉仮名）的讀音是「冬(ふゆ)過ぎて春(はる)来るらし朝日(あさひ)さす春日(かすが)の山(やま)に霞(かすみ)たなびく」，可見除了「春(はる)」是「暖」的義訓外，「冬(ふゆ)」也是「寒」的義訓。

題2 答案：4

解說：「バック」是英語 back 的片假名，與「背景」一詞意思貼近。

題3 答案：2

解說：「くらし」本來的漢字是「暮らし」，表示「生活」。

題4 答案：4

解說：「はなれて」本來的漢字是「離れて」，表示「分開／離別」，與「距離」的意思最接近，可視為其潛在義訓。

題1 答案：3

解說：1是「出産」、2是「出張」、4是「出世」(出人頭地)。

題2 答案：3

解說：1是「輸入」、2是「手術」、4是「主従」。

題3 答案：2

解說：「消耗」慣性讀法是「しょうもう」；「依存」慣性讀法是「いぞん」；「情緒」慣性讀法是「じょうちょ」。

題4 答案：3

解說：「官能」只能讀「かんのう」，「感応」是由「かんおう」演變成「かんのう」，「観音」是由「かんおん」演變成「かんのん」，可參照《3天學完N3‧88個合格關鍵技巧》 **13** 連声（連聲）。

4

題1 答案：1

解說：本家中文表示「非常」的意思，如太好了，太漂亮了等。而日語則表示「肥胖」，故國訓是「太<ruby>ふと</ruby>る」。題外話，中文的「太」字，還有「初」的意思，如「太初」、萬物之始的「太陽」等，日語亦同時引用這個觀念，如從前第一個男孩子出生叫「太郎<ruby>たろう</ruby>」，故除了「ふとる」，「太」還和「一」(某套日本偵探漫畫的主角)、「初」、「肇」、「始」等，訓讀同唸「はじめ」！

題2 答案：3

解說：本家中文表示「無雜念」或「衝上」的意思，而日語獨自的國訓是「おき」，表示「海上」。

題3 答案：1

解說：本家中文表示「爽朗的山風」，而日語獨自的國訓是「あらし」，表示「暴風雨」。

題4 答案：4

解說：「夫<ruby>おっと</ruby>」中日均表示「丈夫」；「姨<ruby>おば</ruby>」中日均能表示「母親的姐妹」；「孫<ruby>まご</ruby>」中日均可以表示「孫」。唯獨「娘<ruby>むすめ</ruby>」本家中文在古代是表示「母親」的意思，而日語則表示「自己的女兒」。

5

題1 答案：2

中譯：今年夏天的酷熱天氣終於過了最高峰。

解說：「峠」是「山巔／頂峰」意思；「裃」表示「傳統日本男性和服中的上下身禮服」，而「鞐」主要表示附在「足袋」上的一種「別扣」。

題2 答案：3

中譯：說起那家店真氣人，先別說味道，對客態度非常差勁，令人討厭。

解說：「癪に障る」是一組慣用語，表示「令人討厭，惹人生氣」。

題3 答案：4

中譯：你家的小申，雖只是個3歲兒童，但管教得很好哦。

解說：拆開「躾」一字，可理解為「美しい身」，正是「教養」的意思。

題4 答案：4

中譯：這套電視劇匯集了眾多有名的演員，但那邊廂，說起故事的發展嘛，則感覺有點前後矛盾，不合邏輯。

解說：「辻」說的是「兩條道路匯合的十字路口」，另外用於裁縫用語的時候說的是「接縫處呈現出十字狀樣態」；「褄」則表示「和服左右兩袖對稱」的意思，故「辻褄が合う」表示「有條理／符合邏輯」。

6

題1 答案：3

解說：從「㐂寿」字形可推測為77歲。

題2 答案：2

解說：從「傘寿」字形可推測為80歲。

題3 答案：3

解說：「卆」是「卒」的異體字，故「卒寿」可寫成「卆寿」。其他的還有「還暦」（還原到暦法＝甲子之始，60歲）；「古希」（人生七十古來稀，70歲）；「米寿」（「米」可拆為「八十八」，88歲）；「白寿」（「白」再加「一」就是「百」＝99歲）等。

題4 答案：3

解說：參見附圖。

7

題1 答案：4

中譯：住在自由之丘的朋友帶了我去代代木。

解說：當用在一些固有地名時，「ヶ」會讀成「が」。

題2 答案：1

中譯：去了代代木公園之後，突然遇見兼職公司裏那叫佐佐木的同事。

題3 答案：1

解說：「訳」、「択」、「沢」正規的漢字是「譯」、「擇」、「澤」，但「叺」沒有更正規的漢字。

題4 答案：2

解說：如果重複的漢字是兩組獨立的漢字如「会社社長」/「民主主義」，一般不會寫成「会社々長」/「民主々義」。其他的「明々白々」「赤裸々」「我々」都是正確寫法。

8

題1 答案：4

解說：「非道」音讀是「ひど」，又與「ひどい」（過分／無情／殘酷）的意思配合得天衣無縫。

題2 答案：1

解說：「鯛」的發音令人聯想到「おめでたい」，在日本是很吉祥的食物。

題3 答案：1

解說：「愛羅武勇」四字的音讀為「あい　ら　ぶ　ゆう」，日本年輕一代（特別是「暴走族」＝「飛車黨」或「不良／チンピラ」＝「小流氓」）用以表示 I love you。

題4 答案：2

解說：日語的「露」是「露西亜」，即俄國的簡稱。「正露丸」是日本陸軍的軍用藥品，舊名為「征露丸」，據說最早用於日俄戰爭時，故名。

9

題1 答案：1

解說：把「止良衣毛无」還原成現代日語，「止」的訓讀是「と（ど）」；「良」的音讀是「ら」；「衣」的音讀是「え」；「毛」的音讀是「も」；「无」的音讀是「ん」，所以是多啦 A 夢。

題 2	答案：4
	解說：把「於波与宇」還原成現代日語，「於」的音讀是「お」；「波」的音讀是「は」；「与」的音讀是「よ」；「宇」的音讀是「う」。
題 3	答案：3
	解說：把「楚者」還原成現代日語，「楚」的音讀是「そ」；「者」的訓讀是「は（ば）」。
題 4	答案：3
	解說：「十六」為何萬葉假名為「しし」？原因是源於「4X4 = 16」這計算。這「しし」亦是「猪＝野猪」（但亦有人認為是「鹿」）的簡稱。

10

題 1	答案：3
	解說：參考本文例外 II。
題 2	答案：1
	解說：參考本文例外 I。
題 3	答案：1
	解說：參考本文例外 III。
題 4	答案：3
	解說：參考本文例外 IV。

11

題 1	答案：4
	解說：三個都是把訓讀改成漢風音讀的例子，「返事」源自「返り事」；「見物」源自「見物」；「出張」源自「出張り」。
題 2	答案：3
	解說：19 世紀時，電話、電報先後問世，當時正值和製漢語大行其道之時，故先後被創造出來。電視是 20 世紀的產物，這時的日本，和製漢語的創作熱潮已退，故只用片假名「テレビ」。
題 3	答案：1
	解說：「放題」、「達人」、「中二病」乃不折不扣的和製漢語，而「超」和「性格的」的「的」，筆者則視為接頭結尾詞。
題 4	答案：2
	解說：有別於中文的「桌球」（或「台球」），日語的「卓球」是乒乓球的意思。

12

題 1 答案：1

中譯：雨後的山道非常容易滑倒，千萬要注意腳下。

題 2 答案：1

中譯：妻子：孩子已經 5 歲了，可行為還像一個嬰孩似的。

丈夫：他是個愛撒嬌的孩子，也真沒辦法。

題 3 答案：1

中譯：唸小學時因為喜歡吃豬肉，因此被朋友起了「豬八戒」這個綽號。

題 4 答案：4

中譯：睡前養成一定要漱口的習慣。

解說：1　刷牙　　　　　　2　洗澡

　　　3　上廁所　　　　　4　漱口

題 5 答案：3

中譯：我挖鼻屎這個動作就是個信號，見到時就開始行動。

解說：1 應為「あいつ＝那傢伙」，2 應為「図＝圖」，4 應為「相槌を
打つ＝一唱一和」。

題 6 答案：4

中譯：明天要坐飛機，不能說「跌落」這樣不吉利的話。

解說：1 應為「血緣＝血緣」，2 和 3 均為「ご緣＝緣分」。

13

題 1 答案：3

中譯：還沒付錢就想離開，你這不是吃「霸王餐」嗎？

題 2 答案：2

中譯：這個地區以居住着很多年輕一代、充滿朝氣而聞名。

題 3 答案：2

中譯：我那叫木村的下屬是個不懂親切待人的傢伙，真是遺憾。

解說：1　不能呼吸　　　　　　　　2　不懂體貼 / 照顧他人

　　　3　不擅長說話　　　　　　　4　不能把資料分類妥當

| 題4 | 答案：4 |

中譯：直覺敏銳。

解說：1 第一印象　　　　　　　　2 第二語言

　　　3 第三者　　　　　　　　　4 第六感

| 題5 | 答案：3 |

中譯：明明沒人在房子裏，卻總覺得有人的動靜。

解說：1 應為「気にしない＝不介懷」，2 應為「気分＝心情」，4 應為「気が付く＝意識到」。

14

| 題1 | 答案：3 |

中譯：不介意的話，可否把兩位到離婚為止的經過告訴我？

| 題2 | 答案：1 |

中譯：聽說那是要排隊才能吃得到的超美味餐廳，但被告知「你得等5個小時哦」，實在感到掃興之至。

| 題3 | 答案：2 |

中譯：他對任何事，都有着過於擔憂、考慮太多的習慣。

解說：1 興趣　　　　　　　　　2 習慣

　　　3 能力　　　　　　　　　4 缺點

| 題4 | 答案：1 |

中譯：對於事件如有任何頭緒／綫索，務必告知！

解說：1 hint：頭緒／綫索　　　2 tips：小費

　　　3 sensor：感應器　　　　4 slice：薄切

| 題5 | 答案：4 |

中譯：顧客服務部是指以顧客為對象，接受投訴的部門。

解說：1 應為「苦境＝困境」，2 應為「苦痛＝痛苦」，3 應為「苦悩＝苦惱」。

15

| 題1 | 答案：1 |

中譯：你知道喝完奶的嬰兒是很容易打嗝的嗎？

解說：1　打嗝：你知道喝完奶的嬰兒是很容易打嗝的嗎？

　　　2　止咳：你知道喝完奶的嬰兒是很容易止咳的嗎？

　　　3　眼花：你知道喝完奶的嬰兒是很容易眼花的嗎？

　　　4　耳鳴：你知道喝完奶的嬰兒是很容易耳鳴的嗎？

題2　答案：2

中譯：補習老師：你看，把 b 上下再左右顛倒，那不是變成 q 了嗎？

　　　學生：對不起，我以後會小心的。

題3　答案：3

中譯：小說的草稿雖已完成，但還需要不斷修正。

解說：1　climax：高潮　　　　　　　　2　client：客戶／患者

　　　3　draft：草稿　　　　　　　　　4　trauma：精神創傷

題4　答案：4

中譯：不早點準備的話，會趕不上電車哦。

解說：1 和 3 應為「支援＝支援／協助」，2 應為「支持＝支持」。

題5　答案：2

中譯：如果不妨礙到你的話（不介意的話），請告訴我詳細的情況。

解說：1 應為「とりあえず＝首先」，3 應為「支え＝支持／協助」，4 應為「反対＝反對／阻力」。

16

題1　答案：3

中譯：這篇論文是把焦點放於落語怎樣引人發笑這重心而寫的。

題2　答案：1

中譯：主角自不待言，任何作品，如果沒有配角的話也不能成事的。

解說：1　配角：主角自不待言，任何作品，如果沒有配角的話也不能成事的。

　　　2　臭狐：主角自不待言，任何作品，如果沒有臭狐的話也不能成事的。

　　　3　腋下：主角自不待言，任何作品，如果沒有腋下的話也不能成事的。

　　　4　特別理由／難言之隱：主角自不待言，任何作品，如果沒有特別理由／難言之隱的話也不能成事的。

題 3　答案：1

中譯：昨天的課堂老師教了一句「狗走路時也會被棒子打到」，表示「無妄之災」的慣用語。

解說：1　phrase：慣用語　　　　　2　friend：朋友／友好

　　　3　brand：牌子／名牌　　　4　price：價錢

題 4　答案：3

中譯：所謂「惡性循環」，比方說工作失敗，既惹前輩生氣，自己又失去自信，然後怕再次失敗而最終不能磨練挑戰精神這種事吧。

解說：1　但仍然鼓起勇氣向前輩請教，表現積極姿態。

　　　2　但無懼失敗，最終養成敢於對任何事情作出挑戰的習慣。

　　　3　然後怕再次失敗而最終不能養成挑戰精神一事吧。

　　　4　最後覺悟到誰也有不擅長的項目，而對前輩採取無視的態度。

題 5　答案：1

中譯：籃球是一項重視團體精神的運動，所以個人主義嘛，可免則免。

解說：2 應為「主張＝論點／意見」，3 應為「主旨＝主題」，4 應為「主流＝主流」。

17

題 1　答案：3

中譯：這難以想像是出自業餘人士之手，確切來說是可以與專家匹敵的作品吧！

題 2　答案：4

中譯：聽說雄太和幸子以結婚為前提，開始了交往。

解說：1　常識：聽說雄太和幸子以結婚為常識，開始了交往。

　　　2　前菜：聽說雄太和幸子以結婚為前菜，開始了交往。

　　　3　喪禮：聽說雄太和幸子以結婚為喪禮，開始了交往。

　　　4　前提：聽說雄太和幸子以結婚為前提，開始了交往。

題 3　答案：1

中譯：說是說「放題」（隨便吃），但對時間和吃剩的東西等事宜，並非沒有限制。

題 4　答案：2

中譯：我為了讓鄰家的狗兒能自由進出我家，特意為牠在籬笆中間打開了一個空隙。

解說：1 spray：噴霧 　　　　　2 space：空隙
　　　3 span：期間 　　　　　4 sponge：海綿

答案：1

中譯：心理質素強（能堅持到底）的人，與自我意識強的人是不可同日而語的。

解說：2 應為「真の＝真正的」，3 應為「真摯＝真誠／認真」，4 應為「心中お察しします＝我理解你的心情」。

18

答案：3

中譯：個人認為，過了 40 歲後，時間流逝得比以前更加快了。

答案：3

中譯：為了讓年幼的孩子安心吃魚，縱使剔取魚骨是一件很花功夫的事，但很多父母仍然不敢掉以輕心。

答案：2

中譯：這條路的盡頭之處是我從前的家。

答案：4

中譯：關於明日的程序／安排，沒有甚麼不明白的地方嗎？

解說：1 appointment：預約 　　　2 account：戶口
　　　3 amusement：娛樂 　　　4 arrangement：安排

答案：2

中譯：「總是唉聲嘆氣的話，幸福會溜走的」——你有否聽過這句話？

解說：1 應為「躊躇い＝猶豫」，3 是沒有「溜息でした」這種用法，4 如要結合「長」字的話應為「長嘆息」。

19

答案：1

中譯：哪怕只是一句話，也有可能對聽的一方的往後人生產生巨大的影響，不是嗎？

題 2　答案：1
中譯：在近代德國心理學這個領域上，恐怕無人能與他匹敵吧！

題 3　答案：1
中譯：日本人有一邊喊「萬歲」這詞，一邊多次高舉雙臂的習慣。
解說：1　萬歲：日本人有一邊喊「萬歲」這詞，一邊多次高舉雙臂的習慣。
　　　2　犯罪：日本人有一邊喊「犯罪」這詞，一邊多次高舉雙臂的習慣。
　　　3　破產：日本人有一邊喊「破產」這詞，一邊多次高舉雙臂的習慣。
　　　4　防止犯罪：日本人有一邊喊「防止犯罪」這詞，一邊多次高舉
　　　　雙臂的習慣。

題 4　答案：4
中譯：如果再向對方妥協的話，站在個人立場也好，民族立場也好，自
　　　尊心難以容許。
解說：1　slide：幻燈片／滑動　　　2　flight：飛行旅程
　　　3　fried：炸　　　　　　　　4　pride：自尊心／自豪

題 5　答案：3
中譯：對於 A 社未經同意就把敝司的資料上載一事，社長採取了不追究
　　　的寬大方針。
解說：1 應為「方案＝方案」，2 如果沒有「性」或改為「方向性」亦可
　　　（究竟要決定怎樣的事業方針／方向才能在社會中不被淘汰，留存
　　　下來呢？），4 應為「方面＝方面／範疇」。

20

題 1　答案：4
中譯：在日本，為了辨識剛拿到駕照的菜鳥或老年駕駛者，有使用以植
　　　物主題諸如新葉或紅葉等為記號的習慣。

題 2　答案：1
中譯：各人可能有所不同，但作為房租價格的基準，一般都控制在月薪
　　　的 30% 以內。

題 3　答案：1
中譯：因為這裏是「迷路孩子收容站」，所以暫托着與父母失散了的
　　　孩子。

解說：1　暫托着與父母失散了的孩子。

　　　2　為了孩子能健全發展，提供着各式各樣的教育。

　　　3　訓練孩子成為一個能歌善舞的藝妓。

　　　4　積極培養孩子成為有名的圍棋高手。

題4　答案：2

中譯：去向不明的人竟達 20 位。

解說：1　不明白其家族有甚麼成員。　　2　不明白到哪兒去了。

　　　3　不明白甚麼時候遭到傷害。　　4　不明白年紀多大。

題5　答案：3

中譯：對方是業餘人士，要贏他綽綽有餘。

解說：1 應為「余っている＝剩下」，2 應為「裕福（ゆうふく）＝富足」，4 應為「余分（よぶん）＝多餘」。

21

題1　答案：4

中譯：如把日本人諾貝爾獎得獎者的出身大學分類的話，那一般不是東大就是京大吧！

題2　答案：2

中譯：最近旋律快速的歌曲在年輕一代中成為熱潮。

題3　答案：3

中譯：對於客人的小費，哪怕是一分一毫，本店是絕對不會接受的。

題4　答案：3

中譯：我的公司是一個中小企業，社長實施個人主義經營。

解說：1　一個月只上一天班，年末再給我們一個月工資的獎金。

　　　2　早上履行 CEO 的責任，到晚上則從事打掃工作。

　　　3　不聽取員工的意見，任意妄為的任命自己兒子為課長。

　　　4　主要生產「麵包超人」和「海賊王」等角色的產品。

題5　答案：3

中譯：所謂的我行我素，是缺點的同時，也擁有不人云亦云、隨波逐流的一面。

解說：1 應為「マイナー（minor）＝次要 / 不出名」，2 應為「マイルド（mild）＝溫和」，4 應為「マイナス（minus）＝負面」。

22

題1 答案：1

中譯：當了課長也用不着耀武揚威吧，首先，沒家人的幫助那肯定是當不了的……

題2 答案：4

中譯：我喜歡一邊學習一邊聽音樂，但有時候也會分心，所以逐漸覺得這習慣不好。

題3 答案：4

中譯：作為對社長多次削減人事費用的反抗，今早我提交了辭職信。

題4 答案：1

中譯：你盡情哭吧，但哭夠了以後，就把事情的經過告訴我。

解說：1　滿足 / 夠了的話　　　　2　不滿的話

　　　3　有煩惱的話　　　　　　4　死前必須

題5 答案：2

中譯：一生當中，身邊有很多人只會擦肩而過，再也不會見到第二次了，對吧？

解說：1 應為「掻く＝搔癢」，3 應為「殴り合う＝毆鬥」，4 應為「見間違える＝認錯」。

題1 答案：2

中譯：那選手高調宣說這次的奧運只志在奪金，銀牌是不會放在眼內的。

題2 答案：2

中譯：由於怕話會變得冗長，所以不太重要的地方請容許省掉。

題3 答案：3

中譯：日本過年，幾乎一定會發生老人家吃年糕時不慎噎住喉嚨的意外。

解說：1　讓……燃燒：日本過年，幾乎一定會發生老人家吃年糕時，在喉嚨中把年糕燃燒的意外。

　　　2　倒流回：日本過年，幾乎一定會發生老人家吃年糕時，年糕被倒流回喉嚨的意外。

3　使……噎住／卡在：日本過年，幾乎一定會發生老人家吃年糕
　　　　時不慎卡在喉嚨的意外。

　　4　被夾在：日本過年，幾乎一定會發生老人家吃年糕時，年糕被
　　　　喉嚨夾住的意外。

題4　答案：1

中譯：聽那首歌的歌詞時，逐漸感受到填詞人意圖隱藏的那份真正心意。

題5　答案：4

中譯：那個明星在觀眾面前一派紳士風範，但其實經常擺架子，舉止十
　　　分傲慢。

解說：1應為「振り回される＝作弄／折騰」，2應為「構わない＝不要
　　　緊／沒關係」，3應為「見舞われる＝遭受厄運」。

24

題1　答案：3

中譯：2020年1月，敝校的老師以「遊學團」的性質，率領同學前赴
　　　宮崎。

題2　答案：1

中譯：即使質地是如何的好，或是多麼時尚的衣服也罷，總有一天會看
　　　膩的。

題3　答案：2

中譯：追溯到昭和時代的話，至今無人居住的這個小城，那時可是充滿
　　　活力朝氣。

解說：表示「充滿了N」的「N に満ちる」（如「活気に満ちる」＝「充
　　　滿活力」）或是「洋溢着N」的「N に溢れる」（如「ユーモアに
　　　溢れる」＝「洋溢幽默感」），其助詞均是「に」。這是有別於一
　　　般助詞「に」的用法（可參照《3天學完N5・88個合格關鍵技
　　　巧》 34 - 35 に用法① - ②），可與「で」（可參照《3天學完
　　　N5・88個合格關鍵技巧》 37 - 38 で用法① - ②）互換，表
　　　示「原因」，即「源自活力／幽默感這些原因，令某個空間充滿／
　　　洋溢了同樣元素」。

答案：4

中譯：不好意思，從總公司下達許可的話，需要幾天的時間？

解說：1　溢出 / 滿瀉　　　　　　　　2　撤退 / 退出

　　　3　第三者想要　　　　　　　4　給我

題 5　答案：3

中譯：刀和人都一樣，長時間不用的話，哪一天就會生鏽哦。

解說：1 應為「寂しくなる＝變得寂寞」，2 應為「あほ / バカ＝傻瓜 /
笨蛋」，4 應為「滅びる＝滅亡」。

25

題 1　答案：1

中譯：我不會就此罷休，一定會控訴你的。

題 2　答案：2

中譯：妻子為了填補赤字，把一直存下來的私房錢一點一點的使用。

題 3　答案：3

中譯：看到人們拯救那跌進池裏而快要溺斃的松鼠的影像時，眼淚快要
掉下來。

題 4　答案：3

中譯：家裏的大廳，是兼有飯廳和我的工作間功能之地方。

解說：1　大廳只發揮大廳的功能。

　　　2　大廳能發揮大廳和飯廳的功能。

　　　3　飯廳和工作間都在大廳裏。

　　　4　大廳既是工作間，但不能作為飯廳使用。

題 5　答案：3

中譯：看見目光炯炯充滿着活力朝氣的小孩子，疲倦無力的身體也會變
得精神起來。

解說：1 應為「含む＝包含」，2 應為「溜まる＝積壓」，4 應為「輝く
＝發光」。請參照 24 題 3 解說。

26

題 1　答案：3

中譯：長時間正坐的話，腳會麻痺。

解說：1　脫落：長時間正坐的話，腳會脫落。

　　　　2　煮熟：長時間正坐的話，腳會煮熟。

　　　　3　麻痺：長時間正坐的話，腳會麻痺。

　　　　4　移位：長時間正坐的話，腳會移位。

題 2　答案：4

中譯：不要總是靠隊友，請你一個人完成工作。

解說：「やり遂（と）げる」有「做一件事而且結果得償所願」之意，所以是「完成」。

題 3　答案：4

中譯：某詩人曾寫過「有云把人心比喻做甚麼？那似乎是像鷹的心般」。

解說：歌手手嶌葵所唱的名曲「テルーの唄（うた）」裏有：「心（こころ）を何（なに）にたとえよう　鷹（たか）のようなこの心（こころ）　心（こころ）を何（なに）にたとえよう　空（そら）を舞（ま）うよな悲（かな）しさを」一節。

題 4　答案：2

中譯：就算是外表嚴肅的人，偶爾也需要和他人開玩笑哦。

解說：1　說巫女是神道教中不可或缺的部分這超嚴肅的話題。

　　　　2　說之前爬山時朋友的名字叫「山田伊須木＝山大好（やまだいすき）き＝超喜歡山（やまだいす）」這引人發笑的話題。

　　　　3　說看了一套非常棒的電影這種與對方有共鳴的話題。

　　　　4　說在某處吃了很美味的食物這種充滿幸福感的話題。

題外話，「ふざける」的借用字為何是「巫山戲る」呢？據說戰國時代的楚懷王曾經來過巫山，在夢中夢到巫山有一名神女對楚懷王說：「我是巫山之女，聽說國君今天來此，我自願意陪你過一夜。」於是楚懷王就跟巫山神女發生了一夜情。臨走前，巫山神女就跟楚懷王說：「如果你以後要來找我，我家就在巫山這兒，早上會有朝雲，晚上會行雨，朝朝暮暮，都在這兒等你，記得來哦！」這個故事在日本也很有名，所以，後來只要是講男女情愛或調情的事，就用「巫山戲る」表示，慢慢意思也擴大為「調戲 /開玩笑 / 放肆」等。

題 5　答案：1

中譯：收藏中有一張背靠着門而眺望遠方的江戶美人浮世繪。

解說：2 應為「頼（たよ）る＝倚賴」，3 應為「頼（たの）む＝拜托」，4 應為「見下（みくだ）す＝瞧不起」。

題 1 答案：1
中譯：不判斷簡單入手的資訊是否真確就深信不疑，就會離真相愈來愈遠。

題 2 答案：1
中譯：可以的話，從小孩子小的時候就應該教育他們對人有同理心的重要性。

題 3 答案：3
中譯：結婚典禮之際，兩人一起向神明發誓：「我倆今後定必分享甘苦（甘苦與共）。」

題 4 答案：2
中譯：失敗了要真誠認錯，即使成功也不應該瞧不起別人。
解說：1 應為「見上げる＝仰視 / 抬頭看」，3 應為「見過ぎる＝看多了」，4 應為「振り返る＝驀然回首」。

題 5 答案：4
中譯：我欠 500 日元，能否先替我墊付？
解說：1 應為「立ち向かう＝面對」，2 應為「立ち直る＝恢復」，3 應為「組み立てる＝組裝」。

題 1 答案：4
中譯：那個妖艷的女人，似乎與最近幾宗男性突然死亡事件有關連。

題 2 答案：3
中譯：我們會進行為期兩星期的對外開放，任何人士都可以進場。

題 3 答案：4
中譯：由於我妻子剛生完小孩子，所以請讓我請一星期育兒假。

題 4 答案：1
中譯：女人和男人一起吃飯就代表兩人是戀愛關係 —— 誤會也要有個分寸吧！

題 5 答案：3
中譯：你竟然在公眾場合大叫「社長是個蠢材」，泄露了公司最大機密，請有心理準備隨時都會被解雇。
解說：1 應為「起こす＝喚醒」，2 應為「悟る＝覺悟 / 醒悟」，4 應為「気付かれる＝被發現」。

題 1 答案：2

中譯：久違了一段日子，您沒有甚麼變化嗎。

解說：1、3 和 4 均為假借字，可參照本書 **8** 漢字知識⑧～<ruby>当<rt>あ</rt></ruby>て<ruby>字<rt>じ</rt></ruby>。
「夜露死苦＝請多關照」，「我武者羅＝不顧一切」，「愛羅武勇＝I
love you」。

題 2 答案：1

中譯：你這年齡並非不能分辨善惡，為何仍然誤入歧途？

題 3 答案：4

中譯：擁有多條路綫的東京，在繁忙時間時的擁擠，光想一想也會感到
頭暈。

解說：1　business hour：營業時間

2　happy hour：歡樂時光

3　golden hour：黃金時段

4　rush hour：繁忙時間

題 4 答案：3

中譯：先行部隊之後會在那個溪谷與大隊集合 / 會合。

題 5 答案：1

中譯：為了不超出卡路里，除了食物本身之外，連選擇哪個產地也費
心思。

解說：2 應為「カンフー＝功夫」，3 應為「<ruby>準備<rt>じゅんび</rt></ruby> / <ruby>支度<rt>したく</rt></ruby>＝準備」，4 應為
「<ruby>自信<rt>じしん</rt></ruby>＝自信」。

題 1 答案：3

中譯：今天我們在考試的時候，老師在改其他科目的試卷。

題 2 答案：1

中譯：以前經常自己做飯，最近已經甚少做，當然花費肯定大了。

解說：1　自己做飯：以前經常自己做飯，最近已經甚少做，當然花費肯
定大了。

2　自己虐待自己：以前經常自己虐待自己，最近已經甚少做，當
然花費肯定大了。

3　感到自豪：以前經常感到自豪，最近已經甚少做，當然花費肯定大了。

4　讚自己：以前經常讚自己，最近已經甚少做，當然花費肯定大了。

題 3　答案：2

中譯：將 14.4729 四捨五入，再留下小數點後 2 個位，換言之答案是 14.47。

題 4　答案：2

中譯：就算催我「不能早點弄好嗎？」也無法如你所願。因這是手工製作，很花時間。

題 5　答案：1

中譯：記者這工作，除了本國新聞，還要採訪其他國家發生的事情。

解說：2 應為「採用＝採用」，3 應為「取捨（しゅしゃ）＝取捨」，4 應為「主催（しゅさい）＝舉辦」。

31

題 1　答案：4

中譯：夢想是成為聲優的木村先生 / 小姐，兩年前來了京都後，一直一邊在京都府內的專門學校上課，一邊從事聲優關係的兼職。

解說：這題比較「狡猾」，可能很多學習者都會選「上京（じょうきょう）」，但題中有「京都府内（きょうとふない）の専門学校（せんもんがっこう）に通（かよ）いつつ（一邊在京都府內的專門學校上課）」，可知目的地不是東京而是京都。然而為甚麼日本人把去京都這個行為稱為「上洛（じょうらく）」呢？眾所周知，洛陽是中國周代以後經常作為國都的地方，古代日語也吸收這個文化涵義，在平安時期把當時京都的左京稱為「洛陽（らくよう）」，右京稱為「長安（ちょうあん）」，但由於平安後期右京「長安」基本上已荒廢，只剩下左京「洛陽」能發揮國都功能，故謂「上洛」，沿用至今。

題 2　答案：2

中譯：電影不是能量產的東西，創作一部電影而花上幾年也不算甚麼新鮮事。

解說：制作（せいさく）する（雕刻 / 繪畫等藝術創作）；製作（せいさく）する（量產東西）。

題 3 答案：2
中譯：我只有一把鑰匙，能替我多配一把後備匙嗎？
解說：作成する（製作文書）；作製する（個人製造物品如配製鑰匙）。

題 4 答案：4
中譯：這段日子，股價徘徊在 27000 點左右。
解說：1 一直處於高位。
　　　2 上個月是低位，但自從上個禮拜開始，連續兩星期慢慢升起來。
　　　3 上個月是高位，但自從上個禮拜開始，連續兩星期慢慢跌下來。
　　　4 重複着偶爾升起、偶爾下跌的狀態。

題 5 答案：3
中譯：可能只是雞毛蒜皮，但人一輩子總有一兩件左右一生而且難以忘
　　　懷的事情。
解說：1 應刪除「左右」，2 應為「前後する＝順序顛倒」，4 應為「劉備
　　　殿の左右に立っている＝侍候在劉備殿下左右」。

32

題 1 答案：1
中譯：當完成翻譯後，最好找一次機會與原文對照確認。

題 2 答案：3
中譯：有句這樣的話，「反正都要轉職的話，轉自己的天職吧！」

題 3 答案：3
中譯：客人，這是今天最後下單的機會，你還有額外的食物需要下單嗎？

題 4 答案：1
中譯：因為這是容易傳染的病，所以需要嚴格遵守社交距離。
解說：1 傳染：因為這是容易傳染的病，所以需要嚴格遵守社交距離。
　　　2 傳達 / 流傳：因為這是容易傳達 / 流傳的病，所以需要嚴格遵
　　　　　守社交距離。
　　　3 強化：因為這是容易強化的病，所以需要嚴格遵守社交距離。
　　　4 在意：因為這是容易在意的病，所以需要嚴格遵守社交距離。

題 5 答案：1
中譯：正在看電視的觀眾們，今天介紹一把護理頭髮時不可或缺而且超
　　　方便的梳。

解說：2 應為「手を繋ぐ＝牽手」，3 應為「手を入れる＝放手進去」，
4 應為「手に入れる / 入手する＝得到」。

題1　答案：1
中譯：很早以前已經被日本食物滲透的香港，不斷輸入自日本進口的各
　　　樣食品。

題2　答案：4
中譯：如果有一種藥喝了能返老還童 30 年，你不想要嗎？
解說：1　神隱：如果有一種藥喝了能神隱 30 年，你不想要嗎？
　　　2　和好如初：如果有一種藥喝了能和好如初 30 年，你不想要
　　　　　嗎？
　　　3　爬山：如果有一種藥喝了能爬山 30 年，你不想要嗎？
　　　4　返老還童：如果有一種藥喝了能返老還童 30 年，你不想要嗎？

題3　答案：3
中譯：「一秒疏忽，一生受傷」這句日語，在中國人看來完全是別的意思。

題4　答案：2
中譯：對一樣東西太入迷，有好的影響，也有壞的影響。
解說：1　買得起：太過買得起一樣東西，有好的影響，也有壞的影響。
　　　2　被迷住：被一樣東西太過迷住，有好的影響，也有壞的影響。
　　　3　動怒：對一樣東西太動怒，有好的影響，也有壞的影響。
　　　4　意氣相投：對一樣東西太意氣相投，有好的影響，也有壞的
　　　　　影響。

題5　答案：4
中譯：大學生的時候，週末曾從事在鬧市派發傳單的兼職。
解說：1 應為「配達＝送件」，2 應為「配慮＝細心周到」，3 應為「流
　　　す＝散佈」。

34

題1　答案：4
中譯：她在校內是個女神級人馬，處處散發着令人不能直視的光芒。

答案：3

中譯：真囉嗦，明明不需要不斷在說同樣的話……

解說：1 愚蠢的：真囉嗦，明明不需要不斷重複愚蠢的話……

2 奇怪的：真囉嗦，明明不需要不斷重複奇怪的話……

3 同樣的：真囉嗦，明明不需要不斷重複同樣的話……

4 下流的：真囉嗦，明明不需要不斷重複下流的話……

題3 答案：3

中譯：並非完全沒有，但銀行戶口只剩下 3 円，幾乎等於沒有。

解說：「～と同じ」＝「～（の）に等しい」＝等於。如：
裏切ったのと同じ＝裏切った（の）に等しい＝等於背叛了
行かないのと同じ＝行かない（の）に等しい＝等於不去

題4 答案：4

中譯：請舉出對女性不守規矩的男性有何特點？

解說：1 沒有同理心：請舉出對女性沒有同理心的男人有何特點。

2 不怕：請舉出不怕女性的男人有何特點。

3 不佩服：請舉出不佩服女性的男人有何特點。

4 不真誠相待：請舉出不真誠相待女性的男人有何特點。

題5 答案：3

中譯：把與客人成功簽合約一事歸功於我，這是哪兒的話？ / 壓根沒有這
樣的事。

解說：1 應為「豚＝豬肉」，2 應為「当たり前な＝理所當然的」，4 應
為「とんでもない」。即使是日本人，也會把「とんでもございま
せん」或「とんでもありません」視為「とんでもない」的禮貌
表達形式，而實際上「とんでもない」是一個獨立的詞，這裏的
「ない」並非是「沒有 / 不」的「ない」，所以不能像「時間がない」
或是「高くない」能變成「時間がありません」或是「高くござ
いません」般，他的比較禮貌形式是如 3 的「とんでもないこと
です」甚或「とんでもないことでございます」。

題1 答案：4

中譯：在暫時不能喝酒的我面前，故意把酒喝得很香似的，那傢伙的心眼真是壞透了。

題2 答案：1

中譯：「漂亮入球，精彩表現！」很多大字報都是這樣稱讚在世界杯比賽中進了關鍵入球的中田選手。

題3 答案：1

中譯：完全沒有預習之下突然被老師喚答問題，簡直是頭腦空白。

解說：1 空白：完全沒有預習之下突然被老師喚答問題，簡直是頭腦空白。

　　　2 漆黑：完全沒有預習之下突然被老師喚答問題，簡直是頭腦漆黑。

　　　3 赤紅：完全沒有預習之下突然被老師喚答問題，簡直是頭腦赤紅。

　　　4 蒼白：完全沒有預習之下突然被老師喚答問題，簡直是頭腦蒼白。

題4 答案：2

中譯：沒辦法，他是個孤兒，你要是問「不想見媽媽嗎？」會惹他哭得更加厲害。

解說：1 突然：沒辦法，他是個孤兒，你要是問「不想見媽媽嗎？」會惹他突然哭。

　　　2 更加：沒辦法，他是個孤兒，你要是問「不想見媽媽嗎？」會惹他哭得更加厲害。

　　　3 長時間：沒辦法，他是個孤兒，你要是問「不想見媽媽嗎？」會惹他哭很長時間。

　　　4 想像不到的：沒辦法，他是個孤兒，你要是問「不想見媽媽嗎？」會惹他哭得你想像不到的厲害。

題5 答案：4

中譯：以便宜的價錢就能學到外語，在從前這是想像不到的。

解說：1 應為「勝手に＝任意地」，2 應為「手強い＝不好對付的」，3 應為「近頃の＝最近的」。

題 1 　答案：3

中譯：相機捕捉住關鍵的一刻，請細心觀賞。

題 2 　答案：4

中譯：在競爭激烈的公司裏工作一段日子，精神上可能會感到疲勞。

題 3 　答案：4

中譯：衷心祈願日本今後也會把其傳統的文化向海外傳播。

題 4 　答案：1

中譯：愛是怎樣才能感受到的？對這個問題，只能作抽象的回答。

解說：1　模糊：愛是怎樣才能感受到的？對這個問題，只能作模糊的回答。

2　明瞭：愛是怎樣才能感受到的？對這個問題，只能作明瞭的回答。

3　靜悄悄：愛是怎樣才能感受到的？對這個問題，只能作靜悄悄的回答。

4　軟綿綿：愛是怎樣才能感受到的？對這個問題，只能作軟綿綿的回答。

題 5 　答案：1

中譯：若要預防感冒，首先戴口罩是有效的。

解說：2 應為「理想的＝理想」，3 應為「具体的＝具體」，4 應為「人工的＝人工」。

37

題 1 　答案：2

中譯：畫中所繪的那正在跑着的狗兒姿態，實在是栩栩如生。

題 2 　答案：2

中譯：甚麼？沒有錢所以在發愁！話說回頭，是因為你不去工作，才沒有錢吧。

題 3 　答案：2

中譯：一時走進死胡同的搜查工作，隨着警員們的努力，真相也慢慢變得明白起來。

解說：1　終歸（後多接不幸的事情）：一時走進死胡同的搜查工作，隨着警員們的努力，真相也終歸變得明白起來。

2　慢慢：一時走進死胡同的搜查工作，隨着警員們的努力，真相也慢慢變得明白起來。

3　順利：一時走進死胡同的搜查工作，隨着警員們的努力，真相也順利變得明白起來。聽起來可能覺得不錯，但「着々<ruby>着々<rt>ちゃくちゃく</rt></ruby>」多配搭「進む<ruby>進む<rt>すす</rt></ruby>」或「進行<ruby>進行<rt>しんこう</rt></ruby>する」等涉及「進展」的動詞。

4　深切體會：一時走進死胡同的搜查工作，隨着警員們的努力，真相也深切體會明白起來。

題 4　答案：1

中譯：我沒有時間逐一向你解釋。

解說：1　個別：我沒有時間個別向你解釋。

2　特意：我沒有時間特意向你解釋。

3　分開：我沒有時間分開向你解釋。

4　偶然：我沒有時間偶然向你解釋。

題 5　答案：4

中譯：那個男人說自己是個老頭，但我看來，最多也不過是 50 歲吧⋯⋯

解說：1 可刪除「精々<ruby>精々<rt>せいぜい</rt></ruby>」，2 應為「ぎりぎり＝勉強」，3 應為「少なく<ruby>少な<rt>すく</rt></ruby>とも＝起碼」。

38

題 1　答案：1

中譯：真不巧，家父剛好外出，還望他日再度光臨舍下，不勝榮幸！

題 2　答案：4

中譯：事到如今，對被害人家族說「我很後悔」，再多的道歉也是無用。

題 3　答案：3

中譯：畢竟這只不過是我個人經驗而已，但如您能聆聽並作為參考，不勝榮幸！

題 4　答案：3

中譯：雖不是您想聽的內容，但恕我斗膽發言。

解說：1　樂意：雖不是您想聽的內容，但讓我樂意發言。

　　　2　詳細：雖不是您想聽的內容，但讓我詳細發言。

　　　3　硬要：雖不是您想聽的內容，但恕我硬要發言。

　　　4　最終：雖不是您想聽的內容，但讓我最終發言。

題5　答案：1

中譯：明天是最後一天能在學校見面的機會，盡情無悔的向心儀的女孩子告白怎樣？

解說：2應為「思い出す＝想起」，3應為「思う＝想」，4應為「思わず＝不禁」。

39

題1　答案：3

中譯：不愧是出木杉君，表達的意見跟普通的阿豬阿狗是不同層次的。

題2　答案：2

中譯：幾天前從監獄溜走的囚犯，究竟逃到甚麼地方去了呢？

題3　答案：4

中譯：以防萬一有甚麼事發生，為了家人我已投保了。

題4　答案：3

中譯：之前在睡覺前盡量養成閱讀的習慣，但最近有點偷懶。

解說：1　慢慢一點點：之前在睡覺前慢慢一點點養成閱讀的習慣，但最近有點偷懶。

　　　2　首先：之前在睡覺前養成首先閱讀的習慣，但最近有點偷懶。

　　　3　盡可能：之前在睡覺前盡可能養成閱讀的習慣，但最近有點偷懶。

　　　4　絕對：之前在睡覺前養成絕對閱讀的習慣，但最近有點偷懶。

題5　答案：4

中譯：不要管我，反正你就覺得我是個垃圾，心裏明明在取笑我……

解說：1應為「どうも＝似乎」，2應為「どうか＝請務必」，3應為「どうしても＝無論如何也」。

40-42

題1　　答案：3

　　　　中譯：A 鬧鐘每 5 分鐘響 1 次而 B 鬧鐘隔 5 分鐘響 1 次。7:01am 時兩個
　　　　　　鬧鐘同時響起，於同日的 8:00 為止，連同最初的 1 次，兩個鬧鐘
　　　　　　各響了多少次？

題2　　答案：1

　　　　中譯：人的每一次失敗，造就每一次的成長。

題3　　答案：4

　　　　中譯：老師，下次拜見老師尊容時，請務必告訴我旅行的事情。

　　　　解說：「節」後甚少連接「なさい」「下さい」「だろう」等具有強烈意志
　　　　　　或推測的句子。

題4　　答案：1

　　　　中譯：我不會跟你再說「別去」之類的話，希望你能理解危險性再赴
　　　　　　戰場。

題5　　答案：2

　　　　中譯：由於網上購物難以把握品質等問題，所以考慮在實體店看過商品
　　　　　　再買。

題6　　答案：4

　　　　中譯：聽說洋子經過一而再再而三的考慮，結果決定了和健太交往。

　　　　解說：由於「和健太交往」不算是太明顯的「壞結果」，所以難以用
　　　　　　「挙句」。

題7　　答案：3

　　　　中譯：到現在為止，有沒有一而再再而三猶豫買還是不買，但最終還是
　　　　　　沒有買的東西？

題8　　答案：2413　★＝1

　　　　中譯：這個製品敝司採用與否，請讓我們商討後再作決定。

題9　　答案：1324　★＝2

　　　　中譯：在籌辦 2021 年東京奧運會之前，不得不面臨須解決新冠肺炎所帶
　　　　　　來的種種問題這局面。

題 10	答案：2431　★＝3

中譯：演奏還未結束，舞台上就已經傳來持續了 5 分鐘的盛大掌聲。

題 11	中譯：過去某個研究團體曾經以日本及中國的大學生為對象，進行了一項有關於「孝」意識的問卷調查，具體來說是通過「何謂孝順？」「何謂不孝？」等問題的回答，藉此分析兩國在文化上的差異。於是這麼一來，在中國年輕一代身上體會不到、而僅見於日本年輕一代的「比父母長壽就是一種孝順」這種思維，又或是在日本年輕一代身上顯著見到的「如果比父母先離世的話就是一種不孝」這些思想特徵表露無遺，實在值得注意。的確，正如日語甚至有「比父母先離世就是不孝」這句諺語般，可見日本社會普遍認為若拋棄父母先行離世的話，就是一種大不孝。故此，筆者推測平日努力鍛煉身體，藉此進行「孝道」的日本年輕一代，應該為數不少吧！

題 11-1	答案：1

題 11-2	答案：3

題 11-3	答案：3

題 11-4	答案：1

解說：基於「在中國年輕一代身上體會不到」，那答案只能是「僅見於日本年輕一代」的「しかない」。

題 11-5	答案：1

解說：「N/V るに値する」是表示「值得 N/V」意思的文法。

題 12	中譯：曲名：一星期 10 次的 sukiya（著名連鎖牛肉飯店） 作曲：こやまたくや 作詞：こやまたくや 一個人生活已經開始了 2 年 到現在還未能自己做飯 不斷消瘦的身體　喜歡吃的沙律 因為洗碗碟是件麻煩的事 一個人生活已經開始了 2 年 鳥不生蛋的窮鄉僻壤　沒有便利店 從家裏最近的店鋪 紅色的廣告牌　我每個晚上

手握 3 枚 100 日元的硬幣

今天畢竟也是到 sukiya

煩惱了很久　最終還是普通碗的分量

一星期 10 次的 sukiya　我實在太喜歡你（這裏採用文字遊戲，關西方言表示「喜歡你」的「好きや」和店名「すき家」是同音。）

今天畢竟也是到 sukiya

煩惱了很久　最終還是普通碗的分量

今天畢竟也是到 sukiya

有錢的時候　就會到壽司店（「寿司や」和「すき家」發音相仿。）

題 12-1　答案：1

中譯：促使作者養成去「すき家」吃飯的兩個關鍵字是？

1　價錢和地理環境

2　教育和食物味道

3　工作和生活樣子

4　身體狀況和戀愛關係

解說：「鳥不生蛋的窮鄉僻壤　沒有便利店　從家裏最近的店鋪」＝地理環境；「有錢的時候　就會到壽司店」可猜測因為錢不夠才經常光顧＝價錢。

題 12-2　答案：1

中譯：以下哪一項資料是<u>不對</u>的？

1　作者不管有錢還是沒錢，沒一天不去吃牛肉飯。

2　基於洗碗碟是件麻煩的事，作者總是不願自己做飯。

3　作者有時候一天去多過一次「すき家」。

4　作者居住的地方算是偏僻地區。

解說：歌詞末端言及「お金あるときには　寿司屋」，可見「有錢的時候就會『見異思遷』，投壽司的懷抱」；另外，「一星期 10 次的 sukiya」，那肯定有時候是一天去多過一次。

題1　答案：2

中譯：缺席飲宴的話，因應理由，有可能退還一部分的參加費用。

解說：如果後文是「均不能退回參加費的話」，那答案就是 3 的「無論任何理由」。

題2　答案：2

中譯：不管下雪與否，計劃的祭典一定舉行。

題3　答案：1

中譯：儘管年事已高，但在不服輸這環節上與年輕人匹敵。

解說：「年を取った」屬於動詞過去式用法，「にもかかわらず」顯然比「にかかわらず」史合適。

題4　答案：2

中譯：那個大家族的兄弟姐妹之間，圍繞父母的遺產問題所發生的爭執，持續了多年。

題5　答案：3

中譯：敝司會滿足顧客的要求，提供最完滿的婚禮方案。

題6　答案：3412　★＝1

中譯：真抱歉，由於是關乎其他客人的私隱問題，實在難以告知。

題7　答案：4312　★＝1

中譯：比賽結果竟然是倒數第一，無法回報球迷的支持，實在太抱歉了。

題8　中譯：今日的日本，不分男女老幼，幾乎所有人都穿洋服，甚至可以說，穿和服比較罕見，一般只會在七五三、成人禮或是婚禮這些極特別的時期才有機會見到。那麼，日本人是甚麼時候脫下和服而改穿洋服的呢？一般而言，這被認為是明治初期的事情，那個還只限於一些身份高貴的人才能穿洋服的年代。其實，當時的洋服是一種非常昂貴而且奢侈的東西，一般的普羅百姓只是沿着傳統穿着和服。題外話，「和服」這單詞其實也是「洋服」進入日本的時候，據說是日本人為了意圖強調己國的文化而創立的單詞。富有人家自然穿着高貴的和服，並非如此的普羅百姓主要穿樸素的和服。然而，為了回應明治天皇那「明治維新」的一個主要特徵，即重視西洋文化一事，洋服也逐漸成為了時代的風潮。

題 8-1 答案：1

解說：「老若男女ををを問わず」或「男女を問わず」（留意兩組「男女」的音讀不同）是固定的講法。

題 8-2 答案：2

題 8-3 答案：3

題 8-4 答案：4

解說：「それまで通りに」可理解為「保留／沿着傳統」。

題 8-5 答案：3

45-47

題 1 答案：4

中譯：考試都完了，就盡情玩遊戲吧！

題 2 答案：3

中譯：由於兩個人過於相似，所以被傳言是雙胞胎。

題 3 答案：4

中譯：既然決定減肥，那麼超喜歡的啤酒也只能戒掉。

題 4 答案：1

中譯：總是被認為是優點是好處，殊不知因為個子高，偶爾也會帶來不便。

解說：表示「殊不知／反而」的「かえって」加強了「ばかりに」那「因為……所以很遺憾……」的味道。

題 5 答案：4

中譯：正因為還能稱自己為新人，所以即使工作上有不明白的地方也可隨意詢問。

題 6 答案：2

中譯：鈴木君雖然年紀輕輕，但人生經驗既豐富，做事也很可靠。

題 7 答案：2

中譯：只怪她過分美麗，難自禁一見鍾情。

題 8 答案：1432　★＝3

中譯：畢竟是超喜歡甜點的小武的關係，把大福帶去當作禮物，他該是多麼的高興啊！

題 9 答案：2314　★＝1

中譯：被老師發現自己在抽煙。這樣一來，早已有心理準備或是口頭警告，嚴重的話甚至被勒令退學。

| 題 10 | 答案：1342　★＝4 |

中譯：剛去日本留學的時候，由於太過寂寞，所以幾乎每天都和朋友打 line 電話。

| 題 11 | 中譯：腦死和植物狀態是完全不同的。確實，「腦死」和「植物狀態」均表示大腦變得不再運作，患者只能一直睡在床上，不能說話，也不能聽見他人說話。但是，所謂腦死，有大腦和小腦，以至所有腦幹都受到損害而失去機能的「全腦死」及只有腦幹失去機能的「腦幹死」。腦幹死的話，大腦的機能仍然保留，但慢慢發展下去，最終會演變為失去大腦機能的全腦死。另一方面，植物狀態指的是失去部分甚至全部大腦機能而處於一個無意識的狀態，但腦幹和小腦仍然保留機能，能夠作出自發性的呼吸。陷於植物狀態的患者被稱為「植物人」，偶爾會有一些罕見的恢復個案，但一般來說，無論接受甚麼治療，也不會回復以前精神的身體，如果把人工呼吸器脫下的話，呼吸和心臟就會馬上停止。由此可見，植物狀態和腦死在本質上是兩樣不同的東西。 |

| 題 11-1 | 答案：1 |
| 題 11-2 | 答案：3 |

解說：「疑（うたが）う＝懷疑」、「伺（うかが）う＝前往拜訪」、「失（うしな）う＝失去」，「養（やしな）う＝養育」。

題 11-3	答案：2
題 11-4	答案：4
題 11-5	答案：1

| 題 12 | 中譯：看了一個女詩人的日記，有以下的記載：

原文：「昨夜雨疏風驟，濃睡不消殘酒。試問卷簾人，卻道海棠依舊。知否，知否？應是綠肥紅瘦。」（李清照的《如夢令》）

譯文：「昨夜雨疏風急，不知是否喝多了些酒，酣睡一夜，醒來之後覺得還有點酒意沒有消盡。躺在床上的我，忽然感到不安，就問正在捲簾的侍女，外面海棠花的情況如何？她竟然對我說：『海棠花沒有被吹掉，依舊如故吧！』我聽到 |

後，心想：她是否真的替我看了外面的情況呢？再次感到不安……為甚麼？你們知道嗎？知道嗎？相比昨天，此刻的海棠花應是綠葉茂盛，紅花凋零才對哦！」

題12-1 答案：2

中譯：女性詩人為甚麼多次感到不安？
1　因為過度喝酒，身心俱疲。
2　因為擔心植物安危。
3　因為睡了懶覺。
4　因為侍女老是說謊。

解說：「知否，知否？應是綠肥紅瘦」可見女詩人認為「『雨疏風驟』都打在海棠花身上，所以那海棠花叢正是紅的見少，綠的見多吧」，其關懷之情油然可見。

題12-2 答案：4

中譯：如要放一個單詞進 A、和ことから最匹配的是哪一個？
1　難道：由於昨晚雨疏風驟，比起昨日，海棠花叢難道紅的見少，綠的見多吧！
2　馬上：由於昨晚雨疏風驟，比起昨日，海棠花叢馬上紅的見少，綠的見多吧！
3　萬一：由於昨晚雨疏風驟，比起昨日，海棠花叢萬一紅的見少，綠的見多吧！
4　正是：由於昨晚雨疏風驟，比起昨日，海棠花叢正是紅的見少，綠的見多吧！

解說：「ことから」表示「由於某事」，配合「正是」的「正に」更能強調後面結果的真確性。

48-50

題1 答案：1

中譯：A：一年的有薪假期有幾天？
B：只不過一個星期而已。

解說：普通話的兩個母音相連如 you 和 xiu，其日語音讀時變長音的機會大。可參照《3 天學完 N5．88 個合格關鍵技巧》 **10** 普通話與日語⑥～長音 I

題2 答案：1

中譯：Ａ：去年的獎金拿到幾個月的月薪？

Ｂ：只不過半個月而已。

題3 答案：4

中譯：Ａ：被捕的男人聽說在車站用刀子刺傷了兩個女性。

Ｂ：真是難以饒恕的行為。

題4 答案：2

中譯：由於太過震驚，坦白說，現在的心情不能用言語表達。

解說：「言い表し兼ねる」理論上是可以的，但意思會變成「雖然我能表達，但不方便表達給你聽」，顯然與本來意思「不能用言語表達」有差異，而且「言葉で」也失去了在句子裏的存在意義。

題5 答案：2

中譯：從開始學日語到現在才過了 1 年時間，JLPT 的 N1 是不會合格的。

題6 答案：4

中譯：無可救藥的傢伙，別理他好了。

題7 答案：4

中譯：打瞌睡開車的話，稍不留神就有可能導致死傷者出現，所以絕對不能以身試法。

題8 答案：2

中譯：很遺憾，這種病的話，現今的醫療技術是無法醫治的。

解說：當前項的「N では」或「V ては」表示條件時，後多接「負面的結果」。如「今の医療技術（N）では治しようがありません（負面的結果）」、「お酒を飲んでばかりい（V）ては、体に悪いですよ（負面的結果）＝老是在喝酒的話，對身體是不好的」等。

題9 答案：4231 ★＝3

中譯：對於上司的減薪方案，某些部分是無法接受的，但比起失業，卻不得不接受。

題10 答案：1432 ★＝3

中譯：我公司還很新，而且有眾多年輕社員，如果再努力點的話，定能早日平步青雲。

題 11 中譯：「邯鄲一夢」這句說話，可以追溯至一本叫做《枕中記》的中國書籍。粗略說其概要的話，有個叫盧生的青年，打算前赴一個叫邯鄲的城市旅遊。途中經過客店，遇見客店一個老人，甫將旅遊一事說出，老人就勸他：「現在在蒸黃粱飯，飯蒸好之前，你就歇一會吧」，更拿出一個瓷枕讓他枕上。盧生枕着瓷枕入睡，睡夢中夢見自己飛黃騰達，享盡五十年的榮華富貴而終其一生。睡醒睜開眼一看，老人的黃粱飯還沒煮蒸熟，從而帶出「人生短暫，浮生若夢」的教誨。順帶一說，聽說英語的世界也有 "Life is but an empty dream" 這種講法，似乎對「人生的本質為何？」這問題探討，東洋和西洋的意見相仿。

題 11-1 答案：2

解說：「ハイボール＝ highball ＝酒名」、「遡る＝追溯」、「異なる＝有別於」，「威張る＝囂張」。

題 11-2 答案：3

題 11-3 答案：2

解說：「V1 ていると、V2」或「V1 ていたら、V2」表示「當進行了 V1 後，就發生了 V2」這種前後關係。

題 11-4 答案：1

題 11-5 答案：3

解說：「人生短暫，浮生若夢」而已。

題 11-6 答案：1

題 12 中譯：在犯罪事件當中，有一些是無法防範於未然的，但另外有些是只要略加功夫就能夠防範的犯罪。例如為了保護自己可愛的孩子免受加害，究竟要怎樣做呢？據說其實孩子拐帶事件的七成，都是在孩子獨處時候發生的，而一直以來教孩子免墮壞人圈套方法，就是所謂的「イカのおすし＝墨魚的壽司」。

いか：不跟對方走

の：不乘坐【對方的車】

お：大聲叫出

す：馬上離開

し：知會

小朋友的拐帶事件，一般都是小朋友被欺騙而自己跟上犯人的個案，故此在平日有必要教導孩子不要跟奇怪的 / 陌生人去別的地方。

題 12-1 答案：1

中譯：最有可能寫在 A 的選擇是？

1 馬上離開。　　　　　　2 玩一會兒。

3 乖乖聽從。　　　　　　4 喋喋不休。

題 12-2 答案：2

中譯：根據以上文章的內容，<u>不正確</u>的是哪一個？

1 很多小朋友被欺騙而自己跟上犯人走。

2 世上沒有防範不了的犯罪。

3 父母對孩子的教育有助於防止犯罪。

4 牢牢記住「墨魚的壽司」，有助於防止犯罪。

解說：「なかなか防ぎようがないような被害もありますが＝有一些是無法防範於未然的。」

51-52

題 1 答案：1

中譯：雖然沒有時間看昨晚的特輯，但為了不引以為憾，叫父母替我錄下來。

題 2 答案：3

中譯：晚上鄰家的孩子一直 / 沒完沒了的在哭，害我一點兒也沒有睡。

解說：1 泣き遂げられる＝一般而言只有「し遂げる」「やり遂げる」「成し遂げる」（均表達「完成」的意思）這幾種特定的結合。

2 泣き切られる＝徹底的哭完。

3 泣き通される＝一直在哭。

4 泣き直される＝重新開始哭過。

題 3 答案：4

中譯：既然是這座城池的將軍，自當盡最大努力【戰勝痛苦 / 困境】，守住這座城。

答案：2

中譯：一次而且只有 90 分鐘的上課時間，是無法把自動詞和他動詞的結構說完的。

解說：1 說明し遂げられない＝只有「N を遂げる／が遂げられる」這種說法。

2 説明し切れない＝無法說完。

3 説明し通せない＝無法把同一主張說明到底＝無法自圓其說。

4 説明し直せない＝無法重新說明。

題 5 答案：3

中譯：日語有一句「臉頰快要掉下來」的諺語，表示東西超好吃的意思。

題 6 答案：2431　★＝3

中譯：就算面對怎樣的苦難，但求能竭盡所能，故每天都在努力進取。

題 7 答案：2134　★＝3

中譯：這次的災難仿佛就是天降的懲罰般──不禁這樣想的難道只有我一個人嗎？

題 8 中譯：圍着圓桌，互相從大大的盤子中取出食物分甘同味，這是素來的中國文化，而極重面子的中國人，為了向客人表示尊重以及熱情招待的訊息，點菜的時候經常都會點得多一點。在婚禮的筵席上，以吃不完的料理招待客人是理所當然的事，但與此同時亦出現大量的廚餘。對這個現象目不忍睹的中國國家主席習近平主席，遂於 2020 年 8 月實施全民的「光盤行動」，把它譯做日語的話，就是「盡量把碟子裏的東西吃完吧」的一個運動。習近平主席的呼籲，在全國各地得到號召，全國各地有不同的呼應方法。例如，據說某些店鋪為了不產生廚餘而將平常的分量減半且更加受到顧客的歡迎。但另外一方面，某些專家認為「中國人素來就喜歡招待客人，客人來的時候，排滿碟子招待對方就是一種長年的習慣，所以要改變的話，肯定需要一段長時間。因此，除了以一個運動的形式去呼籲之外，還必須制定法律，使它成為一種強而有力的對策」云云，可見今後活動的發展方向備受注目。

題 8-1 答案：1

解說：「メンツ＝面子」、「ウーマン＝ woman」、「キッズ＝ kids」，「マージャン＝麻將」。

題 8-3　答案：1

解說：「見るに見兼ねる」＝「目不忍睹 / 不能直視」。

題 8-4　答案：2

解說：「A には B がかかる」＝「為了實踐 / 達成 A 就需要 B」。

題 8-5　答案：1

解說：1　發展方向＝今後活動的發展方向。

　　　2　暴發戶＝今後活動的暴發戶。

　　　3　生計＝今後活動的生計。

　　　4　盡量＝今後活動的盡量。

53

題 1　答案：1

中譯：終於製作出按照我的願望而設計的手袋，實在太開心了。

題 2　答案：2

中譯：在日本，女性由於結婚或生小孩而辭職這種事簡直是家常便飯。

解說：1　が切っ掛けに ✕ → を切っ掛けに ✓

　　　2　を機に ✓

　　　3　に沿って＝文法正確但意思不對。

　　　4　を契機と ✕ → を契機に ✓

題 3　答案：3

中譯：患大病一事成為契機，從而開始注意健康 —— 這就是一般人的通性吧。

題 4　答案：3412　★＝1

中譯：對任何事都要投訴 / 表示不滿，否則就覺得不舒服 —— 真想了解這種人的心理狀態。

54

題 1　答案：4

中譯：在老師的角度而言，相比起聰明的學生，會更想支持努力不懈的學生。

解說：「してみれば」讀快的話，會變成「してみりゃ」。

題2 答案：4

中譯：法律上，日本人必須年滿 20 歲才能吸煙喝酒。

解說：1 の<ruby>上<rt>じょう</rt></ruby> ×→ の<ruby>上<rt>じょう</rt></ruby> ✓

　　　2 <ruby>上<rt>うえ</rt></ruby>で ×→ の<ruby>上<rt>うえ</rt></ruby>で ✓

　　　3 の<ruby>上<rt>うえ</rt></ruby>に ×→ の<ruby>上<rt>うえ</rt></ruby>で ✓。

　　　4 <ruby>上<rt>じょう</rt></ruby>では ✓

題3 答案：3

中譯：儘管對經濟大國的日本而言，就這次，能作出的支援實在有限。

解說：1 就這次，能作出的支援是無限大的。

　　　2 就這次，如能讓我們作出支援的話，不勝榮幸。

　　　3 就這次，能作出的支援實在有限。

　　　4 就這次，我猜想能作出支援吧，不是嗎？

題4 答案：4123　★＝ 2

中譯：足球比賽正在落後 1：9，雖然理論上反敗為勝的可能性也並非就是 0……

55-57

題1 答案：3

中譯：1980 年代的日本受惠於泡沫經濟帶來的黃金時代，那邊廂，這時的中國，還是一個貧窮的國家。

解說：「頃」讀音不同的話，意思也不一樣。この<ruby>頃<rt>ごろ</rt></ruby>（近來 / 最近）≠この<ruby>頃<rt>ころ</rt></ruby>（過去時空的「這個時候」：1988 <ruby>年<rt>ねん</rt></ruby>の<ruby>日本経済<rt>にほんけいざい</rt></ruby>は<ruby>絶好調<rt>ぜっこうちょう</rt></ruby>でしたが、この<ruby>頃<rt>ころ</rt></ruby>…… ＝ 1988 年的日本經濟處於黃金時期，這個時候……）。

題2 答案：4

中譯：真是的！說起我老媽就讓我發愁，偶爾還會用一副跟小孩說話的語調跟我說話

題3 答案：3

中譯：日語中「母」這概念，不僅能指現實上的母親，更可指某些支撐自己人生觀、思維之類的根本原理。

| 題 4 | 答案：4 |

中譯：到現在為止，他的恐怖小說都充滿了毛骨悚然的緊張感，但說到最新作品嘛，卻有點令人大跌眼鏡！

解說：1　但說到最新作品嘛，肯定是不用說的吧！

　　　2　但說到最新作品嘛，果然不出大家所料！

　　　3　但說到最新作品嘛，有點在意究竟會是怎樣的呢？

　　　4　但說到最新作品嘛，卻有點令人大跌眼鏡！

| 題 5 | 答案：4 |

中譯：A：我下次會去泰國旅行啊！

　　　B：嘩，很羨慕你啊。話說，說起泰國，聽說山田課長的大人是泰國人啊。

| 題 6 | 答案：2 |

中譯：說起昨日的室內溫度，【讓人驚訝的是】就像在烤爐中，真讓人受不了。

解說：有「說起 N，讓人驚訝」意思的只有「N と言ったら」。另外「半端じゃない」或「半端ない」均是「半端なことではない」的簡稱，表現非常驚訝的感嘆，可譯成「不得了」、「真厲害」或「受不了」等

| 題 7 | 答案：2 |

中譯：明明有 3 個人，但只有兩台自行車，這事情意味着有人必須走着去吧……

| 題 8 | 答案：4132　★＝3 |

中譯：真是的！說起最近傳媒的資訊就讓人生氣，盡是些真假難分的東西，站在觀眾立場上真是極其麻煩擾人。

| 題 9 | 答案：4312　★＝1 |

中譯：陳老師真是的！平日對我們很嚴厲，但一說起他養的愛貓小白，就好像換了一個人似的，突然展示一副溫柔面孔。

| 題 10 | 答案：2341　★＝4 |

中譯：人這東西嘛，看「人」這個字就能領略到，光是一個人是不能生存，得互相支撐、互相扶持，才能維持、才能完滿！

中譯：所謂「角色語」（筆者譯自原文「役割語」）的定義如下：「聽到某個特定的用語時，某些特定的人物形象（年齡、性別、職業、階層、時代、容貌・風姿、性格等）就能躍上腦海；又或者當他人提及某些特定的人物像時，那個人物仿佛會使用的用語就會浮現眼前時，這些用語就是『角色語』***。另一方面，同時有一種叫『角色語尾』的概念，其定義是『特定的角色被賦予的獨特語尾』。進一步來說，以『千金小姐』來做比喻，其『角色語』是所有千金小姐共有的，但那邊廂，其『角色語尾』則基本上是『Ａ千金小姐獨一無二的』用語。正因為如此，所以當人們聽到這用語時，就會產生『啊，這是 Ａ 千金小姐』這認知。眾所周知的一件事，在《NARUTO》這套漫畫裏，主角 NARUTO 經常用『ってば（俺<ruby>俺<rt>おれ</rt></ruby>ってば）』這用語，這個用語究竟屬於『角色語』，還是該視為『角色語尾』，實在是一個有趣的議題。」

*** 金水敏著，《虛擬日本語角色語之謎》，岩波書店，2003 年。

題 11-1 答案：3

解説：「<ruby>思<rt>おも</rt></ruby>い<ruby>遣<rt>や</rt></ruby>る＝體諒 / 表示同理心」、「<ruby>思<rt>おも</rt></ruby>い<ruby>込<rt>こ</rt></ruby>む＝誤解」、「<ruby>思<rt>おも</rt></ruby>い<ruby>浮<rt>う</rt></ruby>かべる＝想到」、「<ruby>思<rt>おも</rt></ruby>い<ruby>過<rt>す</rt></ruby>ごす＝想得太多」。

題 11-2 答案：2

解説：「<ruby>如何<rt>いか</rt></ruby>に＝怎樣」、「<ruby>如何<rt>いか</rt></ruby>にも＝簡直 / 仿佛」、「<ruby>如何<rt>いか</rt></ruby>＝怎樣」、「<ruby>如何<rt>いか</rt></ruby>なる＝怎樣的」。

題 11-3 答案：2

解説：「キャラメル＝ caramel ＝焦糖」、「キャラクター＝ character ＝角色」、「キャリア＝ career ＝事業」、「ギャラリー＝ gallery ＝畫廊」。

題 11-4 答案：3

解説：「<ruby>更<rt>さら</rt></ruby>に<ruby>言<rt>い</rt></ruby>うと」表示「進一步來說」的意思。

題 11-5 答案：1

解説：「<ruby>当<rt>あ</rt></ruby>たる」有很多意思，其中一個是「相當於」；而「<ruby>中<rt>あ</rt></ruby>たる」用於「中獎 / 中毒」的情況。

題 12　中譯：作為個人教養的古典文學知識，我認為並非一定要讀原文才能學到的。如果有意閱讀的話，現代語也可以，以至於《從漫畫中學習古典》這類系列也不錯。但首先最重要的是，你必須要擁有一個對古典世界的探求心，這是毋庸置疑的。然而實際問題是，儘管只是漫畫，亦有一定的分量，對連讀這些漫畫的時間也沒有，而又想通過現代語言粗略了解日本文學的人來說，我建議你看初中或高中等眾多教育機構所使用的《國語便覽》一書，這應該能為你帶來不少方便。一冊裏除了網羅了豐富的相片和圖表外，更對於各個時代的生活、祭典和動植物等有着詳細的內容，媲美百科全書。我認為，一生人裏，身邊總應該放一冊吧！

題 12-1　答案：4

中譯：以上有關《國語便覽》的記述中，哪一項是正確的？

1　書中的內容以原文來寫的。

2　比《從漫畫中學習古典》系列的冊數更多。

3　初中直至大學等眾多教育機構都使用。

4　在內容的層面上，不輸百科全書。

題 12-2　答案：4

中譯：如果要放詞語在 A 的位置，最好的選擇是？

解說：1　從內容上看：如果有意閱讀的話，現代語也可以，從內容上看《從漫畫中學習古典》這類系列也不錯。

2　愈讀愈：如果有意閱讀的話，現代語也可以，愈讀愈《從漫畫中學習古典》這類系列也不錯。

3　的確說得很對：如果有意閱讀的話，現代語也可以，的確說得很對，《從漫畫中學習古典》這類系列也不錯。

4　以至於：如果有意閱讀的話，現代語也可以，以至於《從漫畫中學習古典》這類系列也不錯。

1 也並非不可，但 4 可見「古文→現代語→漫畫」般層層遞減的感覺，但即使如此，只要「擁有一個對古典世界的探求心」，看甚麼書其實也是無所謂的。

JPLT N2

題1 答案：1

中譯：我一腳踏兩船的事，萬一洩露出去，被女朋友知道的話就糟糕了，說不定會被她殺掉。

題2 答案：2

中譯：沒有外國人留學生的話，日本的便利店就不能成立／維持。

解說：1 不能不開：沒有外國人留學生的話，日本的便利店就不能不開。

　　　2 不能成立／維持：沒有外國人留學生的話，日本的便利店就不能成立／維持。

　　　3 可能完成：沒有外國人留學生的話，日本的便利店就可能完成。

　　　4 不信以為真：沒有外國人留學生的話，日本的便利店就不信以為真。

題3 答案：2

中譯：都怪經濟不景的影響，有別於以前，現在假如向銀行借錢的話，手續相當麻煩。

題4 答案：4

中譯：除非是會議中，否則【有人打電話來的話，】社長差不多都一定會接的……

題5 答案：3

中譯：有種你試試看啊！

解說：有種你試試看啊！【看你這傢伙只是個無膽匪類】

題6 答案：2314　★＝1

中譯：有這麼一句話：金錢嘛，不一個勁兒花的話，是不能孕育出新的價值的。

題7 答案：3124　★＝2

中譯：除非嚐一口試試，否則既不知道美味與否，評論也沒有任何說服力，不是嗎？

題8 中譯：隨着江戶開國而成為外國文化入口玄關的五大港灣城市，即所謂的橫濱、函館、新潟、神戶及長崎，日後的日本文化也是基於這個歷史而受到重大的影響。當中，如果以外國和日本交流的觀點

來考慮的話，比起其他諸多城市，長崎不是更具歷史地位及重要性嗎？從前，很多住在長崎的葡萄牙人為了宣揚天主教，紛紛在這港灣城市裏建設了很多西式的建築物。江戶初期的日本實施鎖國政策，欲以一道高牆阻隔西洋文化的進入，就在這歷史的漩渦中，寬永 13（1636）年出島的誕生，意味着連接日本和外國之間的橋梁的出現。在貿易和文化交流的觀點上，長崎正是先驅者，沒有他的話，這段日本的歷史是無法談論的。

題 8-1	答案：4

題 8-2	答案：2

題 8-3	答案：3

解說：4 的「ドナルド＝ Donald」，如特朗普的日語是「ドナルド・トランプ」。

題 8-4	答案：3

解說：「パイナップル＝ pineapple ＝菠蘿」、「バイブル＝ bible ＝聖經」、「パイプ＝ pipe ＝導管 / 橋梁」，「バイブ＝ vibrator ＝手機的震動模式」。

題 8-5	答案：4

解說：「N 抜きにしては語れない」是一組固定用語，表示「如果無 N 則無法談論」。

60-61

題 1	答案：3

中譯：早上既睡了懶覺，後來又因為堵車，差一點遲到。

題 2	答案：2

中譯：不單是蘋果，所有水果和蔬菜的皮均含有大量的營養。

題 3	答案：4

中譯：他不僅作為一個演員，作為一個搞笑藝人也是很有人氣的。

題 4	答案：2

中譯：那家店，人們對他的料理評價既高，價錢也很大眾化，所以我經常去光顧。

解說：這裏的「評判」可作為な形容詞，所以是「評判な」。

題 5	答案：3

中譯：我幫了他那麼多，可真氣死人了，那傢伙非但不感謝我，更對我懷恨在心。

題 6	答案：4231　★＝3

中譯：《蠟筆小新》雖說是以小孩為對象，但豈只小孩，這是一套連大人也會感動得流下淚來的傑作。

題 7	答案：2413　★＝1

中譯：所謂夢想或是目標，不能光靠想像，在嘗試實踐的過程中也有着重大的意義。

題 8	中譯：「有山復有谷」這句話，人們說的時候大概是表達「在漫長的人生路上，有好的事情，亦有壞的事情」這意思。請想像一下，把人生用一重又一重的山形來表示，好的時候是山峰，不好的時候是山谷。好的時候，也正是爬上山或者處於山峰之際，很自然的會容易變得驕傲，在這個時候要警戒自己：「這個好的狀態，並非會一直持續下去，所以不能掉以輕心，必須謹慎盡力去維持！」相反，在不好的時候，亦即是跌落谷底之際，變得意志消沉也是人之常情，「和好的時候一樣，這個狀態並非永遠持續，總有一天會脫離這個充滿困境的黑暗隧道，要努力哦」──人亦能以這樣的方式來鼓舞自己，激勵朋友。

題 8-1	答案：2
題 8-2	答案：1
題 8-3	答案：4

解說：「山に登る」的「に」和「日本に行く」或「空港に着く」的「に」一樣，都是表示「移動後的最終目的地」，照理 1 的「に」似乎也可以，但細心一看，目的地的「山」後面有「頂上まで」表示目的地，那就出現兩個目的地，「最終目的地」的「に」就變得很奇怪了。但如果「山を登る」的「を」的話，則與「公園を散歩する」或「空を飛ぶ」的「を」一樣，都是表示「橫過／到處移動」的意思，並非目的地，則「【橫過點的】山を【最終目的地的】頂上まで登る」也不會覺得有不自然的地方了（可參照《3 天學完 N5．88 個合格關鍵技巧》 33 を用法①）。

題 8-5 答案：1

題 8-6 答案：1

解說：「スランプ＝ slump ＝低谷 / 蕭條」、「スラング＝ slang ＝俚語」、「スラム＝ slum ＝貧民窟」,「スラムダンク＝ slam dunk ＝男兒當入樽（灌籃少年）」。

62-64

題 1 答案：1

中譯：那個小孩，彈鋼琴似乎是與生俱來的才能。

解說：「生まれながら」表示「天生 / 與生俱來」的意思。

題 2 答案：4

中譯：我的家雖然很破舊，但一家人生活得幸福快樂。

題 3 答案：1

中譯：雖然知道貪污是犯罪，但違法的人是自己的上司，所以只能裝作不知。

題 4 答案：2

中譯：雖然已經有心理準備因為是年末關係必定如此【的忙碌】，話雖如此，但今天實在是忙到一個點。

解說：「それにしても / したって」是一組慣用語，表示「話雖如此」。

題 5 答案：3

中譯：你家孩子的病在慢慢康復過來，所以不需要過度擔心。

題 6 答案：2

中譯：由於工資過低，先別說結婚，我自卑得感覺連找女朋友也不是時候。

題 7 答案：3

中譯：銀行寄來的文件，老婆連看都不看就說「這是無用的東西吧」，然後隨手扔進垃圾桶。

解說：「読みもしないで」＝「読むことなく」。

題 8 答案：3123　★＝ 2

中譯：我老公他真是的，愈來愈健忘，可每年我生日的時候都不忘給我買花，真把我樂壞。

題 9 　答案：2143　★＝4

中譯：被迫在雨中等了兩個小時，但最終情人還是沒有來，我一邊思量着他今天應該不會來，最後決定了回家。

題 10 　答案：2134　★＝3

中譯：唉，我們公司的職員嘛，雖然接客時很有禮貌，所用的辭藻也很得體，但很多都是從心底裏看不起客人的傲慢傢伙。

題 11 　中譯：父親：小武原來你一個人在這裏啊。幹嘛一個人在公園裏發呆呢？平時的話，這個時間你應該是在看電影的……

小武：這和爸爸你沒有關係！

父親：別盡說些冷漠的話吧。聽你媽媽說，昨天學校有人在你的桌子上放了一封情書呢。不愧是我的兒子，你真是了得！那之後你和那個女孩怎樣了？如果你想約她出來的話，老爸會給你一些意見哦。

小武：你真是很麻煩很囉嗦，告訴你那封信是放錯的，她說搞錯了桌子，本來是想給坐我後面的那個池面太郎君的。

父親：不會吧，怎會這樣的？照我來看，如果你和那個池面太郎決鬥的話，我的兒子肯定不會輸，絕對會壓倒性的打敗他。

小武：你明明甚麼也不知道，就不要隨便說吧，好嗎？我討厭死你了！

父親：不好意思，我是否干涉太多了……

題 11-1 　答案：4

解說：「感傷」、「鑑賞」、「完勝」、「干涉」四個單詞都念「かんしょう」。

題 11-2 　答案：1

題 11-3 　答案：2

解說：「言うな」＝「別說」。

題 11-4 　答案：3

題 11-5 　答案：4

解說：「知らないくせに」表示對方「明明甚麼也不知道卻……」，含有責備的語氣。

題 12 　中譯：父親離世前留下了遺言說：「葬禮這種東西，不要也罷！」雖然當時我們答應他一定不會舉行，但是很坦白，作為長子的我的確

頗在意周遭的眼光，覺得不能夠不舉行，便違背了他的遺言，拜託了相關公司負責。的確，包含了感激對方到今天為止為自己所付出的一切，就如花最大的心思選取最好的禮物一樣，盡最大努力挑選葬禮，且無分任何宗教，任何形式（如選擇比較大規模舉行的「從來型」，或是只有家人參加的「家族葬」），反正不受任何語言所拘束，傾盡一生中所有的愛與感謝，送對方走上最後一步，那可謂盡「最後的孝道」吧！雖然有違背親人原意之嫌，但我覺得親人是會原諒我的吧！

題 12-1 答案：3

中譯：「周遭的眼光」指的是甚麼？

1　父親去世之前，聽說能看到周遭有很多目光一事。
2　有時候根據某些場合，葬禮需要作為喜事舉行一事。
3　如果沒有盡應該盡的責任，會遭受他人非議一事。
4　孩子如果沒有好好遵從父母的遺言，父母會死不瞑目一事。

題 12-2 答案：2

中譯：筆者相信「親人是會原諒我的吧」的根據為何？

1　親人的遺言。　　　　　　2　自己的信念。
3　相關公司的忠告。　　　　4　宗教的力量。

65-66

題 1 答案：1

中譯：為了健康，就算多麼喜歡抽煙也好，也是不抽為妙。

題 2 答案：3

中譯：與愛貓小白的邂逅，無他的，就是源自一種非比尋常的緣分吧。

題 3 答案：1

中譯：只有在艱難的時候互相扶持，才是所謂的摯友吧！

解說：「こそ」一般譯作「只有……才」，請參照本書 **67** 「こそ」系列快速閱覽表。

題 4 答案：4

中譯：今天是難得的假期，但工作堆積了一大堆，不得不回公司。

題 5　答案：3

中譯：看到新聞說那個國家的無罪的年輕人不斷被軍隊所殺，不流淚的話受不了＝禁不住流下淚來。

題 6　答案：4321　★＝2

中譯：無他的，就是因為出自您的金口，我為甚麼還需要不斷追問呢？

題 7　答案：3412　★＝1

中譯：把你叫來，不為別的，正是為了那件事情，我覺得不得不向你好好道歉。

題 8　中譯：說起用手掩着眼睛、耳朵和嘴巴的猴子像，日本人的話，誰都知道日光東照宮的三猴 ——「不見猴・不聽猴・不說猴」（筆者注：猴子的日語是猿（さる），而「V ざる」是表示「不 V」的意思，這裏通過諧音字結合以上兩個意思，就變成了三隻「不 V 猴」）是最有名的吧。但是大家知不知道原來當初並非只有三猴，而是有四猴呢？《論語》一書記載下孔子諸多警句，當中「非禮勿視，非禮勿聽，非禮勿言，非禮勿動」表示「不可看、聽、說和做一切有違禮教的事」。的確，三猴能把最初的三個教誨反映出來，但最後的這個「不做猴」像嘛，因為傾向被誤解為「甚麼也不做」的意思，所以日本為首的很多世界各地，都把他省略下來 —— 這應該就是最大的原因吧！另外，「何事不可看？何事不可聽？何事不可說？」這些問題的答案，會隨着人的準則而改變，但緊記心中牢牢的握住這些準則，養成能判別是非之心 —— 這不是人人皆應該做的事嗎？

題 8-1　答案：2

中譯：作為筆者的意見，以下哪一項是正確的？

1　看到不可看的事情時，想起三猴就好了。

2　善惡的準則並非經常都是一樣的。

3　喜歡三猴多於四猴的只有日本。

4　第四隻猴子，甚麼也不做就是牠的天性。

題 8-2　答案：3

中譯：最有可能放在「A」的是以下哪一個？

解說：「混（ま）ざる＝混合在一起」，「御座（ござ）る＝です／います／あります的丁寧語」，「せざる＝不做」，「飾（かざ）る＝裝飾」。

67

題1 答案：3

中譯：昨天的宴會並非想參加，但既然被父母委托，就只得去了。

解說：1 換言之 2 不可能

3 並非 4 不能

題2 答案：2

中譯：這是去世的祖母給我的，所以不能給你。

解說：1 並非不能給你 2 不能給你

3 正正因為給了你 4 幸好給了你

題3 答案：4

中譯：能有今天這個我，幸好因為有長年支持我的家人之故。

解說：1 正正有這件事 2 只有……才

3 正正因為有 4 幸好因為有

在一般的情況下，能放於文末的只有「Ｖばこそ」。

題4 答案：2

中譯：甚麼事都好，只有嘗試做過，才會明白他的存在意義。

解說：1 不偷偷的嘗試做 2 只有嘗試做過

3 幸好因為沒有嘗試做過 4 文法不對

題5 答案：2

中譯：A：因為經歷過戰爭，而且最終苟且生還之故，所以我很明白和平
的重要性。

B：正正因為如此，怪不得您一直打算把您的經驗傳達給下一代，
實在佩服！

解說：1 正正因為如此 / 不可能 2 正正因為如此 / 怪不得

3 文法不對 / 不可能 4 文法不對 / 怪不得

68

題1 答案：1

中譯：只要我的眼珠還是黑色的＝活着，我就不會讓你碰我的女人。

解說：1 只要 2 據……所知 / 在……範圍之內

3 偏偏 4 文法不對

答案：4

中譯：那些無聊的事啊，無關痛癢的事啊，就偏偏難以忘懷。

解說：1　以……為限期

2　據……所知 / 在……範圍之內

3　只要是

4　偏偏

1 的「N を限りに」表示「以 N 為限期」如「今月の 31 日を限りに閉店いたします」表示「以本月的 31 號為最後一天營業時間」的意思，但由於出題頻率相對比較低，就此割愛。

題 3　答案：3

中譯：電影這種東西，比起在家裏看，<u>最好是在充滿臨場氣氛的電影院看</u>。

解說：1　文法不對　　　　　　　　2　文法不對

　　　3　最好是看　　　　　　　　4　最好是不看

題 4　答案：3

中譯：<u>只要沒有</u>明顯的證據，委托人（律師角度來看是客戶）被宣判無罪也只是時間的問題。

解說：1　只要有　　　　　　　　　2　只限

　　　3　只要沒有　　　　　　　　4　偏偏在沒有的時候

題 5　答案：1

中譯：因為被一生人中最信賴的人無情地背叛，所以<u>非常</u>悲傷。

解說：1　非常　　　　　　　　　　2　不限於

　　　3　最好是　　　　　　　　　4　不一定

69

題 1　答案：2

中譯：<u>既然是</u>團隊的隊長，首先沒有帶領大家前進的決心是不行的。

解說：1　文法不對

　　　2　既然是

　　　3　在……的層面而言 / 根據……來看

　　　4　文法不對

題 2	答案：4

中譯：的確，那種病<u>不但</u>治好的機會率很低，<u>而且</u>醫療費也很昂貴，但不想輕易放棄。

解說：1　文法不對

　　　2　在……的層面而言 / 根據……來看

　　　3　既然

　　　4　不但……而且

題 3	答案：2

中譯：關於這次活動，懇請<u>先</u>了解<u>再</u>參加。

解說：1　既然

　　　2　先……再

　　　3　而且

　　　4　文法不對

4 就算改成同樣表示「先……再」的「上（うえ）で」，但由於後項的「ご參加（さんか）」是名詞，所以用「上（うえ）での」結合的話更加貼切。

題 4	答案：2

中譯：對大家而言，<u>為了</u>生存下去【這件事】，哪些東西是不可或缺的呢？

解說：1　既然

　　　2　為了……這件事，【後項是很重要的。】

　　　3　上面的

　　　4　既然

一般而言「V る上（うえ）で」多連接「大切（たいせつ）」或「不可欠（ふかけつ）」等表示後項很重要的單詞。

題 5	答案：4

中譯：<u>根據</u>江戶時代的資料<u>來看</u>，聽說從前這一帶是武士的家邸哦。

解說：1　的上面

　　　2　既然是

　　　3　為了……這件事，【後項是很重要的。】

　　　4　在……的層面而言 / 根據……來看

70

題1　答案：2

中譯：活着之際，何止需要前進，偶爾也請不忘向後回顧。

解說：1　何止　　　　　　　　　　2　何止
　　　3　文法不對　　　　　　　　4　歸咎於／問題出於……之故

「ばかりでなく」可後接含有希望如「V たい」、命令如「V なさい」或邀請如「V てください」等意思的句子，但「ばかりか」則不可。可參照《3 天學完 N3．88 個合格關鍵技巧》 63 添加的表示①。

題2　答案：1

中譯：愈是找藉口，難得從他人身上得到的信賴，就愈是不斷在消失。

解說：1　不斷在消失　　　　　　　2　不斷不會消失
　　　3　剛剛消失　　　　　　　　4　何止消失

題3　答案：2

中譯：歸咎於想和對方公司簽約之故，這個世界上有太多為了取得成功，甚至出動行賄方法的奸商。

解說：1　何止　　　　　　　　　　2　歸咎於／問題出於……之故
　　　3　文法不對　　　　　　　　4　文法不對

題4　答案：1

中譯：何止只想和對方公司簽約之故，這個世界上有太多乘對方一個不留神，就想把對方公司據為己有的奸商。

解說：1　何止　　　　　　　　　　2　歸咎於／問題出於……之故
　　　3　文法不對　　　　　　　　4　文法不對

題5　答案：3

中譯：大家，有沒有為了想讓自己所愛的人安心而故意說謊的經驗呢？

解說：1　想被……安心　　　　　　2　讓……正在安心
　　　3　想讓……安心　　　　　　4　被……安心了

71

題1　答案：1

中譯：儘管從當了幾十年老闆的立場而言，經濟低迷到如斯地步，真是想也沒想過。

解說：1　儘管從 N 的立場而言　　　2　正在……之際
　　　3　從……一事看來　　　　　4　豈止……還／更

　答案：1

中譯：一般來說這種情況是會報警的，但就姑且原諒你一次。

解說：1　平常是……但今天／這次不同　2　差點就
　　　3　從……一事看來　　　　　4　豈止……還／更

　答案：3

中譯：從他無論怎樣被罵也不找藉口為自己辯護一事看來，似乎的確在
　　　反省的樣子。

解說：1　平常是……但今天／這次不同　2　因為差點就
　　　3　從……一事看來　　　　　4　豈止……還／更

　答案：1

中譯：突然想吃炸雞便當就去買，想不到竟然全部賣完。

解說：1　想不到　　　　　　　　　2　在……這個地方
　　　3　平常是……但今天／這次不同　4　豈止……還／更

　答案：4

中譯：都怪我老公性格單純，有幾次被不認識的人欺騙，差一點點就損
　　　失巨款。

解說：1　因為是剛要／正要開始　　2　文法不對
　　　3　不是……的時候　　　　　4　差點就

72

　答案：3

中譯：令人感到幸運的是，整個旅行都不曾下雨，畢竟是平常多做好事
　　　所以天公作美吧！

解說：1　由於某事……　　　　　　2　由於某事……Ｖ 吧／請 Ｖ
　　　3　令人感到……的是　　　　4　多麼的……啊！

　　　3「ことに」的 4「ことか」意思相近，若說「多麼的幸運啊」似
　　　乎也可以，但只需記住「ことに」放在文首中，而「ことか」放
　　　文末就不會混淆。題外話，日本人有「平常多做好事所以天公作
　　　美」這種思維模式。

題2 答案：4
中譯：單思是<u>多麼的</u>難受啊，換言之，兩情相悅是<u>多麼的</u>幸福啊！

解說：1　由於某事……　　　　　　　2　由於某事……V 吧／請 V
　　　3　令人感到……的是　　　　　4　多麼的……啊！

題3 答案：1
中譯：由於貓不分晝夜老是睡覺，所以被冠以「寝<ruby>子<rt>ね こ</rt></ruby>＝經常睡的小動物」之名，據說這就是牠的語源。

解說：1　由於某事……　　　　　　　2　由於某事……V 吧／請 V
　　　3　令人感到……的是　　　　　4　多麼的……啊！

題4 答案：2
中譯：由於這麼難得來到外國，就別吃日本菜，改吃地道的食品吧！

解說：1　是規矩／宗旨　　　　　　　2　由於某事……V 吧／請 V
　　　3　用不着　　　　　　　　　　4　不……就

題5 答案：4
中譯：這裏除了我和你再沒有其他人了，請<u>不要客氣</u>，盡量暢所欲言！

解說：1　不決定做　　　　　　　　　2　不是……這回事
　　　3　沒有成為……這個結果　　　4　不……就

73

題1 答案：2
中譯：I　嬰兒哭嘛，因為是<u>理所當然</u>的事，所以就一點點的哭聲，用不着動怒吧！
　　　II　嬰兒哭嘛，是<u>無可奈何</u>的事，就一點點的哭聲，用不着動怒吧！

解說：1　當然不應該　　　　　　　　2　是理所當然的
　　　3　因為正正是　　　　　　　　4　雖說

這裏的「ものだから」理論上可作兩種解釋：1 是表示「理所當然」的「もの」加「因為」的「だから」，上述的 I 就是源自這個意思的譯法；2 是表示「無可奈何」的「ものだから」，上述的 II 可見其影子。但由於「ものだから」後面一般不會出現帶有「邀請」、

「命令」或「忠告」的語句，故此 I 還是比較正宗的譯法，可參閱
《3 天學完 N3・88 個合格關鍵技巧》 44 理由的表示②。

題 2 答案：4

中譯：誰料到自己心愛的人竟然患上不治之症，<u>可以的話</u>，我真想代他
受罪！

解說：1 有……的感覺 / 真讓人感到……

2 都怪那些想像不到的 / 突發的情況，或無可奈何的理由，所以
變得……

3 怎會……？一定不會！

4 發生可能性較低的「想像假使」

題 3 答案：2

中譯：老爸是個嚴格的人，<u>從前如果敢向他頂撞的話那就糟糕了</u>，因為
他<u>總是</u>會賞我一巴掌的耳光。

解說：這裏需要的文法明顯是表示「萬一是這樣的話就糟糕了」的「V 意
向＋ものなら / もんなら」和「從前總是 V」的「V た＋ものだ」。

題 4 答案：1

中譯：你雖說「我明白我明白」，但我的感受，你<u>怎會</u>明白？

解說：1 怎會……？一定不會！

2 多麼的……啊！

3 何止……還 / 甚至

4 豈止……還 / 更

題 5 答案：1

中譯：這首歌，旋律也好，歌詞也好，<u>都有</u>種扣人心弦的<u>力量</u>。

解說：1 有……的感覺 / 真讓人感到……

2 有理由

3 有限的

4 也有……的時候

74

中篇讀解 1

以下是某個叔叔對年輕人說的話。

中譯：儘管能進入自己的口袋的着實不多，但我仍然想出版。一方面能大膽作出屬於自己的假設，然後把他變成出版物——可以說成是一種浪漫吧！錢嘛，已經置諸度外了。還有，我經常這樣認為，那些風燭殘年，隨時油盡燈枯，下一秒灰飛煙滅的有錢叔叔伯伯，應該很羨慕年輕的我們吧（說是我們，其實特別指的是你們）！為甚麼？因為去了那個世界，就算有錢也好，沒有錢也好，已經變得不再有關係了。這麼一來，活着就是一件最大的寶貝，而且這並非像捉摸天上雲般的縹緲事兒，反而可說，誰都能最起碼把這寶貝抱進懷裏一次，不是嗎？我的話到此為止，謝謝大家細聽！

題1 答案：4

中譯：「進入」懷裏的東西，也就是

　　　1　挑戰
　　　2　機會
　　　3　浪漫
　　　4　金錢

解說：從「錢嘛，已經置諸度外了」一文可見，進入懷裏的是錢。

題2 答案：2

中譯：文章寫着「捉摸天上雲」一句話，換言之也就是

　　　1　充滿浪漫
　　　2　虛無縹緲
　　　3　富人情味
　　　4　與生俱來

解說：日語的「雲をつかむ」有一種「虛無縹緲、海市蜃樓」的意思。

報紙上的專欄作家寫了一篇名為〈旅行實在是一個好東西〉的文章。

中譯：想一想，和摯友發生大爭執，或者目睹至親離世的時候，心中好像突然裂開了一個大口一樣，每天只能以淚洗面，一直悲痛地過日子。那種悲傷的深度，是一種難以量度且非比尋常的東西。在此時，我突然看到一個廣告說：「悲傷令心中一籌莫展，寸步難行，當過了最艱難的時期，冷靜下來之後，不如來一趟旅行吧？」也就是這個契機，我決定了第一次踏足海外。

結論是，作為停止並改變一直讓自己痛苦的根源，旅行實在是一個很好的方法。只需進行一些和日常不同的非日常性活動，簡單來說，去一些完全沒有去過的地方，或是挑戰一些從來沒有體驗過的事情，也就是這樣而已，就足以令痛苦的源流終止，效果顯著。與此同時，讓自己有機會回顧一下當前的人生，說不定也能重新認識過去自己的一言一行。在從未見慣的土地上，通過對心身的洗滌，跟一度走進了死胡同的自己說聲再見，盡情的享受旅行吧！

題 1 答案：3

中譯：筆者寫這篇文章的最大目的是甚麼？
1 尋找方法，消除在旅行時遭遇到的悲傷。
2 具體介紹在旅行時會進行怎樣的非日常性活動。
3 強調旅行是一種擁有如何強大力量的東西。
4 說明旅行前和旅行後自己出現的所有變化。

題 2 答案：4

中譯：以下哪一點和作者的想法一致？
1 目睹最愛的家人離世，這可說是人生最大的痛苦。
2 只需進行一些日常的活動，心身就會得到洗滌。
3 當心中一籌莫展，寸步難行之際，最好馬上來一趟旅行。
4 在旅行期間，能評價過去的自己做了些甚麼事情。

解說：這裏通過刪減法找出答案，筆者沒有說過「家人離世是人生最大的痛苦」，所以 1 不對；此外，「只需進行一些和日常不同的非日常性活動……就足以令痛苦的源流終止」可見，光靠「日常的活動」，心身是不會得到洗滌的，2 也不對；「當過了最艱難的時期，冷靜下來之後，不如來一趟旅行吧」云云，可見他沒有建議「馬上」來一趟旅行，3 亦不對。

75

中篇讀解 3

看了一篇題目是〈原諒那個曾經傷害過自己的人吧！〉的文章。

> **中譯：**活了幾十年，「那個人絕對不可原諒！」或者「雖然嘗了一個大苦頭，但這次就姑且原諒他吧！」這些經驗，應該誰都有吧！被家人、老師、同學或是同事說了一些討厭的事情，以致心裏受到傷害，這些傷害在平時或許會忘掉沉澱，但在某些時候總會浮現眼前。然而，過去的時間再也不能回來，而曾幾何時一句令自己痛苦得死去活來的說話也變得不再重要了，所以對任何人，任何事，也就能夠說：「我原諒你吧！」當然，最初並非一件簡單的事，就算是馬上「還曆＝登陸」的自己也這樣認為，但隨着長大成一個大人，我慢慢發覺原諒別人，就是把自己從仇恨的枷鎖中解放出來。原諒他人並非一種敗筆的宣言，況且就像自己曾受到傷害一般，自己也許在不知不覺中也傷害了他人。這樣想的話，也許變得能夠原諒別人吧！總而言之，原諒就是一件與自己得到解決，有着深深關係的事。

題1 **答案：**1

中譯：筆者認為能原諒人的話，會有甚麼結果？

1 自己也會變得不再痛苦。

2 不得不說這就是一種敗北。

3 能夠挽回一度喪失的時間。

4 能夠從幾乎陷於死亡的危機中逃脫出。

題2 **答案：**4

中譯：寫這篇文章的筆者最有可能是以下哪一位？

1 20 幾歲的男子大學生。　　2 30 幾歲的女性 OL。

3 40 幾歲的男性管理階層。　4 50 幾歲的家庭主婦。

解說：「就算是馬上『還曆＝登陸』的自己也這樣認為」，而日語稱 60 歲為「還曆」，有「走了一個甲子，重新回到曆法之始」之意。可參照本書 **6** 漢字知識⑥～俗字。

這是大文豪夏目漱石寫的一封拒絕朋友借錢的信。

中譯：

我拜讀了你的信。

這次不能如你所願，實在萬分抱歉，因為我現在沒有任何錢可以借出……（中略）……因為我的親人家發生了一些不幸的事情，所以我就援助他們若干費用，舉行葬禮。所以我現在甚麼也沒有了。如果我的銀包裏有錢的話，我會給你的，可惜問題是空空如也。就像出版社拖延了你的原稿費一樣，你也可以嘗試拖延一下房租。如果房東說一些難聽的話，你就跟他說我只能夠在出版社發工資給我的時候付房租，實在別無他法，不要把它放在心上。這不是你的問題，請不要那麼介懷！

不盡欲言。

題1　答案：4

中譯：以下哪個書寫特徵見於以上信件中？

1　委婉拒絕。
2　省略了拒絕的理由。
3　具有理性的部分，但缺乏感性的一面。
4　提示具體的解決方法。

解說：「這不是你的問題，請不要那麼介懷」可見其亦有感性的一面。而「你也可以嘗試拖延一下房租……實在別無他法」就是他所提示的具體解決方法。

題2　答案：2

中譯：夏目漱石覺得最不好、責任最大的是似乎是哪一位？

1　房東　　　　　　　　2　出版社
3　你　　　　　　　　　4　親人

解說：縱觀全文，唯獨「就像出版社拖延了你的原稿費一樣」可視為一個負面的評價。

76

以下是某個完美主義者的告白。

中譯：我是一個完美主義者。自己的房間自不用說，客廳和廚房也是一塵不染；而所有的裝飾，如果不整齊地放在指定的地方，我總覺得不能冷靜下來，不，應該說甚至會覺得很嘔心。時鐘也是，只要有 1 秒分差，我就會覺得痛苦到難以呼吸。總之，我是一個甚麼事情都要做得完美的人。有人把這說成是缺點，最後甚至對我敬而遠之，但我不認為他們說的是對的。況且，我從沒打算強迫他人和我一樣要追求完美主義，因為我十分知道<u>完美主義所包含的無限痛苦</u>。

每當完美主義這種「病」發作時，我就會變得經常苛求自己。亦由於此，自己會因為小小的事情而變得心煩氣躁，甚至大發雷霆。把太多壓力強加在自己身上，那邊廂，其他人稍微馬虎的行為也變得不可原諒，都怪這，給難看的面色人家看更是家常便飯。由於自己心情不好，人家也就不想和你親近，你甚至被孤立；被孤立之後，更加一心認定這是他人不明白自己之故——這應該可說是一種<u>骨牌效應</u>吧！

就這樣，在不知不覺之間，仿佛世界所有人都要與自己為敵——這結果也是一開始就想定了。如果不想成為這樣的話，那就不要想把所有的事情都做得完美。的確人生，有時候也需要偷工減料的。我自己似乎是無法做到的，但如果並非那麼泥足深陷的你，希望能夠早日脫離苦海——這是有可能的，希望你不要放棄。

題1 答案：3

中譯：以下哪個並非筆者所舉的「<u>完美主義所包含的無限痛苦</u>」的例證？

　　1　變得沒有朋友，被迫陷入腹背受敵的困境。

　　2　明明不一定要做的事情，卻被心魔強迫去做。

　　3　某些場合會為婚姻關係帶來障礙。

　　4　情緒不安或呼吸困難等心理及生理上的痛苦。

題2 答案：1

中譯：以下哪一組詞可適合代替「<u>骨牌效應</u>」？

　　1　惡性循環　　　　　2　起承轉合

　　3　自作自受　　　　　4　支離破碎

答案：2

中譯：對於完美主義，筆者有着怎樣的見解？

　　1　時間過得愈長，「病」的症狀就會愈緩和。

　　2　即使是正在患「病」的人，也有機會治好。

　　3　反正一患上這種「病」，就算有多大的意志幾乎都難以痊癒。

　　4　發「病」時，自己的確會很痛苦，但不會牽連到他人。

77

看了雜誌上寫着有關諺語的介紹。

中譯：日文有一句叫做「急がば回れ」（筆者：類似中文「欲速則不達」或「寧走十步遠，不走一步險」的意思）的諺語，本來的意思是表示「愈是時間緊迫的時候，相比走捷徑，繞道走路的話，愈能早日到達目的地」，後來引申為「不選擇看似簡單迅速但危險的方法，因為雖然花時間，但選取確切且安全的方法，更容易取得成功」這個意思。

出典是一首意思為「武士哦　矢橋之舟 *** 雖快然而欲速不達　勸君瀬田唐橋」的連歌 ***，原來這和琵琶湖有着密切的關係。其實在江戶時代，要橫過琵琶湖的話，一般來說有以下兩條路綫，即是：

1. 約 6 公里的較短船路，但從比叡山上吹下來的強風，令船有反側的危險。

2. 經過一個叫瀬田唐橋的地方，迂迴繞過琵琶湖的陸路，全程約 12 公里，雖然較長但較安全。

作為和這個日語意思相近的中國諺語，可追溯至兩千多年以前的《孫子兵法》中「迂直之計」一章，對當中內容作粗略介紹的話，「刻意繞道，走迂迴的路，用迂迴的方法，以利益去引誘敵人出動再截斷其活動路綫。雖然是之後才出發，但卻能比敵人早到戰場。」

究竟為甚麼走迂迴的路，用迂迴的方法，但卻能比敵人早到戰場，取得成功呢？從另外一個角度來看，在商業世界裏，公司為了增加客人數量和提高業績，通常的方法就是增加員工數量。但是這和選擇 6 公里的船路一樣，可能有同樣的危險。因為急速的擴展有機會引起服務水平的下降，員工質素的退步，而最終引致客人投訴的增加。

所以倒不如重視客人的服務，比方說，把焦點放在改善對現有客人的售後服務上會更好。當然，這方法既花時間而且不會馬上提升營業效率，但員工的數目也不會急速增加。與此同時，你應該靜靜等待敵對公司為了追上業績，急不及待的選擇了 6 公里的短程船路，亦因此慢慢對客人的態度變得敷衍，而最終走上破滅之道。

所以，第一眼看起來感覺是繞路 / 走冤枉路，但是對於一些有先見之明的經營者來說，這才是一個捷徑，這才是一個需要前進的路，不是嗎？

題1　答案：3

中譯：「水平的下降」、「質素的退步」及「投訴的增加」，這 3 組詞語的共通點是？

1　全部包含外來語。　　　　2　語句的長短一樣。

3　語句有共有相同的韻腳。　4　動詞皆為具否定的意思。

解說：這裏通過刪減法找出答案，「質の劣化」不含外來語，所以 1 不對；「サービスの低下」（8 音）、「質の劣化」（6 音）、「クレームの増加」（8 音），語句的長短並非一樣，所以 2 也不對；雖然「低下」和「劣化」可視為負面意思，但「増加」本身字義卻並不一定是負面，故此 4 也不對。反而「低下」、「劣化」和「増加」均具相同的韻腳，所以答案是 3。

題2　答案：1

中譯：促使「能比敵人早到戰場」的策略為何？

1　改良服務內容。　　　　2　引入優秀人才。

3　大幅度價格調整。　　　4　與敵對公司的合作。

題3　答案：2

中譯：對於「急がば回れ」，筆者有着怎樣的見解？

1　中文與日語都有相似的表達手法，但意思就完全不一樣。

2　中文和日語在表達手法上雖不一樣，但意思就沒有顯著的不同。

3　中文的諺語是從日文那邊吸收靈感而創作的。

4　中文原來是軍事用語，而日語可追溯至商業用語。

78

回憶小時候被爸爸狠狠打了一次的經過。

中譯：小學六年級的時候，有一次不小心把爸爸買給我的玻璃筆架跌在地上弄碎了。

爸爸發覺東西不見了，就問我：「買給你的筆架哪兒去了？」

「壞掉了。」我滿心不以為然的回答。然後他的語氣變得強硬，「你再說一次！」剎那間我覺得他正在生氣，只好怯聲怯氣的再說一次：「壞掉了。」

說時遲那時快，他馬上在我臉頰上賞了一扇重重的耳光，我仰面朝天的跌倒在榻榻米上。丈二金剛摸不着頭腦的我瞬間茫然自失，而爸爸則臉上青筋暴現，俯視着我說：

「你再說一次！是你弄壞的吧！還是筆架它在不知不覺之間，自己自然倒下裂開了？」

那是一把非常具威脅的聲音。我膽戰心驚，從喉嚨裏發出一絲嗚咽的聲音回答：

「是我弄跌了⋯⋯」

聽了這句話之後，爸爸把聲音壓低了說：「那應該叫弄壞了，『壞掉了』和『弄壞了』根本就不一樣。」

然後就用鉛筆在紙上寫了「壞掉」和「弄壞」兩組字，放在我的臉頰前，命令我說：

「看！不一樣吧，一定要分辨清楚！從今以後都一定要分辨清楚！」

爸爸轉身離開之後，我非常悔恨，無法停止哭泣。坦白說，我痛恨爸爸，覺得他真是一個非常可惡的父親。

出生於明治時代的爸爸，並非有格外高的學養，也只是在保險公司裏面當到分店店長職位的一個普通得再不能普通的日本男兒。血壓高，就像興趣般的經常發脾氣。作為長女的我，經常被迫成為他宣泄憤怒的對象。

10 年前我這個爸爸去世了，現在想一想，他從來不會討好自己孩子，這種不亢不卑的價值觀不是很優秀嗎？多虧他，我養成自己思考再行動的習慣，在這個意義層面上，我很感謝他！

節錄自向田邦子《「壞掉」和「弄壞」的不同》

題1 答案：1

中譯：令筆者父親生氣的最大原因是？

1 因為使用的言詞不正確。

2 因為弄壞了筆架。

3 因為不知道弄壞了筆架的原因。

4 因為不肯承認自己的過錯。

題2 答案：1

中譯：最接近「不討好」的意思的單詞是哪一個？

1 不寵壞縱容。　　　　　2 想不起。

3 不大聲吵讓。　　　　　4 不懷念。

題3 答案：3

中譯：以下哪一個是對筆者的「爸爸」的正確說明？

1 明治時代出身且具有高度教養的人。

2 保險公司的分店店長，最大的興趣是發脾氣。

3 如果不把事情弄個清楚，心裏就不是味兒的日本男兒。

4 是一個打小朋友之前，會清楚說明打的原因的人。

題4 答案：2

中譯：筆者對於「爸爸」有着如何的感情？

1 從前很感激他，但現在很埋怨。

2 從前很埋怨他，但現在很感激。

3 「爸爸」的去世是一個契機，令筆者覺得他是一個非常了不起的人。

4 「爸爸」已經去世十年了，自己的感情也無可奈何地逐漸變得淡薄。

79

以下是關於日語演講比賽的通知。在通知下面附有問題，從 1・2・3・4 中選取最適當的答案。

活動：第 5 屆香港大學生日語演講比賽

主辦單位：香港恒生大學、同大學亞洲言語文化中心及日本いすゞ（五十鈴）自動車有限公司

1. 項目：

　①背誦部（從指定的詩歌中選擇一首）

　②朗讀劇部（從指定的台詞中選擇一篇）

　③演講部（對任何日本文化作 5 ～ 7 分鐘的發表）

2. 參賽資格：

　①母語並非日語的人士。

　② 父母並非日本人一世的人士。

　③ 於日本停留不超過 3 個月的人士。

　④ 過去未曾於本大會優勝的人士。

　⑤ 背誦部及朗讀劇部參加者的日語學習時間為 150 小時以內，演講部為 200 小時以內。

3. 注意事項：

　① 推薦者只限於教育機構的校長或教師。另外，有親屬關係的人士不能擔當推薦者。

　② 原則上背誦部及演講部，每間學校最多各派 3 名代表參加；而朗讀劇部，每間學校最多派 2 組代表參加。

　③ 同一個人，最多只能參加一個項目（背誦、朗讀劇、演講之中選一）。

　④ 背誦部及演講部為個人比賽，而朗讀劇部則為 4 ～ 5 人團體比賽。

4. 截至日期及方法：初賽須於 2021 年 8 月 13 日（星期五）下午 5 點前提交報名表格和音聲檔或錄像。對於成功入圍的人士，本事務局將於 9 月 17 日（星期五）前聯絡參賽者本人或推薦者。

題 1　答案：3

中譯：以下哪一個具有參加資格？

　　　1　打算參加朗讀劇部，1 個星期學 4 小時日語，差不多學了 1 年的林君。

2　得到既是自己的母親，又是國文老師推薦的黃君。

3　到今年為止，每年都參加比賽，但總在初賽敗退的鄭君。

4　作為有勝利希望的選手，被校長及副校長同時推薦參加朗讀劇及演講的陳君。

解說：「1 個星期學 4 小時日語，差不多學了 1 年的林君」的日語學習時間為 4 小時 X52 ＝ 208 小時；「得到既是自己的母親，又是國文老師推薦的黃君」有違「有親屬關係的人士不能擔當推薦者」的要求；「被校長及副校長同時推薦參加朗讀劇及演講的陳君」有違「同一個人，最多只能參加一個項目（背誦、朗讀劇、演講之中選一」的要求，所以均不能參加。

題2　答案：2

中譯：對於以上文章的特徵，哪一項是正確的敘述？

1　沒有使用「である」形。

2　部分 III 類動詞（カサ行）屬於未完結的形態。

3　只有敬語以丁寧形書寫。

4　只出現一組略字。

解說：「暗誦(あんしょう)の部(ぶ)及(およ)びスピーチの部は個人(こじん)コンテストである。朗読劇(ろうどくげき)の部(ぶ)は 4〜5 人グループのコンテストである」可見 1 不對；「身内(みうち)による推薦(すいせん)はご遠慮(えんりょ)いただく」可見，即使是謙遜語也用普通型，故 3 不對；文中有兩組略字，分別是「いすゞ自動車株式会社(じどうしゃかぶしきがいしゃ)」和「〆きり」故 4 也不對。除了「する」以外，文中所有 III 類動詞「〇〇 する」的「する」均被省略（＝未完結的形態），如「規定(きてい)の詩(し)より一(ひと)つ選択(せんたく)」，「日本文化(にほんぶんか)に関(かん)するテーマを 5〜7 分(ぶん)で発表(はっぴょう)」及「申込書(もうしこみしょ)及(およ)び音声(おんせい)ファイルあるいはビデオを提出(ていしゅつ)」等，是新聞報道或通告一般的寫法。

312

80

在網頁上看到有關浪費食物的問卷調查。

Q1. 為了減少浪費食物，是否已經在家中採取任何方法？（可選擇複數答案）

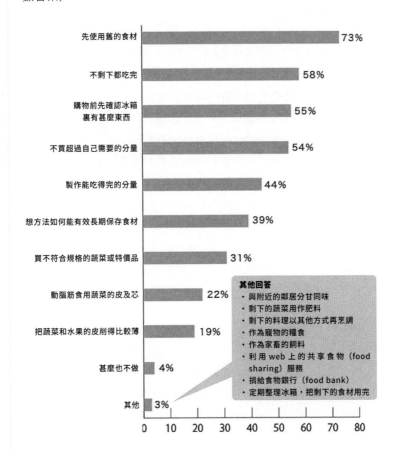

其他回答
· 與附近的鄰居分甘同味
· 剩下的蔬菜用作肥料
· 剩下的料理以其他方式再烹調
· 作為寵物的糧食
· 作為家畜的飼料
· 利用 web 上的共享食物（food sharing）服務
· 捐給食物銀行（food bank）
· 定期整理冰箱，把剩下的食材用完

參考「Salad Cafe」的網頁並作出內容調整
https://www.salad-cafe.com/enquete/reports/voice166_anq.htm

　答案：3

中譯：對於在各個家庭採取的方法，哪一項說明是<u>不正確</u>的？

1　有超過 3 成的人，習慣買一些形狀醜陋的食材。

2　有大概 2 成左右的人，打算增加蔬菜能吃的分量／部位。

3　5 成以下的人，會確認家中有甚麼食材後再購物。

4　大概有 4 成人，會獨自花心思鑽研如何有效保存食材。

解說：「有超過 3 成的人，習慣買一些形狀醜陋的食材」＝「買不符合規格的蔬菜或特價品 31%」；「有大概 2 成左右的人，打算增加蔬菜能吃的分量／部位」＝「動腦筋食用蔬菜的皮及芯 22%」和「把蔬菜和水果的皮削得比較薄 19%」，均約 20%；「大概有 4 成人，會獨自花心思鑽研如何有效保存食材」＝「想方法如何能有效長期保存食材 39%」。只有「5 成以下的人（5 割（わり）を切（き）っている），會確認家中有甚麼食材後再購物」是不對的，因為「購物前先確認冰箱裏有甚麼東西」的人達 55%。

　答案：1

中譯：作為「其他回答」而列舉的各項方法中，<u>不含</u>的概念是哪一項？

1　保存

2　活用

3　送贈

4　農業

解說：「作為寵物的糧食」和「剩下的料理以其他方式再烹調」＝「活用」；「與附近的鄰居分甘同味」和「捐給食物銀行（food bank）」＝「送贈」；「剩下的蔬菜用作肥料」＝「農業」，就是找不到明顯提及「保存」的實際方法。

81

題1 答案：2

A： 「そんな所、行くんじゃない！」（那種地方，你不該去！）

1 「えー、本当にいいんですか？」（欸，真的可以嗎？）

2 「だってみんなで行くんだもん！」（那是因為大家都去啊！）

3 「そうそう、行かないと後悔するに決まってるよ！」（對對，不去的話肯定會後悔的！）

解說：「んだもん＝んだもの」放於文末以表示原因，並多與「だって」作一頭一尾配合。「んだもの」是女性腔調，而「〜んだもん」則男女共用。

題2 答案：2

A： 「それ、彼と会って直接に話したほうがいいのではないかと思いますが……」（那個嘛，我覺得你最好和他直接見面再談……）

1 「どうぞおっしゃって下さい！！」（請說！）

2 「いや、逆に電話のほうがいいかなと思ってさ！」（不了，我反而覺得電話談比較好！）

3 「もっといいアドバイスが欲しいわけ？」（你指想要更好的意見？）

解說：「逆に」可譯作「反而」，表示相比起A（彼と会って直接に話す），B（電話）反而更好的意思。

題3 答案：1

A： 「君、コピーに行くついでに吉田さんを呼んできてもらえる？」（你，去複印的時候順便把吉田先生叫過來！）

1 「はい、ただいま呼んでまいります！」（是，我現在就去！）

2 「はい、コピーにいかせていただけたら幸いです！」（是，如果能讓我複印的話，是我的光榮！）

3 「はい、お待たせいたしました！」（是，讓您久等了！）

解說：「呼んでまいります」是比「呼んで来ます」更有禮貌的說法。

題4 答案：3

A： 「そんなドラマ、これ以上見ていられるもんか？」（那樣【糟糕】
　　的電視劇，我怎能繼續看下去？）
　　1 「見たことがないんですね！」（原來你還未曾看過！）
　　2 「そうですね、一緒に楽しみましょう！」（對啊，我們一起好
　　　　好欣賞吧！）
　　3 「それは言い過ぎだって！」（這說得有點過分了吧！）
解說：「見ていられるもんか」源自「看」的「見て」＋「繼續下去」的「い
　　られる」＋「怎會」的「もんか」。

82

題5 答案：1

A： 「わー、懐かしい景色。この公園に来たのは何年ぶりかしら？」
　　（嘩，很懷念的景色啊，有多少年沒有來這個公園呢？）
　　1 「昔はよくここで君と遊んだものだね！」（以前總是和你來這
　　　　裏玩的！）
　　2 「君と一緒に来なきゃよかった！」（早知道就不和你來！）
　　3 「10年前に出来たと言われていますが……」（人家都說是10
　　　　年前建好的……）
解說：「V たもの」表示「從前總是 V」（請參照本書 73 ▶「もの」系列
　　快速閱覽表），常用於回憶往事。

題6 答案：3

Q： 「あんな強いチームには勝てっこないよね……」（那樣的強隊，
　　恐怕是無法戰勝的吧……）
　　1 「やっぱり練習した甲斐があってさ！」（練習終於有回報＝不
　　　　枉我一直練習。）
　　2 「ずいぶん自信があっていいことだよ！」（你能有這樣的自信
　　　　是一件好事。）
　　3 「やってみないと何とも言えないよ！」（不試試的話，誰也說
　　　　不準【會發生甚麼事情】！）

解說：「V っこない」表示「不 V」，所以是「不能贏」（請參照本書 49 ▶ 推測 / 判斷的表示②）。另外，「～甲斐がある」也屬於 N2 文法，表示「前項行為得到有了回報！」

| 題7 | 答案：2 |

Q： 「昨日は危うく死ぬところだったよ！」（我昨天差點就死了！）

　　1 「まったく！あれほど望んでいたのに……」（有沒有搞錯啊，我期望了那麼長時間……）

　　2 「うそ、何があったの？」（不會吧，發生了甚麼事？）

　　3 「知らぬか？お前はもう死んでいる！」（你不知道嗎？你已經死了！）

解說：「危うく」有「險些 / 幾乎」的意思，而「V るところだった」則表示「差點就 V」，請參照本書 71 ▶ 「ところ」系列快速閱覽表。

| 題8 | 答案：3 |

Q： 「彼女と旅行に行くなら、どこが良い？」（如果和女朋友去旅遊的話，哪裏比較好？）

　　1 「挙句の果てに、また振られちゃったんだよ！」（最終我又被甩了！）

　　2 「彼女が欲しくてたまらないでしょう！」（女朋友，很想要吧！）

　　3 「それに先立ってまず彼女がいないと！」（首先，你必須有一個女朋友！）

解說：「挙句の果てに」表示「最終是壞結果」（請參照本書 41 ▶ 時間的表示②）；「てたまらない」表示「……得要命」（請參照本書 51 ▶ 程度的表示①）；「先立って」表示「V 前先……」（請參照本書 40 ▶ 時間的表示①）。

83

題1　答案：3

男の人が話しています。

男の人：レストラン「サンピロ」では、20周年の記念といたしまして、性別や年齢にかかわらず、抽選で20名の方を無料にご招待いたします。ご希望の方は当レストランのウェブサイトでお申し込みください。今回のご招待は2つのコースからお選びいただきまして、Aコースは和食、Bコースは中華となっております。インターネット上の申し込みぺーじにお好きなほうに丸をつけ、住所、氏名、電話番号などの個人情報をご記入の上、お申し込みください。

主に何についての話ですか？

1　レストランの新メニューについての紹介。
2　お客様の好みについての調査。
3　イベントについての案内。
4　予約制限についての説明。

男人正在說話。

男人：本餐廳「新比樂」，作為20周年紀念，不分性別與年齡，將會抽選20名客人作免費招待。有興趣的客人，請在本餐廳的網頁上申請。今次的招待有兩個套餐供客人選擇，A餐是和食而B餐是中華料理。請在網上申請書中喜歡的選擇上打上圓圈，再填寫住所、姓名、電話號碼等個人資料後寄出。

主要是關於甚麼的說話？

1　有關於餐廳新菜單的介紹。

2　關於客人喜好的調查。

3　關於活動的通知。

4　關於訂座限制的說明。

題2　答案：3

男の人と女の人が話しています。

女の人：今日の結婚式すごかったね。花婿さんがイケメンで、花嫁さ

んもめっちゃ綺麗だったし。

男の人：だけどちょっと派手すぎなかった？新郎新婦が西洋のプリン
　　　　スとお姫様の格好をしていて、しまいには二匹の馬車で登場
　　　　するなんて、結構お金がかかったんじゃない？

女の人：それだけ生活が裕福になったのよ。しかも最近の若者は、
　　　　一生一度のことと看做して、借金をしてまで、盛大にしよう
　　　　とする人がいるんですよね。

男の人：気持ちはわからないでもないんですけど、やっぱりお金を貯
　　　　めておいて必要な時に応じて使ったほうがいいけどね、我々
　　　　の若い頃みたいに。

女の人：あたしもそう思うけどね。

男の人は結婚式についてどう思っていますか？

1　花嫁も綺麗だったし、式も素晴らしかった。
2　社会が豊かになったのだから、それにふさわしい式だった。
3　必要以上に豪華でお金がかかりすぎる式だった。
4　プリンスとお姫様の格好するのは悪くなかったですが、やはり
　　日本式のほうがもっとよかった。

男人和女人在談話。

女人：　今日的婚禮好厲害啊。新郎很俊俏，而新娘亦很漂亮。

男人：　但你不覺得有點誇張嗎？新郎新娘全身西洋的王子和公主的裝
　　　　扮，最後還有兩匹馬車登場，這應該用了不少錢吧！

女人：　就是因為生活富裕他們才這樣做哦。還有，最近的年輕人認為，
　　　　這是一生一次的事情，所以甚至不惜貸款去盛大舉行呢。

男人：　他們的心情，我並非完全不明白，不過還是覺得應該把錢儲起
　　　　來，在必要的時候用會比較好，就像我們當年那樣。

女人：　我也是這麼認為呢。

男人覺得婚禮怎樣？

1　新娘很漂亮，儀式亦很隆重。
2　社會變得富裕起來，所以那是一和相應的儀式。
3　儀式過於豪華，用錢用得太多。
4　王子公主的裝扮雖然不太差，但還是日式比較好。

題3 答案：1
男の人が話しています。
男の人：会社がこれに対して否定的な立場を取りがちなのは、同じ
　　　　会社に勤めている社員同士が、そういう関係にあると、業務
　　　　に支障が出るからなんです。これが始まると、常にラブラブ
　　　　な状態であり、お互いに意識し過ぎて、終いには物事を正確
　　　　に判断出来なくなる可能性だって生じてきます。まあ、イチ
　　　　ャイチャしていることが視界に入ることで、他の社員がイラ
　　　　イラしてしまうかもしれませんね。
社内で何が否定されていますか？
1　社内恋愛
2　悪い働く環境
3　厳しい人間関係
4　残業システム

男人正在說話。

男人：對這件事傾向採取否定的立場是因為，在同一間公司裏工作的員
　　　工，如果發生這種關係的話，在處理事務上是會產生問題的。一
　　　旦開始的話，雙方經常會處於卿卿我我的狀態，而且過於意識對
　　　方的存在，甚至有可能沖昏頭腦，導致未能正常判斷事情。嗯，
　　　而旁觀者看到這種眉來眼去、打情罵俏的言行，也可能會感到煩
　　　躁呢！

公司裏面被否定的事情是甚麼？

1　辦公室戀愛
2　惡劣的工作環境
3　嚴苛的人際關係
4　加班制度

題4 答案：4
女の人が話しています。
女の人：最近うちの旦那といろいろ家で守ってもらわなきゃいけない
　　　　ルールについて話し合っていました。まず、毎月のお小遣い
　　　　は前の30,000円から40,000円に大幅に値上げしてあげまし

た。しかも、その値上げについての検討は半年ごとに実施しています。旦那ときたら、それを聞いた途端、目に少しばかりの涙を浮かべてたんですよ。その代わりに洗濯に出された物に仮にお金が入っていれば、どんな理由であろうと、こちらのものになるという法律が3日前から実行しています。そのおかげで、たった3日間で、すでに2回、各1500円の税金をいただきましたよ。なかなかいい収入じゃありませんか。

内容として正しいのはどれですか？
1 旦那さんのお小遣いは40,000円から50,000円になりました。
2 旦那さんはすでに1500円をとられてしまいました。
3 新しい法律は1週間前から実行されています。
4 お小遣いの値上げに関する検討は年に2回実施しています。

女人正在說話。

女人：最近我和老公商量了一些在家必須遵守的規則。首先每個月給他的零用錢由以前的30,000円大幅增加到40,000円，而且有關增幅的商議增幅是每半年實施一次。我老公真是的，聽到之後，有點眼泛淚光呢。但如果在洗衣籃子裏的衣服中發現有錢的話，則不論任何理由，都歸我。這法律在3日前已經開始實行，感謝這個制度，短短3日內我已經收到了3,000円的稅金，這真是不錯的收入呢！

正確的內容是哪一項？
1 老公的零用錢由40,000円增至50,000円。
2 老公被取走了1,500円。
3 新的法律在1個星期前已經開始實施。
4 零用錢的增幅每年實施2次。

84

題5 答案：2
引っ越ししたばかりの男の人が女の人と話しています。
女の人：また引っ越ししたんですって？何度目ですか？

男の人：これで7回目になります。

女の人：お金がないとか言いつつ、よく引っ越ししますね。友達の中では「引っ越し大魔王」と呼ばれてますよ！

男の人：好きでやっているわけじゃなくて、せざるを得ないんですよ。本当はもっとお金を貯めたかったんですが……

女の人：引っ越しさえしなきゃお金が節約できたのに！

男の人：それが違うんだよ、お金がないから、引っ越すんだよ。

女の人：と言うと？

男の人：ほら私前東京に住んでたでしょう。失業して家賃が払えなくなって大家さんに追い出されたんですよ。だからだんだん中心地から田舎のほうへ、大きい部屋から小さい部屋になってきたんですよ。かわいそうだと思いませんか？

男の人は引っ越しについてどう言っていますか？

1 引っ越しすればするほど貧乏になります。

2 貧乏だから引っ越しするしかないです。

3 引っ越しする時は、なるべく田舎から中心地へしたほうが良いです。

4 小さい部屋から大きい部屋に変わるのは幸せなことです。

剛搬屋的男人和女人在說話。

女人：聽說你又搬屋了？這是第幾次了？

男人：連這次的話，已經是第七次了。

女人：說沒錢但你經常搬屋呢，你在我們朋友當中已經被稱為「搬屋大魔王」了。

男人：我並非喜歡搬屋才搬的，也真是沒有辦法啊。本來我真的想把錢儲起來的……

女人：你明明只要不搬屋的話，就可以節省很多錢，不是嗎？

男人：不對啊，正因為沒錢才搬屋的。

女人：此話何解？

男人：看，我以前是住在東京的吧！失業後無法支付房租，所以被房東趕了出來。從此慢慢由中心地區遷往農村，從大的房子搬到小的房子，你不覺得我很可憐嗎？

男人對於搬屋說了甚麼？

1　愈搬屋愈變得貧窮。

2　因為貧窮，所以才要搬屋。

3　搬屋的時候，盡量從農村搬到中心地區會比較好。

4　從小的房子搬到大的房子是一件很幸福的事。

答案：1

男の人と女の人が話しています。

男の人：日本人って結構略語が好きだね。

女の人：「ラクゴ」？

男の人：「ラクゴ」じゃなくて「リャクゴ」。

女の人：「リャクゴ」って？

男の人：もともと長くて難しい言葉を省略したものだよ。よくあるのは、「コンビニエンスストア」を「コンビニ」と言ったり、「デジタルカメラ」を「デジカメ」と言ったりする類とか。しかもカタカナのみならず、「木村拓哉」を「キムタク」と言ったり、しまいにはひらがなとカタカナの混ざったような形もあったりして。

女の人：あー、それならわかる、「デパ地下」とかがそうじゃない？

男の人：そうそうそう、しかも音声的に共通点があるの知ってる？

女の人：「音声的に共通点」？

男の人：ほら、リズムが似てない？「キムタク」も「デパチカ」も全部「パパパパ」の4拍子でしょう。

女の人：へー、そうなんだ。確かに略語って4拍子のものが圧倒的に多いね。勉強になったわ。

話のテーマはなんですか？

1　省略語

2　流行語

3　カタカナ語

4　落語

男人和女人在說話。

男人：日本人真的很喜歡「略語」呢。

女人：「落雨」？

男人：不是「落雨」，是「略語」。

女人：甚麼叫「略語」？

男人：即是把一些本來既長而發音又難的單詞省略化。較有名的是把「コンビニエンスストア」說成「コンビニ」，把「デジタルカメラ」說成「デジカメ」之類。不單止片假名，還有像把「木村拓哉」說成「キムタク」，甚至更有諸如平假片假混合的形態。

女人：這個我知道，例如像「デパ地下」（筆者注：原本來自「デパートの地下売り場」＝百貨公司地下販賣部）這樣，對不對？

男人：對對對、還有他們的音聲也有共通點，這個你知道嗎？

女人：音聲也有共通點？

男人：聽！你不覺得他們的節奏很相似嗎？「キムタク」也好，「デパチカ」也好，全都是「pa pa pa pa」4 個拍子哦。

女人：原來是這樣的！的確，4 個拍子的略語壓倒性的多呢。今天真是長知識了。

說話的主題是甚麼？

1　略語

2　流行語

3　片假名語

4　落語

題7　答案：2

男の人が夢の中で亡くなったシロちゃんという猫と話しています。

男の人：　シロちゃん、天国の暮らしはどう？

シロちゃん：　1ヵ月前に天国に来て初めは相当戸惑ったけど、今はだいぶ慣れてきたにゃん。

男の人：　うまくやってるみたいで、お父ちゃんもお母ちゃんも安心したよん。って、友達できた？

シロちゃん：　親友と言えるほどの友達はまだできてないけど、知り合いならいっぱいいるにゃん。

男の人：　それならいいけど。あんたさぁ、昔から寂しがり屋だったんだよね。ところで、人間世界は恋しくない？

シロちゃん：　恋しいに決まってるにゃん。おうちの高いところから外の景色を見下ろせるのが最高だったにゃん。だけど、すぐにはおうちに帰れないよ。確かにこっちに来て３年ぐらい待たないと、生まれ変わりはできないと神様に言われたけど、でも……

男の人：　そうなんだ。じゃあ、あと３年待たないといけない訳ね。生まれ変わるときは、お知らせも忘れないで。必ず迎えに行ってあげるからね。

シロちゃん：　父ちゃんったら、相変わらずせっかちね、まだ話は終わってないよ。通常なら３年ぐらい待たされるけど、あたしが人間世界にいるとき、大変良い行いをしたので、他の猫ちゃんより６分の１の時間しかかからなくてよいと神様に約束されたんだよ。

男の人：　そっか。じゃあ、あと半年したら、あんたと再会できるってことだね。それでも、待ち遠しいなぁ……

シロちゃん：　気付いたら、すでに１ヵ月経っているにゃん。じゃあ、その時期になったら、昔拾ってくれたところで待ち合わせしよう。忘れにゃんでね。

男の人：　うん、そうする。必ずそうする。

シロちゃんはあとどのぐらいで生まれ変われるんですか？

1　１ヵ月
2　５ヶ月
3　半年
4　３年

男人在夢中和他那去世的名喚小白的貓在說話。

男人：　小白，天堂的生活怎樣？

小白：　1個月之前來了天堂，剛開始感到很不知所措，但現在已經習慣多了。

男人： 看你似乎生活得很好，爸爸媽媽也就放心了。那，結識到朋友嗎？

小白： 能稱之為好友的還沒有交上，不過成為相識的已有不少。

男人： 這樣就好了，你啊，從前就是一隻怕寂寞的貓咪。話說，想念人類世界嗎？

小白： 當然想念啦！往日在家的高處，俯視窗外的景色，真是無比的享受。但是，我還不能馬上回家啊。因為神祂確實跟我說過，來到這裏，要等 3 年才能夠有投胎轉世的機會，不過……

男人： 原來是這樣的，那麼換言之，還要等 3 年才能夠見到你呢。你投胎轉世的時候，不要忘記告訴爸爸，爸爸一定會去迎接你的。

小白： 爸爸，你還是一如以往的急性子，我還沒有說完呢。一般的話需要等待 3 年才行，但是我在人類世界做了很多好事，所以比起其他貓咪，神向我保證，我只需要 1/6 的時間就可以了。

男人： 哦，那只需要半年就可以跟你再見嗎？不過，這半年盼是望穿秋水，等是度日如年哦。

小白： 你看，說着說着不是已經過了 1 個月嗎？好吧，到那個時候，就在從前你拾我回家的地方等待吧！不要忘記哦！

男人： 好，我會的，我一定會的。

小白還需要多長時間才能夠投胎轉世呢？

1　1 個月

2　5 個月

3　半年

4　3 年

題8　**答案：1**
男の人が動物が捨てられることについて語っています。

男の人：最近、この国では、他国への移住が理由で、長年飼ってきた動物を容赦なく捨ててしまう人が続出しており、しかも動物はきっと誰かに拾われて幸せになるだろうと勝手に想像しようとします。しかし、現実はそう甘くありません。捨てられた犬や猫は、空腹や寒さで衰弱死するか、弱まったところを

カラスなどにつつかれ、死んでいくのが現実です。食べ物も得られず、衰弱したり感染症にかかったり、危険からの回避方法も知らないので交通事故に遭い、命を落とすことも少なくありません。とにかく、捨てることは、飼っている人にとって責任から解放されるのかもしれませんが、動物にとっては多大な苦痛を背負わされる行為に他なりません。

捨てられた犬や猫の運命として記載されていないのはどれですか？記載されていないほうです。

1　溺れて死ぬこと。

2　凍えて死ぬこと。

3　体の機能が衰えて死ぬこと。

4　飢えて死ぬこと。

男人正在談論着關於動物被拋棄的事情。

男人：最近，在這個國家，由於移民他國這個理由，有大量的人毫不留情的把養了多年的動物拋棄，而他們更任意妄為的想像這些動物會被其他人拾回而得到幸福。但是現實往往並不是這樣美好的。被拋棄的貓犬，或者死於飢餓，或者死於寒冷，或者由於身體機能衰弱而死，甚或在衰弱之際，被烏鴉啄上而死於非命 —— 這些才是鐵一般的現實。還有，得不到足夠的食物而日漸衰弱，以至患上傳染性疾病，又或是不知如何迴避危險，遇上交通意外而最終付出性命的也不少。總之，拋棄動物，對於飼養的人來說或許能夠釋放責任，但對於動物來說，無疑是強行把痛苦加諸這些動物身上的一種殘忍的行為。

以下哪一項並非文章所述的被拋棄的貓和犬的命運？是並非文章所述的命運。

1　溺死。

2　凍死。

3　身體機能衰弱而死。

4　飢餓而死。

85

題1　答案：3

<ruby>男<rt>おとこ</rt></ruby>の<ruby>人<rt>ひと</rt></ruby>と<ruby>女<rt>おんな</rt></ruby>の<ruby>人<rt>ひと</rt></ruby>が<ruby>話<rt>はな</rt></ruby>しています。<ruby>最終的<rt>さいしゅうてき</rt></ruby>に<ruby>何<rt>なに</rt></ruby>で<ruby>名古屋<rt>なごや</rt></ruby>へ<ruby>行<rt>い</rt></ruby>きますか？

<ruby>男<rt>おとこ</rt></ruby>の<ruby>人<rt>ひと</rt></ruby>：<ruby>明日<rt>あした</rt></ruby>はいよいよ<ruby>名古屋旅行<rt>なごやりょこう</rt></ruby>だね、<ruby>超<rt>ちょう</rt></ruby>ワクワク！

<ruby>女<rt>おんな</rt></ruby>の<ruby>人<rt>ひと</rt></ruby>：5<ruby>人<rt>にん</rt></ruby>だから、レンタカーが1<ruby>番安<rt>ばんやす</rt></ruby>いよ。ガソリン<ruby>代<rt>だい</rt></ruby>も<ruby>高速代<rt>こうそくだい</rt></ruby>も5<ruby>人<rt>にん</rt></ruby>で<ruby>割<rt>わ</rt></ruby>っちゃえばそんなに<ruby>高<rt>たか</rt></ruby>くないし。

<ruby>男<rt>おとこ</rt></ruby>の<ruby>人<rt>ひと</rt></ruby>：ウソでしょう。ここはどこだと<ruby>思<rt>おも</rt></ruby>ってんの？ここ<ruby>福島<rt>ふくしま</rt></ruby>から<ruby>名古屋<rt>なごや</rt></ruby>までめっちゃ<ruby>距離<rt>きょり</rt></ruby>じゃない？

<ruby>女<rt>おんな</rt></ruby>の<ruby>人<rt>ひと</rt></ruby>：<ruby>大丈夫<rt>だいじょうぶ</rt></ruby>、みんな<ruby>免許持<rt>めんきょも</rt></ruby>ってるから、<ruby>交代<rt>こうたい</rt></ruby>で。してない<ruby>時<rt>とき</rt></ruby>は<ruby>歌<rt>うた</rt></ruby>を<ruby>歌<rt>うた</rt></ruby>ったり、<ruby>景色<rt>けしき</rt></ruby>を<ruby>見<rt>み</rt></ruby>たりしてなんだか<ruby>楽<rt>たの</rt></ruby>しそう。

<ruby>男<rt>おとこ</rt></ruby>の<ruby>人<rt>ひと</rt></ruby>：<ruby>新幹線<rt>しんかんせん</rt></ruby>のほうが<ruby>楽<rt>らく</rt></ruby>だと<ruby>思<rt>おも</rt></ruby>うけどなぁ……

<ruby>女<rt>おんな</rt></ruby>の<ruby>人<rt>ひと</rt></ruby>：だって<ruby>予約<rt>よやく</rt></ruby>してないじゃない。<ruby>今<rt>いま</rt></ruby>さらそう<ruby>言<rt>い</rt></ruby>われても……

<ruby>男<rt>おとこ</rt></ruby>の<ruby>人<rt>ひと</rt></ruby>：ごめん、ごめん。<ruby>別<rt>べつ</rt></ruby>にそういうつもりはないけど、<ruby>飛行機<rt>ひこうき</rt></ruby>は<ruby>高<rt>たか</rt></ruby>いし、あ、フェリーという<ruby>手<rt>て</rt></ruby>は？

<ruby>女<rt>おんな</rt></ruby>の<ruby>人<rt>ひと</rt></ruby>：まず<ruby>仙台<rt>せんだい</rt></ruby>に<ruby>行<rt>い</rt></ruby>かないと<ruby>乗<rt>の</rt></ruby>れないよ、<ruby>何時間<rt>なんじかん</rt></ruby>かかるかも<ruby>分<rt>わ</rt></ruby>からないし。やっぱりみんなで<ruby>仲良<rt>なかよ</rt></ruby>くいこうよ。

<ruby>男<rt>おとこ</rt></ruby>の<ruby>人<rt>ひと</rt></ruby>：そうするしかないね。

<ruby>最終的<rt>さいしゅうてき</rt></ruby>に<ruby>何<rt>なに</rt></ruby>で<ruby>名古屋<rt>なごや</rt></ruby>へ<ruby>行<rt>い</rt></ruby>きますか？

男人和女人在說話，最終他們怎樣去名古屋呢？

男人：明天就是夢寐以求的名古屋旅行了，我興奮得心裏怦怦的跳！

女人：我們一共5個人，所以租車是最便宜的。油費和高速公路費5個人平分的話也不是那麼貴。

男人：你不是在說笑吧！這是哪裏你不知道嗎？從福島到名古屋有超長距離哦！

女人：沒問題，大家都有駕照，就輪流開吧！不開車的時候唱唱歌，看看風景似乎也蠻有趣的。

男人：但我總覺得坐新幹線比較輕鬆啊……

女人：誰叫我們沒有預約，你現在這樣說也沒有辦法。

男人：不好意思，我並非這樣的意思，飛機也很貴吧。你看坐船這個想法怎樣？

女人：　首先你得去仙台才能夠坐船。還有，要坐多長時間也不知道。還是大家一起開開心心的開車吧！

男人：　也只有這樣做吧。

最終他們怎樣去名古屋呢？

解說：以上的對話並非空穴來風，因為日本太平洋郵輪有［名古屋～仙台～（北海道）苫小牧］之間的航道。筆者曾經坐過名古屋～仙台之間的 2 等艙（印象中單程不用 10,000 円），晚上大約 19:00 從名古屋出發，翌日黃昏 17:00 左右到達仙台，需時大約 22 個小時。

題2　答案：3

男の警官と女の人が話しいいます。容疑者はどんな顔の人ですか？

男の警官：　その容疑者の顔はよく覚えていますかね？

女の人：　　えーと、髪が長くて肩のあたりまで伸びていました。

男の警官：　顔は四角い顔でしたか？

女の人：　　いや、丸顔でした。あっ、しかもちょっぴりと……

男の警官：　ヒゲですか？

女の人：　　ええ、口の下だけだったような気がしますが、ヤギみたいでただそれほど長くなかったですけど……

男の警官：　他にこれといった特徴はありますか、メガネとかは？

女の人：　　そうですね、もしメガネをかけていたら、田中次郎という芸能人に似てたかもしれないんですが……

男の警官：　ご協力ありがとうございました。

容疑者はどんな顔の人ですか

男性警官和女人正在說話，嫌疑犯的樣子長得怎樣呢？

男性警官：　那個嫌疑犯的樣子你記得清楚嗎？

女人：　　　嗯，頭髮很長，差不多去到肩膊位置。

男性警官：　方臉兒？

女人：　　　不，是圓臉兒。而且還留了一點點……

男性警官：　鬍鬚？

女人：　　　對，不過只是嘴巴下面而已，有點像山羊那種感覺，但當然沒有山羊那麼長啦……

男性警官： 還有沒有其他的特徵呢？例如戴眼鏡之類。

女人： 你這樣問起，我倒覺得如果他帶了眼鏡的話，就好像那個叫
田中次郎的明星……

男性警官： 謝謝你的協助。

嫌疑犯的樣子長得怎樣呢？

題3 答案：3

女の人と男の人が、山田くんについて話しています。山田くんは今ど

こにいますか？

女の人： ねねね、聞いた？山田くん、夕べバイト先の目の前の交差点
で交通事故に遭ったんだって！

男の人： えっ、マジで、で、どうなったの？

女の人： 山田くんのお母さんの話では、大したことはないようだけ
ど、ぶつかった瞬間は手足から結構出血したらしいよ。

男の人： それはそうだろうな、じゃ今は病院？

女の人： まだ歩けるよと言ってバイト先に帰ろうとしたところを警察
に止められて、その時は一応病院に運ばれたみたいで、しか
も警察の車でね。でも、もともと病院が嫌いな子って有名な
んじゃない？すぐ退院して今はもうマイペットにいると思う
よ。

男の人： そっか、じゃあお見舞いは明日か明後日にしようかな。でも
さ、万が一のこともあるから、そのまま病院にいればよかっ
たんじゃない？

女の人： あたしもそう思うけどさぁ。

山田くんは今どこにいますか？

女人和男人在談論山田君，山田君現在在哪裏呢？

女人： 喂喂喂，你知道嗎？聽說山田君昨晚在兼職公司前面的十字路口
遇上交通意外啊！

男人： 甚麼？真的嗎？他怎樣了？

女人： 聽山田君的媽媽說並非是很嚴重的意外，不過撞車的瞬間，手腳
都流了不少血。

男人： 這也是意料中事。那，現在在醫院？

女人： 他說自己還能走，正打算返回兼職公司之際卻被警察阻止了，那個時候聽說被送了去醫院，而且還坐警車似的。但是，你也知道，他出了名不喜歡住醫院的，所以馬上退院了，現在應該躺在自己的被窩裏吧！

男人： 哦，原來如此。那麼，我還是明天或者後天才去探病吧。但想一想，萬一發生甚麼事情就不好了，那個時候他應該留在醫院才對的。

女人： 我也是這麼認為呢。

山田君現在在哪裏呢？

題4	答案：3

レストランで女の人と男の人が話しています。男の人はどうして落ち込んでいますか。

女の人： 奥さんと別れてからずっと落ち込んでるって聞いたけど……

男の人： 誰がそんな嘘を流してんの？悲しいどころか、むしろ楽しいよ。確かにご飯を作ってくれる人はいなくなったけど、毎日こういうところでおいしいものが食べれて幸せだし、子供の面倒を見る必要もなくなったし、もうこれ以上楽しいことないよ。

女の人： でもなんだか悲しそうな顔して……

男の人： 悩みがないと言ったら嘘になるけどね……まあ、ほっといてくれ！

女の人： ふん、じゃあ悩みの話題じゃなくて別の話題に変えよう。そういえば、髪の毛薄くなっていない？

男の人： 全然話題変わってないじゃないか！

男の人はどうして落ち込んでいますか。

1 奥さんと離婚したからです。
2 ご飯を作ってくれる人がいないからです。
3 髪の毛が少なくなったからです。
4 子供の面倒を見なくてはならないからです。

餐廳裏男人和女人正在聊天，男人為甚麼會感到悶悶不樂？

女人： 聽說你和太太離婚了之後，一直悶悶不樂……

男人： 是誰散佈這些謠言的？傷心？當然不會啦，反而很開心。的確再沒有人給我做飯，但每天能夠在這種地方吃到美味的東西，我感到很幸福。而且，孩子也不需要我照顧，沒有比現在更開心的事了。

女人： 但你臉上似乎有一種悲傷的神情⋯⋯

男人： 要是跟你說沒有煩惱，那是騙你的，還是算了吧，不要管我。

女人： 好吧，我們不說不開心的，改個話題，話說你不覺得最近頭髮少了嗎？

男人： 你根本就沒有改到話題！

男人為甚麼會感到悶悶不樂？

1 因為和太太離婚了。

2 因為再沒有人給他做飯。

3 因為頭髮變得稀疏。

4 因為必須要照顧孩子。

86 ▶

題5 答案：4

男の人が話しています。店のインド人のスタッフはどうして申し訳なさそうな顔をしていましたか？

男の人： この前インド人が運営しているカレー屋に行きました。店の場所がわからなくて電話で聞いたんですけど、電話に出たインド人のスタッフがぜんぜん日本語が理解できなくて、「ナマステナマステ」ばかりで説明にならなかったんですが、何とか辿り着きました。「ナマステ」という名前の店でした。そこで超辛いカレーを注文したら、スプーンがついてこなくて、「あー、本格的な店なんだなぁ」と思いながら、手で食べ始めました。半分ぐらい食べたところに、やっぱり辛くて「すみません、水がないんですけど」とお願いしたところ、インド人のスタッフが奥から急いで申し訳なさそうな顔して、持ってきてくれたんですね、すくうやつを。しかも、何度も何度も「すみません」と謝り続けていました。

店のインド人のスタッフはどうして申し訳なさそうな顔をしていましたか？

1 日本語で行き方の説明ができなかったからです。
2 ボトルに水を入れるのを忘れていたからです。
3 出したカレーが辛すぎだったからです。
4 食器を渡し忘れていたからです。

男人正在說話，店裏的印度人服務員為甚麼感到不好意思呢？

男人：　前一段日子我去了一家印度人經營的咖喱店。由於不太清楚店的位置，所以我打電話打算問他們，怎知聽電話的印度人服務員完全不明白日語，不斷的說 Namaste，我根本不知道那是甚麼意思。後來總算順利到達，原來是一間叫做 Namaste 的店。在那裏，我點了一客超辣的咖喱，因為沒給我湯羹（勺子），我覺得這應該是一家很地道的店，然後開始用手吃。吃了一半，咖喱實在太辣了，我就大聲喊：「不好意思，這裏沒有水耶。」說完，印度人服務員就急急忙忙從廚房裏走出來，樣子非常不好意思似的，給我端來了，那把用來舀咖喱的東西，並且不斷的說：「不好意思，不好意思」，向我道歉。

店裏的印度人服務員為甚麼感到不好意思呢？

1 因為不能用日語說明前往店鋪的方法。
2 因為忘記了把水倒進水壺裏。
3 因為煮的咖喱實在太辣了。
4 因為忘記了給餐具。

題6　答案：2

バイト先で、男の先輩と女の後輩が話しています。後輩は先輩に何をお願いしましたか？

女の後輩：　先輩、先週新人のあたしにいろいろ仕事のノーハウを教えてくれてありがとうございました。これからもいろいろ教えてください！

男の先輩：　たいしたことは教えてないよ！逆に君に美味しいケーキの作り方を教えてもらって勉強になったよ。

女の後輩： ほんとに？うれしい！ところで先輩、ちょっと聞いていいですか？

男の先輩： 何？

女の後輩： あのう、12月24日の夜は空いてますか？

男の先輩： ＜ドキ＞、空いてるけど、どうした？

女の後輩： 無理をおっしゃらないでください、ほんとに空いてますか？

男の先輩： めちゃくちゃ空いてますよ（超興奮！！！！）

女の後輩： あー、よかった！あたしの代わりにバイトに入ってもらえませんか？その日は彼氏と約束があってどうしてもバイトに入れなくて悩んでいたところなんです。

男の先輩： あ、そう、そうなんだ、まあ、別にいいよ、ほんといいよ、どうせ一人でマジ暇だし……

後輩は先輩に何をお願いしましたか？

1 一緒にデートすること。

2 バイトに代わってもらうこと。

3 仕事を教えてもらうこと。

4 一緒にケーキを作ること。

在兼職公司裏，男性前輩和女性後輩在說話，後輩向前輩要求了甚麼呢？

女性後輩： 前輩，上星期你教了我這個新人很多工作上的知識，真的感謝你哦。今後也請你多多關照我唷。

男性前輩： 我也沒有教了你甚麼特別的事，倒是你教我美味的蛋糕的製作方法，我真的長了不少知識。

女性後輩： 真的？我很開心哦！話說，前輩，我能問你一件事嗎？

男性前輩： 甚麼？

女性後輩： 是這樣的，你12月24號的晚上有空嗎？

男性前輩： ＜怦然心動＞、有空倒是有空的，有甚麼事嗎？

女性後輩： 請你不要勉強，你真的有空嗎？

男性前輩： 我超級有空呢！！！＜超興奮＞

女性後輩：　實在太好了！那你可以跟我換班嗎？那天我和我的男朋友有
　　　　　　約會，怎麼也不能上班，正在愁着呢……

男性前輩：　哦……原來如此……好的……沒關係……真的不要緊
　　　　　　的……反正我一個人……的確超級有空……

後輩向前輩要求了甚麼呢？

1　　一起去約會。

2　　跟她換班。

3　　教她工作內容。

4　　一起做蛋糕。

題7 **答案：1**

男の人が日記を書いています、今夜男の人が寝る前に最後にしたこと
はなんですか？最後にしたことです。

男の人：　今夜は家内が気分が悪かったということで、私が夕食の後、
　　　　　食器洗いの当番になりました。といっても食器洗浄機に入れ
　　　　　るだけでした。家内はお風呂に入ってすぐ寝ました。娘はお
　　　　　気に入りのアニメ番組を見ていましたが、終わるか終わらな
　　　　　いかのうちに、すぐ自分の部屋に入りました。確かに夕食す
　　　　　る前にすでにあくびをかいていましたが、「どうしてこんな
　　　　　に疲れてんの」って聞いたら、今日は運動の授業でたくさん動
　　　　　かされたからと言っていました。みんながぐっすり寝ている
　　　　　間に思う存分好きな映画を見なくちゃと一瞬思いつきました
　　　　　が、こちらも疲れ果ててとうとうできなかったんです。

**今夜男の人が寝る前に最後にしたことはなんですか？最後にしたこと
です。**

1　　お風呂

2　　映画鑑賞

3　　娘との会話

4　　食器洗い

**男人正在寫日記。今晚男人在睡覺之前最後做的事情是甚麼呢？是最後
做的事情。**

男人：今晚由於太太說她身體不舒服，所以吃晚飯之後我就負責洗碗。
　　　說是洗碗，也只是把碗放在洗碗機裏而已。太太洗完澡後馬上睡
　　　覺了。女兒則一直在看她喜歡的動漫，節目剛完就馬上跑入自己
　　　的房間。的確，吃晚飯之前她已經打了幾次呵欠，我問她為甚麼
　　　這麼疲倦？她說因為今天上運動課時老師命令她們跑動很多。
　　　我心裏嘀咕着等大家都睡了之後，我可以盡情地看我喜歡的電影
　　　了，但我也太過疲倦，最終沒法做到。

今晚男人在睡覺之前最後做的事情是甚麼呢？是最後做的事情。

1　　洗澡　　　　　　　　　　　　2　　電影欣賞

3　　和女兒聊天　　　　　　　　　4　　洗碗

題8　答案：3

おとこ ひと おんな ひと はな おんな ひと こども しんちょう いま
男の人と女の人が話しています。女の人の子供の身長は今クラスで
なんばん
何番ですか？

おとこ ひと おお ばん せ
男の人：あら、たけしくんまた大きくなったね。クラスでも１番背が
　　　　たか こ
　　　　高い子なんじゃない？

おんな ひと ちが みんな の
女の人：違うのよ。たけしのクラスの皆、どのブランドのミルクを飲
　　　　なに た せ
　　　　んでいるか、何を食べているか分からないけど、みんな背が
　　　　たか れつ なら まえ ばん
　　　　高くて、うちのたけしは列に並ぶときは、前から２番めだっ
　　　　しんちょう
　　　　たけど、つまり身長そのものはクラスで２番め低かった。って
　　　　せんげつかれ せ ひく こ ひとり はい ほんにん
　　　　ね、先月彼より背の低い子が一人クラスに入ってきて、本人
　　　　いっしゅんよろこ
　　　　は一瞬喜んでたんだけどね。

おとこ ひと いっしゅん
男の人：一瞬ということは？

おんな ひと じつ よくじつ いちばんまえ た こ
女の人：実は、その翌日に、それまで一番前に立っている子、つまり
　　　　もっと せ ひく こ きゅう てんこう こ すす
　　　　最も背の低い子が急に転校したのよ。せっかく１個進んだか
　　　　おも まえ ほんにん そうとう
　　　　と思ったら、前のまんまだったので、本人はいまでも相当が
　　　　っかりだよ。

おんな ひと こども しんちょう いま なんばん
女の人の子供の身長は今クラスで何番ですか？

ばん たか ばん ひく
1　　２番めに高かった。　　　　　2　　３番めに低かった。

ばん ひく もっと ひく
3　　２番めに低かった。　　　　　4　　最も低かった。

男人和女人正在聊天。女人的孩子的身高，現在在班裏是排第幾名呢？

男人：嘩！小武他又長高了，在班裏應該是個子最高的那個吧！

女人： 才不是呢。也不知道他班裏的孩子喝甚麼品牌的牛奶，吃甚麼長大的，每個人都高頭大馬，之前我家小武排隊的時候，是排在前面數過來第 2 名，換言之以身高而言，在班裏是第 2 矮。然後呢，上個月有一個比他個子矮的同學進他班，他開心了一瞬間呢！

男人： 一瞬間？

女人： 因為第二天，之前排最前的那個孩子，也就是個子最矮的那個突然轉校了。難得以為比以前進步了一名，誰知道還是老樣子，所以小武他現在還感到很失落呢。

女人的孩子的身高，現在在班裏是排第幾名呢？

1 第 2 高
2 第 3 矮
3 第 2 矮
4 最矮

87

題1 **答案：3**

二人が貿易会社の求人広告を見ながら話しています。

男の人： おい、これ見て、やっと俺に合う仕事があったぞ！

女の人： 年齢制限がなくていいね。英語はできればなおいいと書いてありますが、必ずと言うわけでもないね。

男の人： しかも週休 2 日だし、前のように土曜日出勤しなくても……

女の人： でも本社はちょっと遠くて前の会社で働いていた時と同じように毎日マイカーで出勤しなくちゃいけないよ。ガソリン代だけでも半端じゃないと思うけど。

男の人： 電車に乗るか、会社の近くに引っ越すか、とにかく解決方法はいくらでもあるんじゃない。

女の人： ムリムリ！

男の人： なに？

女の人： ここ見て、大卒じゃないとダメだとちゃんと書いてあるよ。あなた、中退したでしょう！

男の人： あ、見落としてた。あー、辞めなきゃよかった……

この会社に応募できないのはどんな人ですか？

1 車の免許がない人。
2 土曜日出勤できない人。
3 大学を卒業していない人。
4 英語が話せない人。

兩個人一邊看着貿易公司的求職廣告，一邊在說話。

男人：你看，我終於找到一份合適的工作了！

女人：沒有年齡限制，真好！如果能說英語的話會更好，但並非必要。

男人：而且每周休息兩天，就不用像以前那樣星期六也要工作了。

女人：但是總公司距離有點遠呢，就和以前的公司一樣，每天都要開車
　　　上班。油費可不是開玩笑的……

男人：或是坐電車去，或是搬到公司附近，總之一定有辦法的。

女人：不行不行！

男人：甚麼意思？

女人：你看！寫着一定要大學畢業呢。你大學沒有讀完就退學了吧。

男人：哎呀，看漏了眼，如果當時沒有退學的話就好了……

甚麼人不能夠應徵這間公司？

1　　沒有駕照的人。

2　　星期六不能工作的人。

3　　大學沒有畢業的人。

4　　不會說英語的人。

題2　答案：2

男の人がそれぞれの人たちのカラオケに行く理由を話しています。

男の人：この前、アンケートでカラオケに行く人たちの理由を聞い
　　　　てみました。まず、年齢を問わず、上手くなりたくてせめ
　　　　て十八番、つまり得意な歌を１つぐらい持ちたいからとい
　　　　う答えが圧倒的でした。また、若者の中で特に着しく現われ
　　　　ているのは、自信が持てるようになりたいからと答える人で
　　　　した。カラオケの本番の時はもちろん、確かに歌う前にも大
　　　　きい声で発声練習とかをしなければならないので、日頃やや
　　　　自信が足りない気味の彼らが、それをすることによって、
　　　　学校でも職場でも、とにかく人前で勇気を持って話せるよう
　　　　になりたがっているのではないでしょうか。一方、中高年層
　　　　はというと、たまに仕事帰りに先輩や上司に誘われて行くこ
　　　　ともあるので、一種の社交的なスキルとして見做しているの
　　　　だと答える人が主流でした。

若者のカラオケに行く理由として正しくないのはどれですか？正しくないほうです。

1　自信が持てるようになりたいからです。
2　先輩や上司と一緒に行くチャンスがあるからです。
3　大学で勇気を持って他の人と話せるようになりからです。
4　十八番を持ちたいからです。

男人談論着不同人去卡拉 OK 的理由。

男人：　之前通過問卷，問了一些人關於去卡拉 OK 的理由。首先，不問年紀，幾乎所有人都希望最起碼有一首「十八號」，也就是自己的拿手曲，這樣回答的人佔了壓倒性的優勢。其次就是在年輕人之中特別顯著的答案，是他們為了變得有自信而去卡拉 OK。因為在卡拉 OK 正式唱歌的時候固然要，而在唱之前亦需進行一些發聲練習。平日自信不足的他們，就是希望透過這個過程，鍛鍊自己在公司或者在職場，反正在他人面前變得能鼓起勇氣說話吧。那邊廂，中高年層又怎樣呢？原來他們有時候在工作結束之後，會被上司或前輩邀請去卡拉 OK 唱歌，所以會把卡拉 OK 視作一種社交技能 —— 這樣回答的人成為主流。

以下哪一個並非年輕人去卡拉 OK 的理由？是並非去卡拉 OK 的理由。

1　因為希望變得有自信。
2　因為有機會和上司及前輩一起去卡拉 OK。
3　因為希望在大學裏能鼓起勇氣和其他人說話。
4　因為想有一首自己的拿手曲。

題 3.1　答案：2
題 3.2　答案：4

とある本で次のような面白い内容が書かれています。

よくアニメで見られる正義の味方の特徴というのは、おおむね次の 6 つです：

1　自分自身の具体的な目標をもたない。
2　相手の夢を阻止するのが生きがい。
3　単独〜小人数で行動することが目立つ。

4 　常になにかが起こってから行動し勝ち。

5 　受け身の姿勢になりやすい。

6 　なぜかいつも怒っている。

逆に、悪役の特徴とは、おおむね次の6つです：

1 　大きな夢、野望を抱いている。

2 　目標達成のため、研究開発を怠らない。

3 　日々努力を重ね、夢に向かって手を尽している。

4 　失敗しても滅多にへこまないし、仮にへこんだとしても立ち直りが早い。

5 　組織で行動することを旨としている。

6 　誰に対してもよく笑う。

1番： アニメで見られる正義の味方の特徴として、正しいのはどれですか？

1 　大きな夢を抱いていて、それが叶うように日々頑張っている。

2 　物事の発展を見通せる力に欠ける。

3 　笑顔が素敵である。

4 　一匹狼的な行動はしない。

2番： アニメで見られる悪役の特徴として、<u>正しくない</u>のはどれですか？<u>正しくない</u>方です？

1 　大きな野望を抱いている。

2 　目標達成のため、一生懸命研究開発を行う。

3 　団体行動や上からの指示が好きである。

4 　失敗したら二度と現れて来ない。

在某本書中看到寫着以下有趣的內容。

經常在動漫裏看到的正義朋友，他們的特徵大概有以下6點：

1 　自己本身沒有具體的目標。

2 　以阻止對方的夢想為自己的生存價值。

3 　明顯以單獨～少人數的形式行動。

4 　傾向在事情發生之後才行動。

5 　容易處於被動的姿態。

6 　不知為甚麼老是愛生氣。

相反，壞蛋的特徵則有以下6點：

1　抱住遠大的夢想或野心。

2　為了達成目標，勤於研究開發。

3　每天不斷奮鬥，盡一切努力但求達到夢想。

4　即使失敗了也甚少垂頭喪氣，就算是也很快重拾鬥志。

5　宗旨是以集體形式行動。

6　對誰也充滿笑容。

問1：　哪一個是經常在動漫裏看到的正義朋友的特徵？

1　抱住遠大的夢想，為了達成目標，每天不斷奮鬥。

2　缺乏預測事情發展的力量。

3　無敵的笑容。

4　不會進行獨來獨往的行動。

問2：　哪一個並非經常在動漫裏看到的壞蛋的特徵，是並非他們的特徵。

1　抱住很大的野心。

2　為了達成目標，拼命進行研究開發。

3　喜歡集體行動及接受上級的指示。

4　一旦失敗了就不會捲土重來。

88

題4　答案：1

夫婦（ふうふ）があることについて話（はな）し合（あ）っています。

男（おとこ）の人（ひと）：　ただいま！

女（おんな）の人（ひと）：　お帰（かえ）りなさい！

男（おとこ）の人（ひと）：　えっ、晩御飯（ばんごはん）まだできてないの？お腹（なか）ペコペコだよ。

女（おんな）の人（ひと）：　あたしも帰（かえ）ってきたばっかりよ、今（いま）作（つく）ってるところなの。

男（おとこ）の人（ひと）：　たけしは？

女（おんな）の人（ひと）：　ちょっとおやつ食（た）べさせて、今（いま）部屋（へや）で宿題（しゅくだい）をやってると思（おも）うよ。それにしても年（とし）のせいかしら、このごろずっと頭（あたま）が痛（いた）い。お医者（いしゃ）さんにもらった薬（くすり）は飲（の）んでも飲（の）んでも全然（ぜんぜん）効（き）かないわ。

JPLT N2

男の人：ね、いっそのこと、人を雇おう。お前も仕事で忙しいし。

女の人：でも赤の他人と同じ屋根の下に住むことになるでしょう？やだよ！第一、うちはそんな広くもないし……

男の人：まぁ、半日に来てもらったりとか、週に2、3回だけ来てもらったりとか、そういうパートタイマーもいるよ。いちど探してみよっか。

夫婦は主に何について話していますか？

1　メイドさん　　　　　　　　　　2　新しいアパート
3　家庭教師　　　　　　　　　　　4　頭痛に効く薬

夫婦就着某件事在商量。

男人：親愛的，我回來了！

女人：親愛的，你回來了！

男人：噢，晚飯還沒有做好嗎？我的肚子在打鼓，快要餓死了。

女人：我也是剛回來不久呢，正在做。

男人：小武呢？

女人：我讓他吃了一點零食，現在應該在房間裏寫作業吧！話說，可能真是「年紀大，機器壞」的緣故吧，這段日子我經常感到頭痛呢。醫生給我開的藥，無論吃幾次也沒有效呢！

男人：那麼，索性就請人吧，反正你的工作也很忙呢！

女人：但是一想到和不認識的人在同一屋簷下居住，就覺得很討厭呢！首先，我們的家也不是那麼大……

男人：聽說也有或是一次來半天，或是一星期來兩三天的鐘點工，我試試找吧！

夫婦主要就着甚麼事在商量？

1　女傭　　　　　　　　　　　　　2　新的公寓
3　家庭教師　　　　　　　　　　　4　對頭痛有效的藥

題5　答案：2

字幕のついた CM についての紹介です。

紹介：字幕のついたテレビ番組が増えてきましたが、それのついたテレビコマーシャル（CM）は目にしたことはほとんどありません。そんな中で A 社が、自社の CM に字幕をつける試みを

積極的に行っています。聴覚障害者の間でも「内容が分かりやすい」と好評され、Ａ社の取り組みが広がることに期待する声が上がっています。Ａ社は１月中旬から、テレビアジアの金曜午後 11 時から放送しているトーク番組で、字幕付きの CM を放送しました。テレビのリモコンの「字幕」ボタンを押せば、画面の下方の中央に、音声と同じ内容の文字が現れる仕組みで、４月末まで試験的に放送していました。

字幕のついた CM が放送されるようになった最初の切っ掛けは何だったのでしょうか？

1　聴覚障害者の要望　　　　　　2　該当ものの不足
3　政府の政策　　　　　　　　　4　テレビ局の戦略

有關附字幕的廣告的介紹。

介紹：　附字幕的電視節目正在不斷增加中，但是附字幕的電視廣告卻好
　　　　像從來沒有見過。有見及此，Ａ社積極嘗試在自己的公司廣告裏
　　　　加上字幕。很多有聽覺障礙的人士看了後覺得「內容容易明白」，
　　　　好評如潮，並希望 Ａ 社能夠繼續進行同樣的嘗試。Ａ社在１月中
　　　　旬開始，在名古屋電視台星期五晚上 11 點播放的清談節目中，
　　　　加上附字幕的電視廣告，只要按上電視遙控中「字幕」這個按鈕，
　　　　就會在畫面下方中央出現與語音相同的文字，而這個試驗性的廣
　　　　播一直持續至 4 月底。

播放附字幕的電視廣告最初的契機是甚麼呢？

1　聽覺障礙人士的要求。　　　　2　同類產品的不足。
3　政府的政策。　　　　　　　　4　電視台的策略。

題 6.1　答案：3

題 6.2　答案：1

男の人と女の人が女の人のお見合いについて話しています。
男の人：里美さん、この前お見合いに行ったそうだね。
女の人：うん、行ってきたよ。
男の人：どうだった？相手のこと、気にいった？
女の人：まぁ、今のところ、まだ何とも言えないんだけどね。

男の人：まぁ、でもこれから頻繁に連絡を取ったら好きになるかもしれないよ。

女の人：正直、一瞬いいかなと思ってたけど、やっぱり心を決めかねている。

男の人：どうしたの？性格的に問題でもあった？

女の人：人は良さそうだけど、背が低くて年齢もあたしより10個上よ。

男の人：じゃあ、今回もダメかぁ。失礼だけど、これまで何回お見合いにいってきたの？

女の人：今回で4回めだけど。

男の人：今まで全部ダメだったの？

女の人：ダメっていうか、最初の人は私が一番好きなタイプだったんだけど、1年の半分は日本にいないし、こっちから連絡してもなかなか返事来ないから、だんだん連絡がなくなっちゃって。

男の人：それはちょっと残念だったね。

女の人：2回目はね、結婚したら必ず3年以内に子供を生まなくちゃいけないとか、両親と一緒に暮らさなきゃいけないとか言って、あたしはそういう考え方が大嫌いなの。3番目はね、理由は至って簡単、フリーターでお金がなくてさ……

男の人：そうか、じゃあこれからはどうするつもり？

女の人：天涯孤独よ。これも悪くないと思うよ。そもそも、どうして結婚しなきゃいけないわけ？

1番：女の人がいままでお見合いで会ったことがない男性はどれですか？会ったことがない男性です。

1　年上の人
2　無職の人
3　外国の人
4　考え方の古い人

2番：女の人は今後どうするつもりですか？

1　独身でいるつもりです。
2　結婚相手を探し続けるつもりです。
3　一度断った相手を受け入れるつもりです。
4　どうするかまだ分からないです。

男人和女人在談及關於女人的相親一事。

男人：里美小姐，聽說你之前去了相親。

女人：對啊我去了。

男人：怎樣？你對對方有意思嗎？

女人：現在還說不準呢。

男人：但今後如果能夠緊密聯絡的話，可能會慢慢變得喜歡哦。

女人：坦白說，有一瞬間我覺得還挺不錯的，但還是未能決定下來。

男人：為甚麼？是性格上有甚麼問題嗎？

女人：人品看來不錯的，但是長得矮啊，而且還比我大 10 歲呢！

男人：那麼聽起來這次好像也不行吧。冒昧問一句，你這次是第幾次去相親了？

女人：連這次是第 4 次了。

男人：全部都失敗了嗎？

女人：說是失敗吧還是怎樣的，最初的那個人，是我最喜歡的類型。不過一年有一半時間不在日本，我聯絡他，他總不給我回信，後來就愈來愈沒有聯絡了。

男人：那麼真是太遺憾了。

女人：第 2 次嘛，結婚後 3 年之內必須要生孩子，還得跟對方的父母一齊住，我超級討厭這樣的想法。第 3 個的話，理由很簡單，就是一個無業遊民，沒有錢⋯⋯

男人：那你今後打算怎樣呢？

女人：一生孤獨囉，這也不是甚麼壞事。況且，人為甚麼非要結婚不可？

問1： 哪一個是女人在相親中未遇過的男性？是未遇過的男性。

1　比她年紀大的人。　　　　2　沒有工作的人。

3　外國人。　　　　　　　　4　想法守舊的人。

問2： 女人今後打算怎樣做？

1　打算一直獨身。

2　打算繼續尋找結婚對象。

3　打算重新接受之前拒絕過的對象。

4　還不知道怎樣做好。

問題 1

題 1　答案：4

中譯：【無辦法】因為昨天和孩子玩了一整天，體力消耗了很多。

解說：雖然「消耗」的正規讀法是「しょうこう」，但慣性讀法的「しょうもう」已經凌駕並成為主流。可參照本書　3　漢字知識③～慣用読み。

題 2　答案：3

中譯：母親單憑她一個人的力量把我們養大。

解說：「女手」的讀音屬於「連濁」，可參照《3 天學完 N4・88 個合格關鍵技巧》　14　-　17　連濁①～④。

題 3　答案：3

中譯：老師：大家，字必須漂亮的寫在框框裏，知道嗎？

　　　學生：知道了！！！

題 4　答案：3

中譯：他把自己違背倫常的過去赤裸裸的坦白說出。

解說：「赤裸々」屬於一種「略字」，可參照本書　7　漢字知識⑦～略字。

題 5　答案：4

中譯：採用社員之際，最重視的是人品。

解說：「重」的音讀為何是長音？關於漢字音讀的長短音，請參照《3 天學完 N5・88 個合格關鍵技巧》　10　-　11　普通話與日語⑥⑦。只要知道這竅門，馬上就能刪除某些選項，提高命中率。

問題 2

題 6　答案：2

中譯：在這個地區，那種事是家常便飯，經常發生。

解說：「日常茶飯事」是「家常便飯 / 司空見慣」的意思。

　答案：2

中譯：小時候，經常被吩咐去家附近的蔬菜店買東西。

解說：「八百屋＝蔬菜店」，請參照本書 **1** 漢字知識①～熟字訓。

題 8　答案：4

中譯：日式短布襪也是和服中不可或缺的東西。

解說：「足袋＝日式短布襪」，請參照本書 **1** 漢字知識①～熟字訓。

題 9　答案：1

中譯：他自從受到上次的打擊以來，情緒老是很波動。

解說：「情緒の波」表示「情緒波動」的意思。題外話，各詞的普通話拼音是 1 qing xu、2 zhuang zhao、3 chang diao 和 4 chouchu，因大多數的 ou、ao、iu 和 ng 結尾的漢語都會變成日語的長音，而符合「じょうちょ」這種「長短」組合的也只有 1 和 4。這裏再一次證明就算不知道日語單詞的意思，有時候憑漢語拼音也可以刪除某些選項，提高命中率，請參照《3 天學完 N5‧88 個合格關鍵技巧》 **10** - **11** 普通話與日語⑥⑦。

題 10　答案：4

中譯：現在從事與教育有關係的工作。

解說：「触る＝觸摸」、「承る＝遵命」、「関わる＝與……有關」，「携わる＝從事」。

問題 3

題 11　答案：4

中譯：店員：請問你需要收據嗎？

　　　客人：不用了！

解說：日語只有「領収書」或「領収証」。

題 12　答案：3

中譯：就算多麼的節儉，每個月的水費和電費肯定不會低過 5,000 日元吧。

解說：基本上是難以用定義分類，只能記住一些典型的約定俗成：
「～代」：食事代、ホテル代、水道代、電気代など。

「〜料」：手数料、授業料、送料、入場料など。

「〜費」：食費、学費、交通費、光熱費、生活費など。

「〜賃」：家賃、運賃、手間賃など。

「〜金」：頭金、礼金、奨学金、敷金、税金など。

題 13 | 答案：3

中譯：昨天去的那家餐廳，對我來說是一家極度不愉快的店。

解說：「未＝まだ V ていない / まだ N じゃない＝還沒 V/ 還不是 N」：未発表、未完成、未解決、未払い、未成年、未経験者など。

「無＝ N がない＝沒有 N」：無条件、無差別、無意識、無関心、無意味、無計画、無責任、無事、無愛想（愛想＝親切和藹的態度）、ご無沙汰（沙汰＝聯絡）

「不＝ V しない / な形じゃない＝不 V/ 不是な形」：不注意、不許可、不一致、不可解、不可欠、不問、不平等、不必要、不景気、不器用、不細工

「非＝〜に当たらない＝不屬於〜」：非科学的、非常勤、非常識、非公開、非売品など。

題 14 | 答案：3

中譯：這是一台從洗衣到乾衣都是全自動的洗衣機，所以洗衣工序很輕鬆。

解說：「満＝完璧＝100% 滿足要求」：満員、満期、満点、満腹など。

「総＝全体の量や比率＝全體數量或比率」：総選挙、総収入、総動員、総生産など。

「全＝全体の範囲＝全體範圍」：全世界（不是在數有幾個世界≠総）、全社（不是在數有幾家公司≠総）、全身（強調全身從頭到尾）、全過程（強調開始到結束）、全 47 都道府県（強調從北海道到沖繩），全世代（強調從嬰兒到老年人）。

「オール＝カタカナ語と一部特別な名詞＝主要是片假名和一部分特別單詞」：オールラウンド、オールスター、オールシーズン、オール電化、オール 5（5 是日本中小學成績單裏的最高等級，相等於「全部甲等 /A grade」）

答案：1

中譯：你犯下的罪行，法律方面自不用說，作為道德層面來說也是有違常理的。

解說：「アウト＝ out」、「ダウン＝ down」、「ミス＝ mis(take)」,「エラー＝ error」。日語的「アウト」可表示脫離常規，違法之意。

題 16 答案：4

中譯：不被個人感情影響，應該再客觀一點分析。

解說：「客観性」是一個名詞，但能作為副詞使用的也只有「客観的に」。可參照本書 36 重要な形容詞②〜〇〇的な。

問題 4

題 17 答案：4

中譯：如果你知道我那失蹤了的丈夫的下落，請一定要告訴我。

題 18 答案：2

中譯：本來就不是日本人，所以日語有口音有何問題？

題 19 答案：4

中譯：現在進行優惠活動，本來是 3,000 日元的貨品以 500 日元促銷。

題 20 答案：1

中譯：探求解決地球暖化的對策，這不能僅靠政府和企業，更需要每個人的努力。

題 21 答案：3

中譯：每一次和山田先生見面，我們都有說不盡的話題，總是能徹夜聊天。

題 22 答案：3

中譯：昨天見到一個男人慌慌張張的從女子廁所裏走出來。

題 23 答案：1

中譯：古人一直深信地球是方的。

題 24 答案：4

中譯：從今早開始一直臉色嚴厲，神情凝重，是不是有甚麼不合意的事情發生？

答案：2

中譯：為了不想暴露自己是有錢人，愈有錢的人衣服愈是樸素，這是真的嗎？

問題 5

題 26　答案：4

中譯：聽說這個商品最好等到期限那天買就最優惠。

題 27　答案：4

中譯：A：你參觀了這個城市嗎？

　　　B：大致上吧！

解說：1　未だに：還沒

　　　2　思う存分：盡情

　　　3　まさに：正正是

　　　4　いちおう：大體上

題 28　答案：3

中譯：難道你認為所有老一套的想法都不合時宜嗎？

題 29　答案：1

中譯：有時候會陷入鄉愁。

解說：「ホームシック＝ homesick ＝思鄉病」、「ストレス＝ stress（壓力）」、「セクハラ＝ sex(ual) hara(ssment) ＝性騷擾」、「フェイクニュース＝ fake news」。

題 30　答案：3

中譯：對一直關照自己的人，送禮物給他們作為寒中見舞，你覺得怎樣？

解說：1　出産のお見舞い：即「出産見舞い」，問候剛生完孩子的朋友。

　　　2　夏のお見舞い：「暑中見舞い」，炎夏時問候朋友。

　　　3　冬のお見舞い：「寒中見舞い」，寒冬時問候朋友。

　　　4　病気のお見舞い：「病気見舞い」，問候生病了的朋友。

題 31 　答案：2

　　　中譯：想模仿哥哥的一舉手一投足，不是每個弟弟都是這樣的嗎？

　　　解說：1 應為「似ている＝相似」，3 應為「繰り返す＝重複 / 重犯」，
　　　　　　4 應為「例＝事例」。

題 32 　答案：1

　　　中譯：就算是作弊，但你不覺得老師所下的懲罰過於嚴厲嗎？

　　　解說：2 應為「ほぼ＝幾乎」，3 應為「まま＝就這樣」，4 應為「つつ
　　　　　　＝雖然」。

題 33 　答案：3

　　　中譯：正式於今天遞上辭職信。

　　　解說：1 應為「提携＝業務協作」，2 應為「提供＝贊助」，4 應為「提案
　　　　　　＝提議」。另外，「日期をもって / もちまして」表示「正式於某
　　　　　　個日期」的意思。

題 34 　答案：3

　　　中譯：因為平常多做好事，所以受惠於好天氣＝天公作美，順利地完成
　　　　　　了活動。

　　　解說：1 應為「慰める / 励ます＝安慰 / 激勵」，2 應為「遂げる＝完
　　　　　　成」，4 應為「儲かる＝賺錢」。

題 35 　答案：1

　　　中譯：自然的風很涼快，很舒服。

　　　解說：2 應為「やんわり / こんがり＝柔軟 / 金黃」，3 應為「うんざり
　　　　　　＝感到膩了」，4 應為「しょんぼり＝垂頭喪氣」。

題 36 　答案：3

　　　中譯：明天的翌日，換言之也就是【得出】後天【這個理性的結論】。

　　　解說：1 　というところ：文法不對。

　　　　　　2 　というもの：是一種這樣的東西。

　　　　　　3 　ということ：換言之，得出這個理性的結論。

　　　　　　4 　というわけ：換言之，事情始末就是這樣 / 原來就是這麼一回事。

由於「明天的翌日＝後天」只是個理性的結論，並不含甚麼「怪不得，原來就是這麼一回事！」的驚訝情緒，所以這裏比較適合用前者。

題 37 答案：3

中譯：警察：喂，這就是你拋棄的小兔吧！

少年：不是啊，是那傢伙自己跑掉的……

解說：「あるまいか」是「ありませんか」比較舊式的說法，既能和前面的「では」結合，又可以放在文末的也就只有 3。

題 38 答案：4

中譯：既然他說怎麼也不去，那也別再勸他了。

解說：「V た以上(いじょう)」表示「既然 V」，而「これ以上(いじょう)」表示「再也 / 再多」。

題 39 答案：4

中譯：有這樣的一句話：「沒有夢想的人生，無非就是一條鹹魚！」

題 40 答案：3

中譯：配合不同時候的身體狀況和心情，適當且愉快的進行運動就好了。

題 41 答案：1

中譯：世界上不論男女，無分邊界，喜愛美食就是人類的共同點吧。

題 42 答案：2

中譯：這個組織的宗旨是，保護世界各地正在不斷減少的野生動物。

解說：「V つつ」表示「一邊 V，一邊……」而「V つつある」則表示「正在不斷 / 持續 V」。

題 43 答案：4

中譯：【我幻想】如果能留學的話真想去，但【現實是】既沒有錢，又是一個馬上迎接 40 歲的人，所以，唉……

題 44 答案：4

中譯：兒子花了好大的勁，費盡心思，但最終還是未能考上自己志願的學校，搞得意志消沉……

題 45 答案：4

中譯：中學生的時候經常去祖母家玩，每一次，她總是給我零用錢。

答案：3

中譯：有一個長得和通緝照片上一模一樣的人來了我的旅館住宿，所以我先記下他的身份證，再向警察局報案。

題 47 答案：1

中譯：這是和前度女友的寶貴回憶，我哪會簡單的就忘記？

題 48 答案：3

中譯：客人，這是我們自家製作，剛剛榨出來的香醇日本酒，請您品味！

解說：「ご堪能あれ」是「ご堪能下さい」的古典用法。「あれ」雖可視為動詞「ある」的命令型，但這裏不含命令，反而是對對方表示一種包含敬意的請求，打個比方，有點「〜であって下さい＝〜であって欲しい＝希望你能〜」這種語感。除了「ご堪能あれ」外，還有「ご覧あれ」、「ご注意あれ」等常見的組合。

問題 8

題 49 答案：2341　★＝4

中譯：因為正正抱着積極進取的姿態，所以就算只有區區的 30 分鐘，也不會浪費，更想有效運用。

題 50 答案：2341　★＝4

中譯：雖云世界不景氣，但這家連鎖店，先別說倒閉，更是一浪接一浪的不斷開分店，究竟原因何在？

題 51 答案：1243　★＝4

中譯：客人，只限於寫在保養單內的故障種類，而且是一年之內的話，我司是可以提供免費修理的……

題 52 答案：3421　★＝2

中譯：有沒有想念過一個異性到一種不想就坐立不安的程度？

題 53 答案：3421　★＝2

中譯：正因為對方是對錢斤斤計較的女友，儘管求她，她也不會大方借出吧！

以下是某本書的一部分内容。

所謂的雷鳴或降雨，均是自然現象。依我看，正是因為這些現象，每天的生活才有了變化，變得有趣。然而我又突然想到，如果這些變化都是有規律的，可以預期的話，又會是怎樣的呢？

我想，要是這些自然現象都是有規律地發生，能夠預期的話，在某些情況下，的確是非常方便的；但在另一些場合，難道不會讓人感到為難嗎？還有，不知道該說是生活的滋味好，還是有趣之處好，反正這種東西亦會隨之減少吧，不是嗎？

對了，我們所謂的人生百態一事，不也正正與此十分相似嗎？當中有許多無法預期的障礙，而且我們不但身處這樣的障礙之中，更要常常尋求自己的道路，從而推進自己的事業。我覺得，這不就是人生本來的面貌嗎？

節錄自松下幸之助的《為甚麼》

題 54 　答案：2

　　解說：1　けんしょう：検証 / 懸賞など。

　　　　　2　げんしょう：現象 / 減少など。

　　　　　3　けんじょう：謙譲 / 献上など。

　　　　　4　げんじょう：現状 / 原状など。

題 55 　答案：1

　　解說：1　できれば：可以【預期】的話。

　　　　　2　できなければ：不能【預期】的話。

　　　　　3　できっこないなら：不能【預期】的話。

　　　　　4　できかねるなら：不能【預期】的話。（由於「V かねる」含有「雖然我能 V，但不方便 V 給你」的語感，主題一般不會是第二 / 三者，故亦不存在「できかねるなら」這種「如果我不方便 V 給你的話」的說法。）

答案：4

解說：1 というと：一說起【生活的滋味】這個話題嘛……

2 とはいうものの：雖說是【生活的滋味】，但……

3 といわれ：被說是【生活的滋味】。

4 というか：不知道該說是【生活的滋味】好，還是【有趣之處】好？

題 57 答案：2

解說：1 となると：一說起【人生百態】這個話題嘛……

2 というもの：所謂的【人生百態】一事。

3 にしたところで：儘管從【人生百態】的立場而言。

4 から見て：儘管從【人生百態】的角度看。

題 58 答案：1

解說：1 ありながら：不但處於。

2 ありもしないで：既非處於。

3 あり得て：有可能處於。

4 あり難く：很難存在。

題 59 答案：3

解說：1 気がある：有意。

2 気にする：介意（可以控制的情感）。

3 気がする：覺得。

4 気になる：在意（無法控制的情感）。

問題 10

1 某一個關於酒的介紹和注意事項。

美酒　梅酒

採用遠近馳名的和歌山縣產的梅，把梅的精華盡數投入，所以酒中每一口都是梅肉。梅獨特的香味及濃郁的酸甜口感是其特徵。這瓶酒的最大魅力不是別的，而是梅香處處，發揮梅的最大魅力。

酒精度數：8%

淨重：500ml

原材料名：吟釀酒、和歌山產梅、釀造酒精、葡萄糖

製造年月日：2021 年 7 月 31 日

製造者：梅一釀造有限公司　和歌山縣和歌山市 OO 町 OO 番地

注意事項：

1. 飲酒須年滿 20 歲。

2. 飲酒駕駛被法律所嚴厲禁止。

3. 部分的材料會產生浮游分離，但對品質沒有影響。

4. 請均勻搖動瓶子後才飲用。

5. 開瓶時需謹慎，以免刮傷雙手。

6. 開瓶後需放在冰箱裏，並請在製造年月 3 個月之內飲用。

7. 婦女懷孕期間請盡量避免喝酒。

題 60　**答案：3**

中譯：以下哪一項資訊是<u>不對</u>的？

解說：1　上述的梅酒在 2021 年 10 前 31 日前飲用的話都沒有問題（日語的「10 月一杯<ruby>（がついっぱい）</ruby>で」有「最多到 10 月 31 號的意思」，可理解為「11 月<ruby>（がつ）</ruby>までに」。）。

　　　2　作為商品的合適客戶，孕婦是不包含在其中的。

　　　3　如果酒裏發現有浮游物質的話，任何理由都可以要求交換。

　　　4　開酒瓶的時候有機會受傷。

2　收到訃文（人家去世的聯絡）。

件名：【訃文】田中一郎逝去之聯絡

先父　田中一郎於 2019 年 2 月 3 日上午 10 時 12 分於療養所壽終正寢。謹在此代先父向各位至親好友道別，謝謝您們一路以來的關心。有關守夜、喪禮等事項，根據以下通知將以佛教儀式舉行。此外，為了尊重先人遺願，任何奠儀將悉數奉還，還望恕罪。

故　田中一郎　喪禮告別式

守夜	2019 年 2 月 17 日（星期三）	下午 5 時開始
喪禮告別式	2019 年 2 月 18 日（星期四）	上午 9 時 30 分開始
舉辦地點	東京殯儀館（住所及電話號碼請參閱附加資料）	
佛教流派	日蓮宗	
喪主	田中一男（長子）	
連絡地址	東京都文京区 〇〇〇 町 〇〇〇 番地	
電話號碼	090-1234-5678	

題 61　**答案**：3

中譯：以下哪一項資訊是就算讀了以上訃文和附加資料也<u>不能夠知道</u>的？

解說：1　儀式採用甚麼宗教甚麼流派舉行。

　　　　2　打算參加儀式時的日子及場所。

　　　　3　故人是因為甚麼原因而離開人世。

　　　　4　需要帶多少金錢給遺族。

3　老師告訴我們一個叫做《怕饅頭》的落語的概要。

從前有一大班年輕人聚集在一起，談論甚麼是自己最怕的事物。有一個男人說怕蜘蛛，另一個男人說怕蛇，而當中有一個則說：「世上根本沒有任何東西值得可怕！」周圍的人都問他：「你真的不怕任何東西嗎？」那個男人招認說：「其實我有一個東西真的很怕！」大家問那是甚麼？那個男人就回答說是「饅頭」。「一說到饅頭這個話題，我就覺得渾身不自在不舒服的，老是要回家休息才能恢復正常……」為了作弄他，大家湊了些錢，買了大量的饅頭再放在男人的枕頭下，期待男人發出「啊～～～」般的尖叫。但是不單沒有尖叫，男人不正在很美味的吃着饅頭嗎？「原來如此，我們被騙了！」大家就問那個男人究竟他真的怕甚麼，男人的身子一邊顫抖着，一邊說：「現在我最怕一杯茶呢！」

答案：1

中譯：男人為甚麼答「<u>現在我最怕一杯茶呢</u>」？

解說：1 因為他吃了饅頭之後想喝杯茶。

　　　2 因為饅頭和茶的確是他不擅長的東西。

　　　3 因為他打算向捉弄他的人們作出報復。

　　　4 因為他想證明世界上並沒有任何可怕的東西。

4 回想起年輕時一件有趣的往事。

這是發生於還是只有少數人懂得用電腦的年代。

那一天儘管工作十分繁忙，在休息的時間，我的上司那個伯伯竟然對我說：「請教我怎樣用電腦吧！」我沒有辦法，就準備了一台手提電腦說：「我去趟洗手間就回來，你先把電腦啓動吧！」到上完洗手間，回到辦公桌前的時候，我發現那台手提電腦正豎立着。

伯伯為了不讓手提電腦倒下，用雙手扶着並露出一副正經兮兮的樣子等着我。當時的確有人將「立ち上げる＝啓動」一字，按字面意思不折不扣地理解為「立ち上げる＝豎起來」。但那是我第一次親眼目睹有人把手提電腦豎起來，那一瞬間實在忍不住的笑出來。

題 63 答案：2

中譯：上司那位伯伯為甚麼不能夠理解筆者的話？

解說：1 因為筆者使用了錯誤的表達方法。

　　　2 因為筆者使用的單詞有超過一個以上的意思。

　　　3 因為上司覺得向年輕人請教是一件很羞恥的事，所以沒有老實聽從指示。

　　　4 因為筆者上洗手間的時間太長，期間上司忘記了他所說的話。

讀了一篇有關機器娃娃的文章。

根據過去的一項問卷調查顯示，人類對於自己能否和機器娃娃作性行為的回答結果偏差很大。回答可以／自己能夠和機器娃娃作性行為的，最低是 9%、最高是 66%，明顯反映當中幅度廣闊。但無論如何，這個問題的結論亦證明了機器娃娃的開發，至今仍處於一個非常熾熱盛行的階段。接着，關於性別之差問題，男性【對機器娃娃】的需要顯然比女性大，但也知道需要機器娃娃的女性亦有不少。此外，作為研發機關的目標，他們希望最新的機器娃娃，除了能作性的用途外，還可以進行有意義的會話、幫手做家務，甚至作為一個輔助者的身份支援工作如服務台等。不停留於傳統的使用方式，能夠和社會福祉結合的新型機器娃娃，亦即是說譬如能夠安撫高齡人士的孤獨，更甚者隨着科技高度化，最終能達到照顧殘疾障礙者的功能，這天甚麼時候來到還是未知之數，但我深信總有一日會實現的。

以上的數據和部分的文章節錄自《伴隨「Responsible Robotics」的發表報告，關於與機器娃娃「性的未來」的 7 項考察》一文 https://robotstart.info/2017/09/04/about-sex-robots.html

題 64　答案：4

中譯：以下哪一項是筆者最想說的事情？

解說：　1　不論男女對機器娃娃的需求基本上一樣。

　　　　2　對於機器娃娃的市場差不多應該要劃上休止符。

　　　　3　站在研發機關的立場上，開發更多的娛樂功能也是無可奈何的事情。

　　　　4　顛覆傳統的思維，讓機器娃娃擁有新的任務是今後的趨向。

1　「我一點也不算是美女。就算你對我說奉承話，我也不會信的。」

住在這間屋子裏的女人說。她已經到了錯過婚期的年齡，也的確不是那麼漂亮。

「不，你很美！那是一種發自內心的真正的美麗。我想馬上就和你訂婚。」

青年男子從剛才起就一直將愛的甜言蜜語掛在嘴上。他雖然沒有錢，卻是個美男子——一個以此為本錢，進行婚姻詐騙的慣犯。他盯上了這位相當有錢的女人，總算是進展到這一步。

「想不到你會想我到<u>如斯地步</u>……」

女人口吻開始軟化，青年內心竊竊偷笑。好久沒有弄到錢了，到了這個地步再努力一把，就能把大把大把的鈔票弄到手。

就在此時，門外有人在大喊。

「把門打開，我們是警察！」

聽見這把聲音，年輕人大吃一驚。準是他過去犯下的罪行暴露了吧？眼看差不多就要大功告成，然而一旦被捕一切都會完蛋……想着，他從窗口逃跑。可是那是二樓，他剛跳下去，就扭傷了雙腳。

警察將蹲在那裏、大聲叫痛的男人扶起，當中有個跟他說：

「<u>這麼痛一下就完事了，算你走運！</u>我們是來找那個女的。那個女的先是巧妙地勾引男人訂下婚約，然後投下人壽保險，最後就殺了對方再偽裝成意外死亡。同樣勾當她已經幹過幾次，賺了不少錢呢！」

節錄自星新一的《走鋼絲》

題 65　答案：2

中譯：「如斯地步」指的是甚麼？

解說：1　女人相當有錢一事。

　　　2　青年說想馬上就和女人訂婚一事。

　　　3　青年接受女人已經到了錯過婚期的年齡一事。

　　　4　青年承認女人一點也不算是美女，但是擁有真正的美麗一事。

　　　　（青年的確說女人的美是「是一種發自內心的真正的美麗」，但

　　　　從來沒有說女人「一點也不算是美女」，反而讚美她「不，你

　　　　很美」，所以「一點也不算是美女」不能算是青年想女人到「如

　　　　斯地步」的例了。）

題 66　答案：4

中譯：以下哪一項符合故事內容？

解說：1　男人不是美男子。

　　　2　只有女人是欺詐師。

　　　3　男人和女人都沒有太多金錢。

　　　4　女人現在是獨身，但曾經結過婚。

題 67　答案：2

中譯：說「這麼痛一下就完事了，算你走運」的警察的心底話是？

解說：1　弄痛身體是自己的責任哦！

　　　2　沒有被殺掉已經很幸運了！

　　　3　就差那麼一點便可和有錢的美女結婚，太可惜了吧！

　　　4　弄痛了你，真是感到不好意思呢！

2　從前有一對雌雄鴿子，把小麥填滿了巢後，雄鴿子就對雌鴿子說：「當原野上還能找到食物的時候，我們就先不吃儲存在巢裏的小麥。當冬天來臨，原野上甚麼食物都沒有了，我們再來這裏吃東西吧！」

雌鴿子說：「這真是個好主意！」便高高興興地同意了。說回頭，他們把穀物填在巢時，那些穀物還是潮濕的，所以馬上就把巢填滿了。可是雄鴿子外出回來時已經是夏天了，穀物變得乾燥之餘，體積縮小，

看起來分量也就減少了。回家的雄鴿子看見糧食變少了，就責怪起雌鴿子說：「我們不是說好了決不吃巢裏的一顆食物嗎？為甚麼你要偷吃呢？」雌鴿子信誓旦旦的說自己的確一顆糧食也不曾吃過，但雄鴿子不相信她的話，更用他鋒利的嘴使勁地啄死了雌鴿子。

不久，冬天又來了並開始下雨。穀物變得潮濕，變回原來的體積，再次填滿了整個巢。知道<u>這件事</u>後，雄鴿子後悔不已。他躺在雌鴿子的屍骸旁邊，大聲呼叫並哀嘆說：「神啊！這是你給我的考驗嗎？啊，親愛的你啊，無論我怎麼呼叫，你再也不會回來是吧！那我活下去還有甚麼意義呢？」

明智的人，是不可以急於把懲罰加諸他人身上的。特別是像這隻雄鴿子一樣，愈是悔不當初，內心愈是痛苦不堪——這個道理必須懂得。

翻譯自阿拉伯寓言集《卡里萊和笛木乃》的「兩隻鴿子」

並作出內容調整

題 68 答案：2

中譯：為何決定了「<u>先不吃儲存在巢裏的小麥</u>」？

解說：1 因為小麥還不能吃。

2 因為先吃了其他東西比較好。

3 因為將來能和其他鴿子分甘同味。

4 因為打算待原野上的天敵消失後來吃。

題 69 答案：3

中譯：「<u>這件事</u>」指的是甚麼？？

解說：1 穀物體積膨脹，是神給牠的考驗。

2 雌鴿子已經死了，怎樣呼喚也再不會回來。

3 穀物的量根本就沒有減少。

4 相比夏天，冬天時穀物的體積傾向容易縮小。

| 題 70 | 答案：4 |

中譯：故事最想表達的是？

解說：1　不應該忘記過去的教訓。

2　活着之際，一定要不斷尋找有意義的生存方式。

3　只要平日準備周到，就算一旦面臨危機也不需恐懼。

4　判斷事情前，應該先讓心中留有餘裕。

3　這段日子，在台灣發生了一連串名為「鮭魚之亂」的騷動。導火綫是某間日本壽司連鎖店聲稱將會舉辦一個「如果客人的名字中包括了『鮭魚』2 字，在提供身份證明文件的大前提下，同席的 1 台 6 個人的賬單都會是免費」的活動。其實連鎖店的原意是「只要顧客的名字中包括了『鮭』(guī) 或『魚』(yú) 同音字（不論四聲），就能獲得減價優惠」，作為連鎖店的原意，<u>這個活動</u>本來是主打，卻不料台灣的年輕人乘着<u>這次活動</u>，紛紛開始把自己的名字改為「鮭魚」，以方便在 2021 年 3 月 17 日和 18 日這 2 天的活動期間，盡情地在連鎖店吃壽司。根據當地的媒體報導，為了這次活動而改名的人有 150 人左右，在改名並不是甚麼一回事的台灣裏，掀起一陣風波。

在台灣，原則上一生可以改 3 次名字。這次改了名的人，推想在滿足口腹之慾後，將會改回原來的名字，但這也表示將會用掉 3 次機會中的 2 次。一部分政府機關和政治家們表達眾多意見，諸如「這樣的改名既浪費時間，亦增加了原本不必要的事務負擔」；還有「已經在世界上出盡洋相，醜態畢露」；又或是「應該珍惜雙親賦予自己的名字」等，預計將一邊以不同的觀點呼籲國民停止改名，一邊通過進一步的國民教育，防止同樣事情再次發生。

| 題 71 | 答案：4 |

中譯：「這個活動」和「這次活動」表示甚麼？

解說：1　均是「如果名字中包括了『鮭魚』2 字，就可以免費吃壽司」的意思。

2 均是「如果名字中包括了『鮭』或『魚』的同音字，就能以優惠價格吃壽司」的意思。

3 前者是「如果名字中包括了『鮭魚』2 字，就可以免費吃壽司」；而後者「如果名字中包括了『鮭』或『魚』的同音字，就能以優惠價格吃壽司」的意思。

4 前者是「如果名字中包括了『鮭』或『魚』的同音字，就能以優惠價格吃壽司」；而後者是「如果名字中包括了『鮭魚』2字，就可以免費吃壽司」的意思。

題 72 答案：4

中譯：以下哪一項<u>不是</u>文章中言及到的改名所帶來的壞影響？

解說：
1 有損名譽。
2 白費時間。
3 違反道德。
4 浪費食材。

題 73 答案：1

中譯：根據文章所言，推想這次活動結束之後，短期之內有可能發生怎樣的狀況？

解說：
1 有關「名字的尊貴性」的學校課堂將會增加。
2 同類型的壽司活動將會被停止。
3 為因這次的騷動而工作量大增的職員提供額外津貼。
4 重新議定關於改名的法律。

問題 12

諮詢者：
結婚之後，願意的夫婦能夠各自保留自己的姓氏——這種「選擇性夫婦別姓」制度的引進，你是贊成還是反對呢？

贊成者：
世界上唯一一個國家是會根據法律決定夫婦同姓，那不就是日本嗎？誠然，家族的團結，在某程度上是通過婚姻關係而變得實現化，但如果並非同一姓氏的夫婦，其家庭關係就會被破壞的話，那日本以外的國家，所有的家庭關係都會支離破碎分崩離析吧！女性跟從夫君姓

氏，在日本是一件被認為是理所當然的事，而實際上有 96% 以上的女性都會跟隨夫姓。強制同一姓氏帶來的惡果是對女性的歧視。如果「選擇性夫婦別姓」得不到承認的話，那等同於隨意踐踏並介入他人的婚姻、姓名和家庭等領域。希望同姓的人同姓，希望別姓的人就別姓，社會應該建立更完善的法律制度，杜絕所有利益衝突。這樣的話，人們就不用受到不平等對待。事實上，現在受到不平等對待的女性實在太多了。

反對者：

人不能夠獨自過活，是必須在社會中生存下去的生物。而社會中最小的單位是家庭，為了讓「家庭」實現團結一致，夫婦同姓是一個非常有效的方法。夫婦哪一方改姓都好，的確或多或少會帶來不方便，但亦由於此，人們對結婚的「決心」及家庭圓滿能得到強化提昇，夫婦之間的關係得到昇華。正因為兄弟姊妹等家庭成員擁有共同的姓氏，社會最小單位的家庭，其連帶關係得到強化。延伸下去，珍惜愛護擁有共有姓氏的親戚、前人、子孫，與此同時對同一家公司、同一個地域、同一個國家的關懷眷顧之情亦會產生並延續下去。

題 74　**答案：**1

中譯：對贊成者而言，反對「夫婦同姓」的最大關鍵字是甚麼？

　　　1　受到不平等對待的女性。
　　　2　被他國輕視的日本。
　　　3　逐漸變得支離破碎的家庭的增加。
　　　4　體系未臻完整的法律。

題 75　**答案：**3

中譯：贊成者和反對者的共同主張是甚麼呢？

　　　1　夫婦同姓在消除男女性別歧視這件事上非常有效。
　　　2　實施夫婦同姓之際，或多或少會帶來不方便。
　　　3　良好的家庭關係建基於婚姻關係上並得到強化。
　　　4　夫婦同姓不單是日本，也是其他國家面臨着的問題。

名畫「簡·格雷的處刑」

畫的左面有一根巨大的圓柱，在一間仿佛是宮殿的地方即將行刑。緊靠着圓柱的是兩個侍女，一個轉過身哭泣，另一個則六神無主，方寸已亂。⋯⋯（中略）⋯⋯

年輕的前女王只戴着一枚嶄新的結婚戒指，高貴且潔白無瑕的絲質長裙，看來應該是她的婚紗，同時也像是在表達她的清白。因為被蒙着雙眼，她不知道斷頭台所在，只好用手摸索，而中年祭司像是要將她圍攏起來般的引導着。斷頭台鑲嵌着鐵環，用鎖鏈固定在地面，以免移動。簡的腳下還有考慮到她高貴身份而準備的帶流蘇的豪華墊子，她可以匍匐在上面，把頭伸出去。地面鋪着黑布，上面撒着吸血用的稻草，令人聯想到即將發生的事情，驚心動魄。

右邊站立的劊子手，頭戴紅帽，身穿紅褲，格外顯眼。巨大的斧刃非常厚重，和日本刀那種「斬」的形象截然不同，給人一種「鍘」的恐怖。他的腰間還有繩索和匕首。繩索用來綁住人的雙手，那麼匕首究竟有甚麼用途呢？答案是割掉頭顱時需要用到它。⋯⋯（中略）⋯⋯

不得不說，這幅畫上的劊子手帶有違和感，就像是告訴人家：「我對這樣的工作提不起勁」般，他簡直心不在焉，對前女王流露出憐憫的眼神，但我寧可你拿出一刀斃命的氣魄來行刑更好。⋯⋯（中略）⋯⋯

一直以來，整幅畫因過分流於感傷而受到批評。其實只需兩位男性來烘托憐憫之情就已足夠，硬是要加上侍女的話，則顯得過於誇張，畫蛇添足了。⋯⋯（中略）⋯⋯

儘管瑕疵明顯，但瑕不掩瑜，這幅畫有一股令人看過後難以忘懷的魔力。如同成功的戲劇，無論配角怎樣，主角都具備壓到一切，捨我其誰的氣魄，簡·格雷的巨大魅力決定了一切。在殘酷的命運面前，她既沒有抵抗，也沒有恐懼，更對周遭的悲鳴充耳不聞，下定決心，從

容就死。她那副弱不禁風的姿勢，如同一朵脆弱的白色花朵般，在凋謝之前飄溢美麗芬芳，為看眾的胸膛帶來刺痛，為其心靈帶來震撼。

如此一個肌膚白皙，充滿朝氣而楚楚動人的少女，轉瞬間將身首異處，肝腦塗地，永遠化作一具冰冷的屍體躺臥地下。只要一想到這裏，這幅殘酷的繪畫所流露出的美，就令人不寒而慄。

節錄自中野京子《膽小別看畫　哭泣的女人》中「簡‧格雷的處刑」

題 76 ｜ 答案：3

中譯：以下哪一項是正確的資訊？

解說：1　西洋斧頭的使用方法和日本刀類相似。

　　　2　劊子手對前女王沒有表示任何同情慰問。

　　　3　前女王死之前，行刑的人設法令她看不見東西。

　　　4　考慮到前女王的身份，準備了一把高貴的匕首。

題 77 ｜ 答案：3

中譯：這幅畫被認為最大的弱點是甚麼呢？

解說：1　繪畫過多虛構的內容。

　　　2　過分省略狀況說明。

　　　3　過分呈現角色的情感。

　　　4　過度強調歷史的恐怖。

題 78 ｜ 答案：1

中譯：根據文章所言，推想女王死前有可能留下哪一句說話？？

解說：1　「那麼，就讓我歡歡喜喜的死去吧！」

　　　2　「告訴我，為甚麼我非死不可？」

　　　3　「可惡！你們可知道自己犯下了甚麼彌天大罪嗎？」

　　　4　「不要殺我好嗎？要殺就殺掉侍女她們吧！錢的話我多着呢……」

（1）「自殺人數的不同年代統計」

直至 2019 年為止連續 10 年自殺人數持續減少

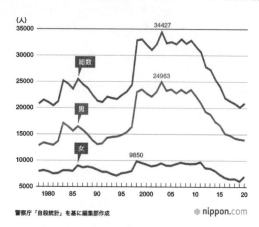

警察庁「自殺統計」を基に編集部作成　　nippon.com

本編輯部根據警察廳「自殺統計」製作

（2）「男女・月份的自殺人數推移」

男女・月份的自殺人數推移

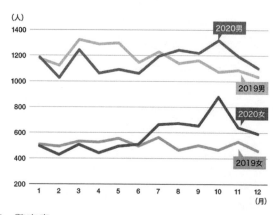

資料來源：警察廳

根據 Japan data 的「2020 年自殺者、隔 11 年後增加：
歸咎於新冠肺炎的影響？女性急增」一項資料
https://www.nippon.com/ja/japan-data/h00923/

直至 97 年為止，日本國內每年的自殺者都浮沉在 2 萬至 3 萬人之間，98 年開始連續 14 年，每年都超過 3 萬人，並在 03 年達到頂峰，有 34,427 人。此後隨着經濟景氣回復，政府致力強化地域政策如心理諮詢體制的日趨完善等背景，出現自殺人數 10 年連續比前一年減少的成果。厚生勞動省認為「絕大部分的自殺是人陷入困境所選擇的最終手段，而多數所謂的困境是能避免的社會問題」這觀點，提倡結合保健、醫療、福祉、教育及勞動等關連政策，嘗試以宏觀總合的角度去解決問題。

| 題 79 | 答案：2 |

中譯：以下哪一項是正確的資訊？

解說：1　相比 2019 年、2020 年的女性自殺者減少了。

　　　2　2019 年及 2020 年均是，比起上半年、下半年自殺人數較多。

　　　3　相比 2019 年，2020 年男性總自殺人數大幅度增加。

　　　4　根據「自殺人數的不同年代統計」，相比男性，女性與整體呈現類似的傾向。

| 題 80 | 答案：2 |

中譯：根據表下的說明文字所述，哪一項假設最能夠成立？

解說：1　2021 年隨着新冠肺炎的弱化，相隔 1 年後總自殺者的人數應該會減少吧。

　　　2　2020 年女性自殺者增加的原因是因為對雇用問題所產生的不安而致吧。

　　　3　2020 年男性自殺者比前年減少，經濟景氣回復是最大的原因吧。

　　　4　端賴防止自殺對策的推行，總自殺者的人數應該不會再超過 3 萬人吧。

問題1

題1　答案：1

女の人が話しています。夕べから今日の夕方までの天気は、どのように変わってきましたか？

女の人：夕べからの雨が朝まで少しも止むことなく降り続けていましたが、昼近くには雷も鳴りました。その後は一旦嘘のように全てなくなって虹まで出てましたが、夕方になるとまた黒い雲が出て、風がビュービューのような恐ろしい音を立てながら吹いていました。よく「女の心は秋の空」と言いますが、本当に女の心より変化が激しい天気でしたね。

夕べから今日の夕方までの天気は、どのように変わってきましたか？

女人在說話，從昨晚到今天黃昏的天氣，有着怎樣的變化？

女人：　從昨晚到今天早上，雨一直在下，沒有停過，到下午甚至開始打雷了。之後突然就好像做夢般，風風雨雨的甚麼都沒有了，甚至出現了彩虹，令人難以置信。到黃昏的時候，烏雲又出現了，風呼呼的一邊發出恐怖的聲音，一邊在狂吹。有道「女人心，就如秋天的天空」般變化無定，卻真的比女人心更加變化無定的天氣哦！

從昨晚到今天黃昏的天氣，有着怎樣的變化？

題2　答案：4

男の人と女の人が写真を見ながら話しています。女の人のお姉さんは今はどんな顔ですか？今の顔です。

男の人：これお姉さん？ずいぶん変わったね。最初からメガネかと思ってた。

女の人：はじめはコンタクトだったよ、2年前から今のようにかけてるの。ファッションとか言って。

男の人：えー、そうなの、まぁでもかけてたほうがきれいに見えるんだけどね、と思ってるの俺だけ？それにしても髪もバッサリ切ったね。

女の人：それはね、ここだけの話だけど、この前彼氏に振られたのが原因で、思いっきり切っちゃったらしいよ。

男の人：そうなんだー俺ロングヘアが好きだけどなぁ、髪の毛が長いお姉ちゃんがタイプかも。

女の人：髪の毛どころか、このとき付けてたイヤリングも、元カレにもらったものは二度と付けるもんかと言ってポイとゴミ箱に捨てたんだよ。ねぇねぇねぇ、今彼氏募集中だから、ナャンスかもしれないよ！

男の人：よっしゃー、明日イヤリングでも買いに行ってプレゼントしようかな。

女の人のお姉さんは今はどんな顔ですか？今の顔です。

男人和女人一邊在看相片，一邊在說話。女人的姐姐現在是怎樣的樣貌？是現在的樣貌。

男人：這是你姐？完全變了另外一個樣子耶，我還以為她一開始就帶着眼鏡的。

女人：最初是帶隱形眼鏡的，兩年前才開始像現在一樣帶着普通眼鏡，說甚麼是潮流。

男人：真的嗎？難道就我一個人覺得她帶着眼鏡更加漂亮？還有，頭髮也剪了，而且剪得很短。

女人：那我偷偷跟你說吧，他被前度男友甩了，所以「揮慧劍斬情絲」哦。

男人：原來是這樣的，我本來就喜歡長髮，所以長頭髮的你姐，正是我喜歡的類型啊！

女人：何止頭髮，你看！這個時候她戴着的耳環，由於是前度所送的，她就說了一句：「我怎會繼續戴上呢？」二話沒說就扔進垃圾桶裏了。喂喂喂，他在找男朋友，這可能是一個機會哦！

男人：太好了，我明天就去買耳環之類的送給你姐吧！

女人的姐姐現在是怎樣的樣貌？是現在的樣貌。

題3 答案：3

男の人と女の人が話しています。女の人の携帯番号は何番ですか？

男の人：携帯番号を変えたんだって？新しいの教えて！

女の人：5634……

男の人：あれ、前と同じやつ？

女の人：ごめんごめん、長年使ってたもんですから、ついつい思い出しちゃって。

男の人：それもそうだよねー、じゃ、教えて！

女の人：9624……

男の人：9624……

女の人：806……

男の人：806……あれ、1桁足りないよ。

女の人：あっ、0の次に7が抜けてた。

男の人：8076で良いよね？

女の人：もう一回確認します。ああ、ごめん、うすうすそう思っていたけど、やっぱり7と6が逆になってた。

男の人：あんたったら、相変わらず数字を覚えるのが超苦手だね。自分の電話番号も例外なく……

女の人の携帯番号は何番ですか。

男人和女人在說話，女人的手機號碼是幾號呢？

男人：聽說你換了手機號碼，告訴我新的號碼吧！

女人：5634……

男人：咦，和以前一樣的？

女人：不好意思，用了這麼多年，總是不期然的會記起。

男人：這也難怪的，快告訴我吧！

女人：9624……

男人：9624……

女人： 806……

男人： 806……咦，還欠一個數字啊。

女人： 哎呀、0 之後說漏了一個 7。

男人： 所以是 8076，對吧？

女人： 我再確認一次啊，不好意思，我隱隱覺得有點問題，原來 7 和 6
還是倒轉了。

男人： 你啊，還是老樣子，超級不擅長記住數字呢，連自己的電話號碼
也不例外……

女人的手機號碼是幾號呢？

題 1 答案：3

おとこ りゅうがくせい おんな りゅうがくせい はな ふたり かんじ み
男の留学生と女の留学生が話しています。二人はどの漢字を見ていま
すか？

おんな ひと
女の人： ねねね、ピーター君、この漢字は面白いね。同じパーツが二
つも重なっているけど、どういう意味かしら？

おとこ ひと
男の人： でも、キャサリンちゃん、同じパーツというか、左右が
正反対になっていて、丁度真ん中のところに鏡を置いてみた
ら、ほら、こっちから見ても反対側から見てももとの漢字が
見えるよ。

おんな ひと
女の人： 本当ですね。やっぱりピーター君って賢いね。惚れちゃうわ。

ふたり かんじ み
二人はどの漢字を見ていますか？

1 弱

2 棗

3 門

4 卡

男性留學生和女性留學生在說話，兩人在看哪一個漢字呢？

女人： 喂喂喂，彼得君，你看這個漢字多麼有意思，兩個相同的部分重
疊在一起，究竟是甚麼意思呢？

男人： 但你看，凱薩琳，與其說是相同的部分，倒不如說是左右兩邊成
一個相反，如果你試着把一枚鏡子放在中間的話，看！從這邊看
也好，從對面看也好，都能見到原來的漢字。

女人： 真的啊。彼得君你真的好聰明，吸引死我了。

両人在看哪一個漢字呢？

1　弱

2　棗

3　門

4　卡

題5　答案：1

男の人と女の人が話しています。女の人が予約したのは何時の高速バスですか？

女の人：すみません、高速バスのチケットを予約したいんですが……

男の人：ご利用ありがとうございます。ご予定はいつでございますか？

女の人：5月7日の金曜日ですが、発車時間は何時ですか？

男の人：7日ですと、午前8時、10時、12時と午後2時、2時間間隔でバスが出ておりますが、何名様のご予約ですか？

女の人：4人ですけど、10時に4人でお願いします。小さい子供がいるので、できれば一緒に座りたいんですが……

男の人：10時でございますね、えっと、10時に4名様のご予約はお取りできますが、お席の方がバラバラになってしまいますが……

女の人：そうですか、じゃあ、12時はどうですか？

男の人：誠に申し訳ございませんが、この時間帯ですと、予約でいっぱいでございます。最初と最終便でしたら、ご一緒になられるお席はまだまだ空いておりますが……

女の人：午後だとちょっと遅すぎますよね。一緒に座りたいので、ちょっと予定より早くなっちゃいますが、しょうがないんですよね。じゃ、この時間のチケットを4枚お願いします。

男の人：はい、かしこまりました！

女の人が予約したのは何時の高速バスですか？

1　午前8時

2　午前10時

3　正午 12 時
4　午後 2 時

男人和女人在說話，女人預約的是幾點的高速巴士呢？

女人：不好意思，我想訂高速巴士票……

男人：謝謝閣下使用本公司的服務，請問您打算預約的日子是？

女人：5 月 7 號星期五，請問幾點開車呢？

男人：如果是 7 號的話，早上 8 時、早上 10 時、正午 12 時和下午 2
　　　時，每兩個小時開出一班，請問要預約幾個人的票？

女人：4 個人，我想預約 10 點 4 個人。因為我們有小孩子的關係，所以
　　　盡可能希望一齊坐……

男人：是 10 點嗎？好的！10 點的話，的確可以預約 4 個人的車票，但
　　　是座位就會變得七零八碎……

女人：噢，是這樣的……那麼 12 點的話怎樣呢？

男人：真的很抱歉呢！這個時間的話，所有預約已經滿了。如果是最初
　　　或最後一班的話，能一起坐的座位還剩下很多……

女人：下午的話，那麼就太晚了。我們想一起坐，雖然比原定早了不
　　　少，也是沒有辦法的哦，好吧！就這個時間的要 4 張。

男人：好的，明白了！

女人預約的是幾點的高速巴士呢？

1　早上 8 時
2　早上 10 時
3　正午 12 時
4　下午 2 時

問題 2

題 6　答案：1

男の人と女の人が話しています。男の人が新しい車を買い替えした
最大の理由はなんですか？最大の理由です。

女の人：車、買い替えしたんですって？お子さんが 2 人とも大きくな
　　　　ったから？

男の人：そうしたかったんだけど、ほら、知っている通り、うちの駐車場、狭いでしょう。

女の人：えっ、じゃ前のより小さいやつにしたわけ？

男の人：そうそう、思い切り小型にしたんだ。ほら小型になると、税金も4分の1ぐらいで済むんじゃない？

女の人：なるほど。お金の使い方うまいね。

男の人：それだけじゃなくて、ガソリン代が以前より大幅に安くなるのが、毎日マイカー出勤の俺にとって一番の決め手だった。それにしても、車のセールスさんが美人で説明の仕方も上手だったしな、彼女の話を聞き終えるか聞き終えないかのうちに、俺はもう躊躇うことなく決めちゃったよ。

女の人：このスケベ野郎！

男の人が新しい車を買い替えした最大の理由はなんですか？最大の理由です。

1　ガソリン代が安くなるから。
2　税金が安くなるから。
3　駐車場が狭いから。
4　車のセールスさんが美人で説明の仕方も上手だったから。

男人和女人在說話，男人換了新車的最大理由是甚麼？是最大的理由。

女人：聽說換了新車，是因為兩個孩子都大了，所以？

男人：我倒希望能夠這樣做啊，你也知道，我家的停車場很狹窄吧。

女人：這麼說，你是買了一輛比以前更小的？

男人：對對，我買了一輛小型車。這樣的話，稅金只需要付現在的 1/4 就可以了。

女人：原來如此，你理財還挺高明的。

男人：不單如此，最重要的是油費會比以前大幅度減少，這對每天都要開車上班的我而言，是最主要的決定因素。不得不提，那個汽車銷售員好漂亮而且解釋得很清楚，我還沒聽完她的話，也沒甚麼好猶豫就決定了。

女人：你這個色鬼！

男人換了新車的最大理由是甚麼？是最大的理由。

1　因為油費會變得便宜。

2　因為稅金會變得便宜。

3　因為停車場很狹窄。

4　因為汽車銷售員好漂亮而且解釋得很清楚。

題7

答案：4

男の人と女の人が話しています。男の人は大学のセンター試験についてどう思っていますか？

女の人：いよいよ来週からセンター試験だね。すごく勉強してるんだって！

男の人：そうなんだけどね……

女の人：あら、自信ないの？

男の人：いや、去年に比べて結構勉強してるから、自信ならそこそこあるよ。

女の人：あっ、もしかして、今流行っている伝染病のことで心配してるとか？確か人がたくさん集まる所ほど、うつりやすいとか言ってましたよね。

男の人：心配しているのは「伝染病」じゃなくて「受験票」だよ。

女の人：「受験票」？

男の人：ええ、受験番号が書かれている受験票のこと。

女の人：それ、何がいけないの？

男の人：受験番号が 8894219 だけど……

女の人：で？

男の人：「8894219」だから、「早く死に行く」訳よ……もうなんだか落ちそうな予感がしてならない。

女の人：そんなこと、あまり気にしないほうがいいと思うよ、実力あるからさ。

男の人：言ってることはわかるけど、番号を見るたびに、どうしても思い出さずにはいられないんだよなあ。

男の人は大学のセンター試験についてどう思っていますか？
1　勉強しなかったので自信がない。
2　勉強しなかったけど自信はある。
3　受験番号が縁起が悪いけど、気にしない。
4　受験番号が縁起が悪いので、心配している。

男人和女人正在說話，男人對於大學的入學考試有甚麼看法。

女人：終於下個星期就開始大學入學考試了，我聽說你很用功讀書呢！

男人：的確如是……

女人：你沒有自信？

男人：不是啊，比起去年今年我拼命的在讀書，所以自信心的話還是有的。

女人：啊，是不是擔心現在流行的傳染病呢？我記得之前你說過人愈多的地方就愈容易感染，對吧！

男人：我擔心的不是「傳染病」，而是「準考證」啊。

女人：「準考證」？

男人：對，那個寫着考生編號的準考證。

女人：有甚麼問題嗎？

男人：我的考生編號是 8894219……

女人：所以？

男人：「8894219」，也即是叫我「馬上去死」吧！總感覺我今年又會不合格……

女人：這種事情，還是不要理會比較好，你有的是實力！

男人：你說的我都明白，但每次見到這個號碼，我都不期然的想起……

男人對於大學的入學考試有甚麼看法？

1　因為沒有學習，所以沒有自信。

2　雖然沒有學習，但是很有自信。

3　雖然考生編號不吉利，但是並沒有放在心上。

4　因為考生編號不吉利，所以老是擔心。

解說：這篇出現的「8894219」是日語常見的「語呂合わせ（ごろあわせ）」問題，可參照《3 天學完 N4・88 個合格關鍵技巧》 **7** 語呂合わせ（ごろあわせ）＝諧音。

題8 答案：2

タイムマシンの研究（けんきゅう）をしている夫（おっと）が妻（つま）と話しています。夫（おっと）はどうして「上手（うま）くいった」と言（い）いましたか？

夫（おっと）：ねー、お前（まえ）、「上手（うま）くいった」よ！

妻（つま）：何（なに）が？

夫（おっと）：タイムマシン、「上手（うま）くいった」よ！同僚（どうりょう）たちにあれほど馬鹿（ばか）にされてたけど。

妻（つま）：そうなの？おめでとう！

夫（おっと）：しかも、俺（おれ）の働（はたら）きぶりが人事課（じんじか）の山田課長（やまだかちょう）の目（め）に入（はい）っていたせいか、今日課長（きょうかちょう）の部屋（へや）に呼（よ）ばれたんだよ！

妻（つま）：えっ、何（なに）、昇進（しょうしん）の話（はなし）でもあった？

夫（おっと）：ブブー、タイムマシンが「上手（うま）くいった」からこそ、5 年前（ねんまえ）の新人時代（しんじんじだい）に戻（もど）れたんだよ。肩書（かたがき）も給料（きゅうりょう）も。

夫（おっと）はどうして「上手（うま）くいった」と言（い）いましたか？

1　やっと同僚（どうりょう）に認（みと）められたから。
2　昔（むかし）の状況（じょうきょう）に戻（もど）ったから。
3　課長（かちょう）に昇進（しょうしん）の話（はなし）を約束（やくそく）されたから。
4　給料（きゅうりょう）が上（あ）がったから。

研究時光機的丈夫和太太正在說話，丈夫為甚麼說「成功了」呢？

丈夫：老婆，老婆，我「成功了」！

太太：甚麼？

丈夫：時光機，我終於「成功了」，公司的同事們一直都在取笑我，看不起我……

太太：是嗎？恭喜你了！

丈夫：還有，我的工作態度好像入了人事部山田課長的法眼，今天我被他叫了進房。

太太：怎麼了？是關於升職之類的話嗎？

丈夫：你猜錯了，正正是因為時光機「成功了」，我才可以返回 5 年前的新人年代啊，無論職位以及工資都是。

丈夫為甚麼說「成功了」呢？

1　因為終於被同事肯定了。

2　因為回到以前的狀況。

3　因為被課長承諾了會得到升遷。

4　因為工資得到提升了。

題9　答案：4

お医者さんと患者さんが話しています。お医者さんが患者さんについた嘘は何だったんですか？

医者：いろいろ精密な検査をした結果、良い知らせと悪い知らせが1つずつありますが、どちらからお伝えしましょう？

患者：＜ゲホゲホ＞じゃあ、良い方からお願いします。

医者：では、おめでとうございます。あなたは癌ではありませんでした！

患者：よかったー、焦ってたよ。じゃあ、今日からまたお酒を飲んだりタバコ吸ったりしてもいいですか？

医者：医者として、「いいよ」と言ったら嘘になりますが、今回に限って、どうぞお好きなようにしてください。

患者：やった。今日からグビグビ飲んでやる！で、悪い知らせは？

医者：今の良い知らせは嘘でした……

お医者さんが患者さんについた嘘は何だったんですか？

1　患者さんがお酒を飲んではいけないのに、飲んでもいいと言ったこと。

2　患者さんに精密な検査を受けさせていないのに、受けさせたと言ったこと。

3　患者さんが重い病気にかかっていないのに、かかっていると言ったこと。

4　患者さんが重い病気にかかっているのに、かかっていないと言ったこと。

醫生和患者正在說話，醫生對患者所撒的謊是甚麼呢？

醫生：經過我們精密的檢查後，我有一個好消息和一個壞消息告訴你，

你想先聽哪一個？

患者：＜喀喀＞那麼先從好消息開始吧。

醫生：那麼，恭喜你了！你並沒有患上癌症！

患者：太好了，我一直很擔心呢！那麼我從今天開始，抽煙喝酒都可以嗎？

醫生：作為你的醫生，如果我說可以的話，那是騙你的，不過這次就容許你盡情做你喜歡做的事。

患者：太好了，今天開始就喝個痛快！那，壞消息是甚麼呢？

醫生：剛才說的好消息是假的……

醫生對患者所撒的謊是甚麼呢？

1 明明患者不可以喝酒，他說可以喝。

2 明明患者沒有接受精密檢查，他說已經接受了。

3 明明患者沒有患嚴重的病，他說患上了。

4 明明患者患了嚴重的病，他說沒有患上。

| 題 10 | 答案：1 |

男の人が話しています。隣の山田さんはどうして亡くなりましたか？

男の人：皆さん、最近一つ奇妙な話がありました。実は、先週病院でうちの子供が生まれました。でも驚いたことに、生まれたばかりの赤ちゃんなのに、すぐに話すことができました。最初は「おじいちゃん」と呼びました。おじいちゃん、つまり俺の親父が大変喜こび涙を流しました。ところが、その次の日におじいちゃんは急に死んでしまいました。続いて赤ちゃんは「お母さん」と呼びました。その次の日にお母さん、すなわち俺の家内が突然息を引き取りました。次はとうとう俺の番かと思ってずっと震え上がりました。そしてやっぱり昨夜「お父さん」と呼びました。正直すでに死ぬ覚悟が出来ていました。で、不思議なことに、いまだに私の身には何も起きていませんが、今朝隣の山田さんが亡くなりました。全員呪われているのかな？皆さん、奇妙な話だと思いませんか。

隣の山田さんはどうして亡くなりましたか？
1 赤ちゃんと血縁関係があったからです。
2 おじいちゃんと同じ歳だったからです。
3 かなり大きい病気を抱えていたからです。
4 死んだ人に呪われたからです。

男人正在說話，鄰居的山田先生為甚麼去世了？

男人： 各位，最近發生了一個很不可思議的事情。話說上星期我的孩子在醫院出生了。令人驚訝的是，雖然他只是一個剛出生的嬰兒，但竟然馬上能夠說話。最初叫了一聲「爺爺」，他爺爺，也就是我的爸爸非常高興，甚至流下老淚來。然而，第二天他的爺爺就死了。然後，嬰孩叫了一聲「媽媽」。第二天，他的媽媽，也就是我的老婆，突然間就離開人世了。下一個應該輪到我吧──我這樣想着，身子不停的發抖。終於在昨天晚上，他叫了一聲「爸爸」。老實說，我已經有心理準備會死，但很奇怪，到現在我身上還沒發生任何事情，而鄰居的山田先生卻在今天早上去世了。所有人是否都被詛咒了呢？大家，你們不覺得這是一件很不可思議的事嗎？

鄰居的山田先生為甚麼去世了？

1 因為他和嬰兒有血緣關係。
2 因為他和爺爺年紀一樣。
3 因為他患了一個很嚴重的病。
4 因為他被死人詛咒了。

題11 答案：2

お父さんとお母さんと子供が話しています。お父さんはどうしてロボットに叩かれましたか？

たけし君は小さい頃から平気で嘘をつく子供で、しかもその傾向はますますひどくなってきます。これを見たたけし君のお父さんは「嘘を見破ロボット」という名前のロボットを買ってきて、たけし君の行動を阻止しようとしました。すると、ある夜のことでした。

お父さん： こんな夜遅くまでどこに行ってた？

たけし： 　図書館で本を読んでたよ！

話が終わるか終わらないかのうちに、ロボットは容赦なくたけし君の顔を強く叩きました。ロボットの賢さを悟ったたけし君は、二度と嘘をつかないようと誓いました。

たけし： 　実は友達の家で AV を見ていた。

お父さん： 勉強もせずによくそんなことしたなぁ、お前。父ちゃんはなあ、生まれてから一回も見たことないよ、あんなもの……

すると、ロボットは容赦なくお父さんの顔を強く叩きました。側にいるお母さんもついに我慢できなくなってこう言いました。

お母さん： ザマみろ、必要もないのにこんな残酷な機械を買ってきて血の繋がった自分の子供をいじめようとするなんて、それでも子供の父親か？

ロボットは容赦なくお母さんの顔を強く叩きました。

お父さんはどうしてロボットに叩かれましたか？

1　こっそり AV を見たからです。

2　AV を見たのに見たことがないと言ったからです。

3　たけし君の本当のお父さんじゃなかったからです。

4　必要もないのに、残酷な機械を買ってきたからです。

父親、母親和小孩子在說話。父親為甚麼被機械人狠狠打了一下？

小武從小是一個動不動就愛撒謊的孩子，而這個傾向愈來愈嚴重。有見及此，小武的父親買了一台名叫「一說謊，吃耳光」的機械人回家，打算阻止小武的行為。以下是發生在某一個晚上的事情。

父親： 這麼晚，你到哪兒去了？

小武： 我在圖書館裏看書啊！

話還沒說完，機械人就在小武的臉上，狠狠扇了一個耳光。小武覺悟到這台機械人是多麼的聰明，決定了以後再不撒謊。

小武： 其實我在朋友家看了 AV。

父親： 臭小子，書你不讀，卻去做這樣的事情。你爸爸我，從出生到現在，一次都沒看過那種東西……

話還沒說完，機械人毫不留情的在父親臉上，狠狠扇了一個耳光。而在旁邊的母親也終於忍不住說了一句。

母親： 你看！都是自找麻煩的。明明就沒有必要，卻非要買這種殘忍的東西回來不可，來折磨和自己骨肉相連的孩子，你還算是孩子的父親嗎？

機械人再次毫不留情的在母親臉上，狠狠扇了一個耳光。

父親為甚麼被機械人狠狠打了一下？

1　因為偷偷地看了 AV。

2　因為看了 AV，卻說沒有看過。

3　因為他並非小武的親生父親。

4　因為明明就沒有，卻買了殘酷的機器回來。

問題 3

題12 答案：3

男の人が話しています。

男の人： うちの会社は来月からオフィス内での全面禁煙が始まります。確かに禁煙しなさいと言われても禁煙できない人もいるので、ごく自然な流れですが、どこかで喫煙エリアを作りましょうという提案がありました。当初は玄関に喫煙エリアを作ったらどうという意見がありましたが、玄関で吸われると会社のイメージが悪くなりますよね。次は屋上という選択肢が頭に浮上しましたが、屋根がないので雨の日には吸えないんじゃないかという反対の意見があってこれもダメでした。いっそのこと、トイレで吸ってしまったらとタバコの吸わない人が冗談半分で言い出したんですけどね、そうしたら、俺たちをなめてるのかと喫煙者がブチ切れでした。いろいろ考えた末、先月クビになった山田課長の部屋を、とりあえず喫煙エリアにすることに決めました。しばらくの間は、新しい課長を雇ったり、平社員の誰かを昇進させたりする予定がないと会社が言ってたものですから……

何^{なん}について話^{はな}していますか？

1　タバコによる被害^{ひがい}
2　禁煙者^{きんえんしゃ}へのペナルティー
3　喫煙^{きつえん}エリアの設置^{せっち}の経過^{けいか}
4　山田課長^{やまだかちょう}がクビになった理由^{りゆう}

男人正在說話。

男人：　我們公司在下月開始實施辦公室內全面禁煙。誠然，即使叫一些
　　　　吸煙者禁煙，他們也做不到，所以作為一個很自然的發展，某些
　　　　人提議在哪個地方增設一個吸煙區。最初有人建議在玄關（公司
　　　　門口）設立吸煙區，但是在那裏吸煙的話，會對公司的形象產生
　　　　不良的影響。接着有人腦海中浮現出屋頂這個選擇，但是屋頂沒
　　　　有屋簷，下雨天的時候就不能吸了，所以這個也被否決。那麼索
　　　　性就在廁所吸吧 —— 當某些不吸煙的人半開玩笑的說出這個提議
　　　　後，吸煙者認為這無疑是在侮辱他們，有點兒動怒了。考慮了很
　　　　久，最終決定把上個月被解雇了的山田課長的房間暫時充當為吸
　　　　煙區，理由是因為公司短期之內沒有打算聘請或晉升任何普通社
　　　　員去當新的課長之故。

這段說話關於甚麼內容？

1　吸煙所帶來的害處。

2　對吸煙者所作出的懲罰。

3　設置吸煙區的經過。

4　山田課長被解雇的理由。

| 題 13 | 答案：2 |

男^{おとこ}の先生^{せんせい}と女子学生^{じょしがくせい}が話^{はな}しています。

女子学生^{じょしがくせい}：　先生^{せんせい}、合宿^{がっしゅく}のホテルはもう決^きまりました。
男^{おとこ}の先生^{せんせい}：　そうですか、どのホテルにしましたか？
女子学生^{じょしがくせい}：　「照代^{てるよ}ホテル」です。
男^{おとこ}の先生^{せんせい}：　あー、あそこはやめたほうがいいと思^{おも}いますけど……
女子学生^{じょしがくせい}：　えっ、どうしてですか？昔^{むかし}からアメリカ式^{しき}のしっかりした
　　　　　　　　　経営^{けいえい}で有名^{ゆうめい}なホテルなんじゃないですか？

男の先生： うん、実は 2 年前うちの娘の結婚式披露宴の会場でもあったし、値段も安くてお食事もおいしいことで評判ですが、名前通りに「出るよ」。

女子学生： 出るって何ですか？

男の先生： 君は宗教を持っていますか？

女子学生： 一応仏教徒なんですが……

男の先生： じゃあ、幽霊とかについてどう思いますか？

女子学生： やめて下さいよ、先生、結構苦手なんです。

男の先生： 昔から「照代ホテルは出るよ」って噂がありますが……

この会話の最もふさわしいタイトルはどれか？

1　やや高価だがおいしい料理を出してくれるホテル～照代ホテル
2　夜な夜ななにか怖いものが出るホテル～照代ホテル
3　新婚さんがよく泊まるホテル～照代ホテル
4　外国人によるしっかりとした経営のホテル～照代ホテル

男老師和女學生正在談話。

女學生： 老師，集訓期間的酒店我已經決定了。

男老師： 是嗎，是決定了哪一間酒店？

女學生： 是「照代旅館」。

男老師： 是嗎？那間的話，我覺得最好不要選。

女學生： 為甚麼這樣說？聽說一直是一間美式經營，既可靠且非常有名的旅館，不是嗎？

男老師： 對，事實上那裏也是我女兒兩年前舉辦結婚酒宴的地方，價錢便宜卻可品嚐珍饈百味，口碑着實不錯。但正如其名，除了招待人還「招待」別的東西……

女學生： 招待甚麼啊？

男老師： 你有沒有宗教信仰？

女學生： 勉強算是個佛教徒吧……

男老師： 那麼你對鬼怪這樣的東西有甚麼看法？

女學生： 不要說了老師，我不行的。

男老師： 古老傳言「照代旅館招待女鬼」……

這段對話最合適的標題是甚麼？

1　稍為昂貴但盡享珍饈百味的旅館～照代旅館
2　三更半夜會出現幽冥鬼怪的旅館～照代旅館
3　新婚人士經常住宿的旅館～照代旅館
4　外國人經營的堅實派旅館～照代旅館

題 14 答案：2

男の人と女の人が話しています。

男の人：お宅の可愛いワンちゃん元気かい？

女の人：元気だよ、小さい頃はかわいかったけど、今はもうおじさん
　　　　よ、今度見たらびっくりするかも。大きくもなったし、毛も
　　　　ふさふさになったし、しかもよく食べるから、エサ代が半端
　　　　ないよ。

男の人：でも生まれつきのしゃべれないワンちゃんだよね……

女の人：犬なんだから、しゃべれるわけないじゃない？うん、友達に
　　　　もらった時から吠えないよ。知らない人が家に来ても、尻尾
　　　　を振るだけ。

男の人：それじゃあ困るでしょう……

女の人：でもうちはマンションだから、やたら吠えたりすると逆に
　　　　近所迷惑になるでしょう！だから、今近所から苦情が来ない
　　　　のはかえって良いかもしれないね。

女の人にとって、今飼っている犬の良いところは何ですか？

1　毛がふさふさでかわいいところ。
2　近所迷惑にならないところ。
3　エサ代を節約してくれるところ。
4　飼い主の言葉に尻尾を振ったり吠えたりして反応を見せるところ。

男人和女人正在說話。

男人：　你家那隻可愛的狗狗精神嗎？

女人：　很精神，不過小的時候的確很可愛，現在嘛，就像一個大叔一
　　　　樣，下次你看到牠的話，可能會嚇一跳呢。長大了，變得毛茸茸
　　　　的，而且特別能吃，每個月的伙食費可不是開玩笑的。

男人：　牠一出生就是一隻不會說話的狗狗吧⋯⋯

女人：　本來就是隻狗嘛，當然不會說話啦！朋友給我的時候已經不會吠
了，就算有不認識的人來我家，那傢伙也只會搖尾而已。

男人：　那你應該感到很困惑吧⋯⋯

女人：　但是我現在住的是大廈，如果隨便吠的話會對附近鄰居造成滋擾
呢。所以從來都沒有人來投訴我們，我反而覺得很好呢！

對女人來說，現在養的狗狗的優點是？

1　毛茸茸的，很可愛。

2　不會對附近鄰居構成滋擾。

3　能夠節省糧食開支。

4　對主人所說的話，或是搖尾，或是吠叫，表示反應。

題15　答案：3

女の人と男の人が話しています。

女の人：全然先に進まないね、また事故かしら。

男の人：みたいだね。さっきラジオで聞いたんだけど、この先のとこ
ろでトラックと大型バスの事故が起きて、トラックはぶつか
られて大きな凹みがあるまま止まっているし、大型バスなん
かは完全にタイヤが仰向けになっている状態なんだって。

女の人：つまり大型バスは真っ正面からトラックにぶつかってから
転倒したってことかね。

男の人：まぁそうとしか考えられないね。でも幸いなことに、バスの
運転手さんが自力で脱出して、しかも車内には乗客誰一人い

なかったらしいよ。

女の人：それは不幸中の幸いだね。

男の人：あっ、救急車がこっちに来てるわ。死者やけが人が出ません

ように⋯⋯

話の内容に合っているのはどれですか？

1　トラックはすでに他のところに移動された。

2　バスの車体が凹んでいた。

3　バスが転倒していた。

4　トラックの運転手さんが自力で脱出した。

女人和男人在說話。

女人： 完全不能前進啊，該不會又發生交通意外吧。

男人： 好像是的。剛才聽收音機說，在前面發生了重型貨車和大型巴士的意外，重型貨車被撞到出現一個大大的凹陷停在原地，而大型巴士則完全呈四輪朝天的狀態。

女人： 也就是說大型巴士從正面撞到貨車之後再翻側吧。

男人： 也只能夠這樣想了。不過幸運的是，巴士司機靠自己力量爬出來，而且車裏面沒有任何乘客。

女人： 那真是不幸中的大幸了。

男人： 啊，救護車往這邊駛過來了！真希望沒有任何死者或傷者……

和以上對話內容吻合的是哪一項？

1 重型貨車已經被移走到其他地方。

2 大型巴士的車身出現了大大的凹陷。

3 大型巴士翻側了。

4 重型貨車司機靠自己力量從車裏爬出來。

題16 答案：1
女の人と男の人が話しています。

女の人： この前、小学校3年生の子供を対象に将来何になりたいかってアンケートについての調査をテレビで見たの。ベスト5を当ててみて！

男の人： まず、お医者さんが外れないでしょう。

女の人： それも多いけど2番目、1位は何だと思う？

男の人： 結構夢を持ってる歳だから、宇宙飛行士かな。

女の人： なかなかいけるじゃん！それもベスト5に入ってるけど、正解はスポーツ選手なの。

男の人： そう言われてみると、そうかもしれないよね。

女の人： それから大学の先生が5位、その前になんと政治家が入ってるのはちょっと意外だった。

<ruby>将 来何<rt>しょうらいなに</rt></ruby>になりたいかというアンケートのなりたい<ruby>仕事<rt>しごと</rt></ruby>の<ruby>第<rt>だい</rt></ruby>4<ruby>位<rt>い</rt></ruby>はなんですか？

1 <ruby>政治家<rt>せいじか</rt></ruby>
2 <ruby>医者<rt>いしゃ</rt></ruby>
3 <ruby>大学<rt>だいがく</rt></ruby>の<ruby>先生<rt>せんせい</rt></ruby>
4 <ruby>宇宙飛行士<rt>うちゅうひこうし</rt></ruby>

女人和男人在說話。

女人： 最近在電視上看了一個以小學 3 年班學生為對象，問他們將來想當甚麼職業的問卷調查。你猜猜哪幾個是頭 5 吧！

男人： 首先，醫生肯定是逃不了。

女人： 這個很多，不過是第 2 名。那麼第 1 名是？

男人： 這個年齡應該很有夢想吧，莫非是太空人？

女人： 太空人也進入了頭 5，但正確答案是運動選手。

男人： 給你這樣說一說，我也覺得應該就是運動選手吧。

女人： 然後第 5 名是大學老師，但在它之前是政治家，這我倒是有點意外。

想當甚麼職業的問卷調查中，排第 4 位的是哪個職業？

1 政治家
2 醫生
3 大學老師
4 太空人

問題 4

題 17 答案：2

Q： 「<ruby>相変<rt>あいか</rt></ruby>わらずお<ruby>店<rt>みせ</rt></ruby>が<ruby>繁盛<rt>はんじょう</rt></ruby>していますね！」（貴店還是一如以往的生意興隆啊！）

　　1. 「いいえ、<ruby>厚<rt>あつ</rt></ruby>かましすぎますよ！」（不是啊，你太過厚臉皮啦！）

　　2. 「おかげさまでなんとか！」（托賴，總算勉強能過日子！）

　　3. 「<ruby>お手伝<rt>てつだ</rt></ruby>いしましょうか？」（不如我幫你一下吧？）

解說：日語的「なんとか」有一種「湊合 / 總算」的意思，但不一定是負面意思，如「なんとかなる」有「船到橋頭自然直 / 總會有辦法 / 天無絕人之路」的意思。

題 18 答案：2

Q： 「家の旦那ったら働きもせずに毎日スマホばっかり！」（說起我老公就氣死我了，不工作每天就會滑手機！）

　1. 「スマホってなかなかいいものだね。」（手機 / 智能電話真是個好東西！）

　2. 「それは困りますね！」（那真難為你了！）

　3. 「働く気になったね！」（哦，終於願意工作了！）

解說：「V 気になった」表示「以前不願意 V 的事，現在變得願意 V」，如「行く気になった」是「變得願意去」；「話す気になった」是「變得願意說」。

題 19 答案：2

Q： 「雪も降ってることだし、今日のドライブはやめようか……」（外面下着大雪，不如取消今天的開車兜風吧……）

　1. 「うそ、いろいろ用意してよかった……」（不會吧！幸好我準備了一切……）

　2. 「うそ、いろいろ準備していたのに……」（不會吧！明明我準備了一切卻……）

　3. 「うそ、計画したに相違ないよ！」（不會吧！一定準備了……）

解說：「〜に相違ない」表示「一定 / 我可以擔保〜」，作為這題的回答很不自然。

題 20 答案：1

Q： 「知らない？ほんとに知らない？」（不知道？你真的不知道？）

　1. 「知らないってば！」（我都說了幾次不知道，你沒聽見嗎？）

　2. 「知らないわけにもいかないよ！」（你不能不知道啊！）

　3. 「知っておかないと……」（要是不知道的話就……）

解說：「知っておかないと」一般後接「損をする／まずい」，表示「要是不知道的話就虧大了／糟糕了」的意思。

答案：3

Q： 「ごめん、明日のパーティー、欠席しちゃうかも……」（不好意思，明天的派對，我可能缺席……）

1. 「良かった、来るかどうかこっちの知ったこっちゃない！」（太好了，你來不來也不關我的事！）

2. 「良かった、私もそう思ってたところ！」（太好了，我也覺得你應該來不了。）

3. 「良かった、私も行けそうになくなっちゃって……」（太好了，其實我也可能去不了……）

解說：「私もそう思ってたところ」其實也並非不可，但是和前面表示「太好了」的「良かった」有點格格不入。日語的「良かった」旨在減低對方的慚愧心／內疚感。

答案：1

Q： 「木村さんが来ない限り、その鍵は開かないよ。」（除非木村先生來，否則那個鑰匙是打不開的哦。）

1. 「じゃ、待つしかないね！」（那只能等他來了。）

2. 「じゃ、今から開けさせていただきますね！」（那現在開始讓我打開它吧！）

3. 「どうしてもと言うなら開けますけど……」（你非要打開不可的話，我倒是可以的……）

解說：「どうしてもと言うなら」有一種「你非要 V 不可的話，我倒是可以」的語感，其實會讓人家感到有一點傲嬌（笑）。

答案：1

Q： 「今度の N2 の試験、ちょっと心配してるんですけど……」（這次的 N2，有點擔心……）

1. 「大丈夫、勉強家の君のことだから……」（由於是一向努力學習的你，我相信沒問題……）

2. 「大丈夫、もっと勉強して欲しかった……」（沒問題，我希望你能更加努力學習……）

3. 「大丈夫、簡単だったわりには……」（沒問題，雖然那很簡單但你竟然……）

解說：這裏的「勉強して欲しかった」和「簡単だったわりには」皆有責備對方的語氣。

| 題 24 | 答案：1

Q： 「ねねね、あなた、お父さん、入院したんだって！」（喂喂喂，老公，聽說爸爸入院了。）

1. 「えっ、じゃ寝てる場合じゃないね！」（甚麼？那現在不是睡覺的時候！）

2. 「えっ、じゃ寝過ぎないように！」（甚麼？那不要睡過頭！）

3. 「えっ、じゃ寝るに越したことないなあ。」（甚麼？那沒有比睡覺更好的事。）

解說：「V ている場合じゃない」＝「V る /N どころではない」，均表示「不是 V/N 的時候」，後者請參照本書 **64** 逆轉 / 否定的表示 ③。

| 題 25 | 答案：3

Q： 「いよいよ明日はどの大学に入れるか分かるね。お母さんもワクワクよ！」（明天終於能知道你會進哪一所大學。媽媽也很緊張啊！）

1. 「ええ、本当に寝ざるを得ない。」（是啊，真的不睡不行！）

2. 「ええ、本当に寝たからに他ならない。」（是啊，無非就是因為睡了！）

3. 「ええ、本当に寝てはいられない。」（是啊，睡的話真的會坐立不安，受不了＝哪能睡得着？）

解說：「V てはいられない」沒有固定的譯法，但一般可譯作「不能 V」或是「哪能 V」，表示話者對進行 V 所產生的強烈不安和焦慮感。

答案：1

Q： 「みなさん、やっぱり夏といえば……」（大家，說起夏天，還是……）

1. 「そうそう、ビールに限るね！」（對對，最好就是啤酒。）

2. 「そうそう、アイスコーヒーを飲むどころではないね！」（對對，那不是喝凍咖啡的時候。）

3. 「そうそう、ソフトクリームとはいうものの……」（對對，雖說是軟雪糕，但……）

解說：2 和 3 均表示話者對對象（凍咖啡和軟雪糕）抱有負面的評價，未能與「說起夏天」這個主題匹配。

題 27 答案：1

Q： 「お酒をやめたんですって？」（聽說你戒酒了？）

1. 「ええ、他でもなく家族のためさ。」（對，不為別的，就為了我的家人。）

2. 「うん、お酒に目がないんだ！」（是啊，我對酒完全沒有抵抗力，超喜歡的。）

3. 「あのう、自分のお金でやってるんだから何か悪い？」（其實，我用自己的錢來消費，有甚麼不對嗎？）

解說：「N に目がない」表示「對 N 完全沒有抵抗力，非常喜歡」的意思，可想像為中文的「目不轉睛」甚至「對 N 的愛是盲目」的。

問題 5

題 28 答案：1

万引きをした人が謝罪しています。

「この度は、私、鈴木太郎が起してしまった事件について、猫見スーパーさんに多大なご迷惑をおかけしたこと、深くお詫び申し上げます。万引きは、社会人として軽率な行為であり、言うまでもなく犯罪行為です。私が自分の犯した罪を振り返るたびに、ただただ後悔し深く反省しております。猫見スーパーさんには、ご迷惑をおかけした謝罪の気持ちといたしまして、私が盗んだすべての商品は、二倍の金額で

お支払いさせていただきたく存じます。また、それとは別で、さらに
慰謝料という形でいくらかを弁償させていただきますので、この度の
件は何卒お許しいただきますよう改めてお願い申し上げます。今後は
二度と同じような事件を起こさないことを、固く誓います。本当に、
申し訳ございませんでした。」

万引きをした人はどのように猫見スーパーにお詫びしようとしていま

すか？

1　複数の形でお金を払います。
2　通常の三倍の値段で盗んだ商品を買い戻します。
3　社長の前で土下座をします。
4　二年以内に同じような事件を起こさないことを誓います。

觸犯了店鋪盜竊的人正在謝罪。

「這次，我鈴木太郎，因自己所犯的過錯，對貓見超級市場帶來極大的麻
煩，實在感到非常抱歉。店鋪盜竊，從一個社會人士的角度而言，自然
是很輕率的行為，更不用說是一種犯罪。我每一次回憶自己所犯的罪行
時都非常後悔，而且不斷地在反省過錯。對貓見超級市場所帶來的麻煩，
作為賠罪，這次所有偷走的商品，希望能讓我以雙倍的價錢支付。另外，
再以一種賠償費的性質，容許我額外支付若干的金錢，懇求這能得到大
家的原諒。我發誓今後不會再發生同樣的事情，真的真的萬分抱歉。」

觸犯了店鋪盜竊的人對貓見超級市場打算作出怎樣的道歉呢？

1　以複數的形式支付金錢。

2　以 3 倍的價格買回所有偷走的商品。

3　跪在社長面前謝罪。

4　發誓在兩年之內不會發生同樣事情。

題 29　答案：3

テレビで通信販売の番組をやっています。

「さて、この最新の掃除機─掃次郎っていうのは丸い形で直径が 35 セ
ンチメートルです。下の方にダストボックスがあって、そしてゴミを
中に掻き集めるパワーの強いブラシがついていますので、手を汚さず
に掃除できますよ。充電して電源スイッチを入れたら、あとはベッド

の下でも、どこでもすうっと入っていきます。もちろん、部屋の角も掃除できます。しかも、汚れがひどい時って、普通のクリーナーだと、お母さんが何回も何回も力を入れて掃除されるのは実に大変ですよね。でも掃次郎はね、賢いんですよ。汚れがひどい時は1回だけではないんですよ。2回も3回も、とにかく汚れがなくなったと人工知能が判断するまでやり続けてくれるんです。さらに、2階でお掃除するときも、掃次郎は自分で階段があるって判断して落ちないんです。ですから、毎日洗濯もお掃除もしなくてはいけないお母さん方、子育てが大変な20歳代、30歳代の若い方、もちろん70、80歳代のシニアの皆さんも、お掃除はこの掃次郎に任せてみてはいかがでしょうか?」

掃次郎は通常の掃除機より優れていることなんですか?

1 決まった日に勝手にごみをごみ場に出してくること。
2 人工知能があり、いつ掃除すればいいか自ら判断できること。
3 汚れがなくなるまで何度も自動的に掃除できること。
4 丈夫なので階段から落ちてきても壊れないこと。

電視上正在播放着郵購商品的節目。

「大家好,這部最新的吸塵機——掃次郎,是一個圓身且直徑為35厘米的吸塵機。下方有一個吸塵的盒子,還附有馬力強勁的刷子把垃圾盡數掃進盒裏,不弄髒大家雙手就能打掃。充電後按上電源,那麼床下也好,哪裏也好,它都能夠進出自如,當然房間的角落也能清掃。除此以外,對付嚴重的污跡,傳統的吸塵機嘛,媽媽需要多次用力吸塵,實在非常辛苦。但掃次郎非常聰明,對付頑強污跡,它不只一次,而是兩次、三次的去清潔,總而言之直至人工智能判斷污跡完全除掉後才停止。此外,如果清洗2樓的話,他也會自動判斷前方是否有樓梯而不會掉下來。所以,每天忙於洗衣打掃的媽媽,又或者是20歲30歲的年輕一代,你們照顧孩子很辛苦吧!當然還有70歲80歲的銀髮一族,大家都把清潔打掃的工作交給掃次郎如何?」

掃次郎比傳統吸塵機優勝的地方在於？

1 在既定的日子能夠自動把垃圾扔到垃圾站去。

2 有人工智能，能自己判斷甚麼時候需要打掃。

3 能多次自動打掃，直至污跡完全清除為止。

4 非常堅固，就算從樓梯上跌下來也不會壞。

題30.1 答案：3

題30.2 答案：2

違う会社の社員たちが話しています。

伊藤：田中部長、橋本工業の原田様がお見えになりました。

原田：こんにちは、本口他でもなくご依頼のサンプルを持って参りました。

田中：わざわざありがとうございます。

原田：前回ご希望を承りまして、それに合わせて制作させていただきましたが、ご確認願えませんでしょうか。

田中：はい、分かりました。

原田：よろしくお願いいたします。セットとして、この前の会議で申し上げました資料とサンプルに関するデーターでございます。

田中：ああ、どうも、本当にいろいろお手数をかけました。

原田：いえいえ、少しでもお役に立てれば幸いです。あっ、ついでながら一つ申し上げますと、今度お時間がありましたら、ぜひ弊社の新しい工場へお越しになっていただければと思います。最近入荷したばかりの機械もご覧いただきながら、詳しくご説明申し上げたいと思っております。

田中：こちらとしてもぜひお伺いできればと思っていたところです。

原田：お待ちしております。おいでになる際は、あらかじめご連絡いただければ、こちらからいろいろ手配を進めさせていただきます。

田中：ありがとうございます。それでは、日程につきましては、また後ほど……。ところで、うちの山下がこの前いただいた和菓子を大変気に入ったらしくて、それにまたゴルフに誘ってくださいと申し上げましたよ。

原田： それは身に余る光栄でございます。私ごときで宜しければ、いつでもお供とさせていただきます。

1番：橋本工業の原田さんは今日何を持って来ましたか？

1 　最新の機械

2 　和菓子

3 　見本

4 　セーター

2番：橋本工業の原田さんが田中さんの会社に来た主な目的はいくつありますか？

1 　一つ

2 　二つ

3 　三つ

4 　上記の文章では判断のしようがない。

不同公司的社員正在說話。

伊藤： 田中部長，橋本工業的原田先生已經來了。

原田： 你好，今日並非為別的，就是為了帶來上次貴司所委託的樣本。

田中： 謝謝你特意為我們帶來。

原田： 敝司遵照上次貴司的要求而製作了這個樣本，不知能否確認一下呢？

田中： 好的，我明白了。

原田： 這是上次會議時向貴司提及的資料和這次的樣本數據，跟樣本是一套的。

田中： 真是太感謝你們了，也不好意思給貴司添了那麼多麻煩。

原田： 不會的，如果能幫上哪怕就是一點點的忙，也是敝司的榮幸。啊，對了，順帶介紹一下，如果今後有時間的話，請務必撥冗蒞臨敝司新工廠參觀。我們很樂意一邊展示剛買進的機器，一邊為貴司進行詳盡的講解。

田中： 我們剛才也在想著甚麼時候能夠拜訪貴司呢。

原田： 熱切期待貴司的蒞臨。蒞臨前敬請儘早聯絡敝司，好讓我們能打點一切。

田中： 謝謝，那我們決定日子之後會再聯絡貴司……題外話，敝司的山下（田中的上司）說，上次承蒙貴司贈予的和菓子，他非常喜歡；又說如果再有哥爾夫球大會的話，請務必叫他參加。

原田： 這讓小的感到無上的光榮。如果不嫌棄小的在旁，小的隨時都願意陪同。

問 1：橋本工業的原田先生今天帶來了甚麼？

1 最新的機械

2 和菓子

3 樣本

4 毛衣

問 2：橋本工業的原田先生來田中小姐的公司的主要目的有幾個？

1 1 個

2 2 個

3 3 個

4 從上述的文章不能判斷。

日語考試
備戰速成系列

日本語
能力試驗
精讀本

3 天學完 N2・88 個合格關鍵技巧

編著

 亞洲語言文化中心
CENTRE FOR ASIAN LANGUAGES AND CULTURES
香港恒生大學
THE HANG SENG UNIVERSITY OF HONG KONG

香港恒生大學亞洲語言文化中心、
陳洲

責任編輯
林可欣

裝幀設計
鍾啟善

排版
何秋雲、辛紅梅

插畫
張遠濤

中譯
陳洲

錄音
陳洲、周敏貞

出版者
萬里機構出版有限公司
香港北角英皇道499號北角工業大廈20樓
電話：2564 7511　　傳真：2565 5539
電郵：info@wanlibk.com
網址：http://www.wanlibk.com
　　　http://www.facebook.com/wanlibk

發行者
香港聯合書刊物流有限公司
香港荃灣德士古道 220-248 號荃灣工業中心 16 樓
電話：2150 2100　　傳真：2407 3062
電郵：info@suplogistics.com.hk
網址：http://suplogistics.com.hk

承印者
中華商務彩色印刷有限公司
香港新界大埔汀麗路 36 號

出版日期
二〇二一年六月第一次印刷

規格
特 32 開（210 × 148 mm）